hanser**blau**

Kristina Hauff

UNTER WASSER NACHT

Roman

hanserblau

4. Auflage 2021

ISBN 978-3-446-26945-3

Satz im Verlag
Umschlag: ZERO Werbeagentur, München
Motive: © GettyImages/imageBROKER/Kevin Pronnecke,
© plainpicture/Design Pics/Nick Dale
Druck und Bindung: CPI books, Leck
Printed in Germany

MIX
Papier aus verantwortungsvollen Quellen
FSC® C083411

Für Euch, Kurt und Lenni

THIES

Unter dem Nebel lauerte das Wasser.

Thies saß auf seinem Stein. Die Elbe überflutete die Auen, nahm Land in Besitz, wie es ihr gefiel. Die neuen Uferlinien verbargen sich im Dunst, und die andere Flussseite war nicht zu erkennen, sosehr er auch die Augen anstrengte. Er gab es auf und lauschte.

Macht dir die Stille Angst?, flüsterte die weißgraue Nebelwand vor ihm. Du weißt nichts über mich, wisperte der Fluss.

Ein Tuten wehte heran, das Nebelhorn der Fähre. Dann hörte Thies auch den Motor tuckern.

Schon so spät.

Er streckte den Rücken durch und stand auf. Der Anleger lag etwa hundert Meter entfernt. Er wollte Edith nicht begegnen. Wenn es jemanden gab, der den Fluss noch mehr hasste als er, dann war sie es, die Fährfrau wider Willen. Er wollte ihre stummen Blicke nicht ertragen. Nicht wissen, was genau sich dahinter verbarg. Unausgesprochenes. Es ging ihm schlecht genug.

Das Lachen einer Frau durchdrang den Nebel. Tief, kehlig. Unwirklich in dieser stillstehenden Welt. Unbekümmert klang es, energiegeladen. Es kam selten vor, dass Edith so früh schon Passagiere hatte. Und noch nie hatte er gehört, dass sie sich mit ihnen unterhielt. Aber da draußen waren zwei Stimmen, leicht zu unterscheiden.

Monoton und ausdruckslos die eine, das war Edith. Lebhaft und warm die andere, fremde Stimme. »Komm Joschi, na, komm zu mir!« Sie lockte Ediths alte Hündin, eine Mischung aus Rottweiler und Berner Sennenhund.

Das Geräusch des Motors schwoll weiter an, bis sich die Umrisse des altmodischen weißen Schiffs aus dem Dunst schälten. Edith stand im Führerhaus, ließ, als sie das Ufer erreichten, die Rampe herunterklappen und öffnete die Schranke.

Wenn er sich beeilte, konnte er unbemerkt verschwinden. Stattdessen sank er zurück auf den Stein. Gestand sich ein: Er war neugierig. Der Nebel verwischte alle Konturen, doch je weiter sich die Umgebung auflöste, desto akzentuierter nahm er Geräusche wahr, Satzfetzen.

»… etwas tun, das Ihnen mehr Freude macht«, sagte die unbekannte Stimme.

»Ach, Mädchen … reicht das Geld … bis ich sterbe … machen Sie denn in der Gegend?«

Die Antwort war unverständlich, vermutlich wandte die Fremde ihm nun den Rücken zu.

Erstaunlich klar Ediths nächste Worte: »Hier ändert sich nie etwas.«

Schemen bewegten sich, jetzt sah Thies die beiden deutlicher: Edith ging an Land, streckte der Frau ihre Hand entgegen, die griff danach und setzte einen Fuß ans Ufer. Sie trug Gepäck, stellte es ab. Sie war ein gutes Stück größer als Edith. Die Hündin stakste über die Rampe auf die Wiese. Die Frau beugte sich vor, lockte sie erneut. »Joschi. Komm her.«

»Sie ist fast blind. Und sie mag keine Fremden.«

Die Hündin näherte sich der Frau, die bückte sich und

streichelte sie. »Ich mag sie jedenfalls«, sagte sie. Mit einem kurzen Abschiedsgruß schulterte sie den Rucksack.

Edith blickte ihr nach, dabei schüttelte sie den Kopf.

Die Fremde lief an Thies vorbei, sie nahm die Straße in den Ort, einen anderen Weg gab es nicht. Es sei denn, man kannte den Fußpfad durch die Wiesen, der zu Thies' Hof führte. Zusätzlich zum Rucksack trug sie eine Reisetasche. Sie sah zu ihm herüber. »Morgen.«

Er murmelte einen Gruß.

Sie blieb stehen. »Der Nebel löst sich auf. Auf der anderen Seite ist es schon klar.«

Nach ihrem Aussehen musste sie Mitte oder Ende vierzig sein. Dunkles, langes Haar fiel über ihre Schultern. Groß war sie wirklich. Sie trug eine kurze, robuste Lederjacke, darunter ein wadenlanges schwarzes Kleid und Stiefeletten.

Er nickte. Sie ging weiter, verschwand hinter der Baumgruppe, dort, wo die Straße sich zum ersten Mal bog.

Als er wieder zum Fluss sah, war der Nebel verschwunden. Sonnenlicht erhellte das Wasser wie Schlieren von Milch. Der leblose Körper trieb vorbei, dicht unter der Wasseroberfläche, sein blaues Superman-T-Shirt blähte sich auf, und für einen kurzen Moment leuchtete ein blondes Büschel Haar im Licht. Thies blinzelte, und der Körper verschwand. Wie immer. Als habe ihn ein Strudel auf den schlammigen Grund gezogen.

Edith sah herüber. Er ließ ihren Blick an sich abprallen.

»Joschi!«

Die Hündin trottete hinter ihr her, zurück auf die Fähre, und legte sich auf ihren Stammplatz vor dem Führerhaus.

Thies verwuchs mit dem Stein, bis er das vertraute

Quietschen hörte, mit dem Edith die Rampe hochzog. Sie nahm Kurs auf das andere Ufer. Er ließ sie bis zur Mitte fahren, dann erst stand er auf. Er schlug den Pfad zu seinem Haus ein. Auf halber Strecke drehte er um und ging in die Gegenrichtung. In den Ort.

SOPHIE

Noch bevor sie wirklich wach war, spürte sie, dass Thies nicht neben ihr lag. Sie legte ihren Arm auf seine Bettseite, das Laken fühlte sich glatt und kühl an. Widerwillig öffnete sie die Augen.

Sonnenlicht flutete ins Zimmer. Nach dem Regengrau der letzten Tage brannten die Farben auf ihrer Netzhaut, das Blumenmuster der Bettwäsche, die blaue Wandfarbe, die sie früher beide geliebt hatten, Thies' rapsgelber Bademantel, den er über den Korbsessel geworfen hatte.

Sophie warf einen Blick auf ihren Wecker. Sie musste aufstehen, sonst kam sie zu spät ins Labor. Sie blieb liegen und starrte an die Zimmerdecke. Diese Stille im Haus lähmte sie.

Selbst wenn Thies da war, fehlte er ihr.

Er saß bestimmt an der Elbe, Tag für Tag brach er früher auf.

Sie nahm ihren Willen zusammen und kämpfte sich aus dem Bett. Wenn sie nicht stark war, fiel alles auseinander. Die Arbeit half ihr. Mit jeder einzelnen Wasserprobe im Labor lernte sie diesen verfluchten Fluss besser kennen. Wie idyllisch er sich durch die Auenwiesen schlängelte. Wie geschickt er die Menschen täuschte, mit sanften Wellen, die ans Ufer schwappten, mit Schilf, das sich im Wind bog, mit sauberen weißen Vögeln, die über ihm kreisten. Sie jedoch konnte seine Gifte mit Namen aufzählen, und mit jedem Reagenzglas durchschaute sie ihn mehr.

Sie wusch sich und zog sich an. Plötzlich wurde draußen laut Musik aufgedreht. Amy Winehouse. Sophie sah aus dem Fenster.

Der morgendliche Aufbruch der Nachbarn ... Bodo wartete schon im Auto vor dem Haus auf Inga und die Kinder, der Motor lief, die Fenster vorn waren heruntergekurbelt. Mit den Fingern einer Hand trommelte er im Takt aufs Lenkrad und sang mit. »*There's nothing you can teach me ...*«

Lasse, der vorgestern fünfzehn geworden war, kam mit Kopfhörern aus dem Haus und warf sich auf die Rückbank. Er zog sein Smartphone heraus und blickte mit gesenktem Kopf auf das Gerät.

Sophie trat vom Fenster zurück. Ob Aaron heute genauso wäre? So fixiert auf sein Handy wie alle Jugendlichen? Sie hatten versprochen, ihm eines zu kaufen, aber erst zu seinem zwölften Geburtstag. Und wenn er es schon gehabt hätte, an diesem letzten Abend?

Sophie drängte die Gedanken an Aaron beiseite, lief die Treppe hinunter, griff im Flur nach ihrer Tasche, für ein Frühstück blieb keine Zeit mehr. Sie trat vor das Haus, tastete ihre Jacke ab. Wo war nur ihr Fahrradschlüssel?

Bodo drückte kurz auf die Hupe, doch Sophie blickte nicht zu ihm hinüber. Das galt nicht ihr. Aus dem Augenwinkel sah sie Jella zum Auto ihres Vaters schlendern. Ihr blondes Haar glänzte. Dann würde gleich auch ihre Mutter Inga auftauchen, mit den liebevoll bestückten »Green Boxes« aus Holz, für jedes Familienmitglied eine, sie achtete auf Nachhaltigkeit, und niemals hätte sie ihre mundgerecht geschnittenen Obststückchen oder Butterbrote in Plastikdosen transportiert.

Da war Inga. Sie stellte eine Futterschale für die Katzen neben die Treppe zum Eingang. Dann zog sie die Haustür zu und schloss ab.

»Sophie! Willst du mitfahren?«, rief sie zu Sophies Überraschung. Und jetzt kam Inga auch noch auf sie zu!

»Nein, aber lieben Dank für das Angebot!«

Sophie beugte sich über ihr Fahrrad, tat, als würde sie aufschließen, doch schon stand Inga direkt vor ihr. Sophie konnte ihre Nähe kaum ertragen. Gleichzeitig hatte sie Sehnsucht nach ihr, nach ihrer engen Freundschaft. Genauso wie sie Sehnsucht nach Thies hatte. Dem Thies von früher, den es nicht mehr gab.

Sie dachte daran, wie alles begonnen hatte, in den Tagen, als Bodo und Inga ihnen einen Teil des Grundstücks abkauften und ihr Haus darauf bauten. Die besten Nachbarn der Welt: ihre Freunde. So viele Hoffnungen und Träume hatten sie geteilt. Für Inga hatten sie sich alle erfüllt, für Sophie nicht.

»Hey«, sagte Inga liebevoll.

Ich bin verbittert und ungerecht, dachte Sophie. Niemals hatte sie jemand sein wollen, der auf seine besten Freunde neidisch ist. Und doch war es so gekommen. Sie konnte ihre Gefühle nicht unterdrücken. Und deshalb konnte sie nicht mehr mit Inga befreundet sein.

INGA

In der Küche hing noch der Duft von Kaffee. Inga schob den Leinenvorhang zur Seite und blickte nach draußen. Ein Kaninchen sprang über die Wiese und verschwand unter dem Kirschlorbeer. Vorhin war es neblig gewesen, aber jetzt hatte sich die Sonne durchgesetzt. Sie sah zum Nachbarhaus hinüber, das geschah automatisch. Alles still drüben. Sophies Fahrrad, mit dem sie morgens zum Bahnhof fuhr, um dann den Zug nach Lüneburg zu nehmen, lehnte an der Hauswand. Wenn sie um die Zeit noch zu Hause war, hatte sie wohl Urlaub genommen. Hoffentlich war sie nicht krank.

Inga hörte Schritte auf der Treppe im Flur. Jella kam, ihr Rucksack war prall mit Schulbüchern gefüllt.

»Du kannst ohne Jacke gehen«, sagte Inga. »Es wird warm heute.«

»Beeil dich, Mama.«

Draußen hupte Bodo. Inga ging zurück in die Küche, packte die Brotdosen in eine Papiertüte und füllte Katzenfutter in eine Schale. Von gegenüber nahm sie eine Bewegung wahr. Sophie kam aus dem Haus, die Aktentasche in der Hand. Sie kramte in ihren Jackentaschen. Inga fasste den Griff des Fensters, hielt dann inne.

Lass sie in Ruhe.

Sie trat vor die Tür und schloss ab. Bodo sang lauthals: »*They tried to make me go to Rehab, I said no, no, no …*« Inga lächelte. Aber Bodo ließ den Motor laufen, und das mochte sie gar nicht. Was sollte diese Drängelei?

Sophie stand noch immer da. Irgendwas stimmte nicht mit ihr. Früher hätte sie Inga sofort verraten, was los war. Doch die Zeiten waren vorbei. Heute wusste Inga, dass sie nicht einmal fragen durfte. Aber sie hielt es nicht aus, nicht, solange sie hier so nah beieinander wohnten.

»Sophie! Willst du mitfahren?«, rief sie.

Jella fuhr ihr Autofenster herunter. »Mama, ich schreibe Mathe in den ersten beiden Stunden!«

Sophie lehnte dankend ab. Natürlich. Ihre Haut sah merkwürdig fleckig aus, und ihre Augen wirkten geschwollen. Hatte sie geweint?

Inga stellte die Papiertüte auf den Boden und schritt auf ihre Freundin zu. *Lass es sein. Das bringt nichts*, dachte sie gleichzeitig. Doch sie lief weiter. Sie waren seit so vielen Jahren befreundet.

»Hey.«

Sophie sah auf. Sie war ungeschminkt, trug einen unscheinbaren grauen Pullover und Jeans. Keinen Schmuck.

»Los, steig doch ein. Bodo bringt dich zum Labor.«

»Ich komm klar, Inga, wirklich.«

Die Musik wurde abgedreht. Bodo hupte zweimal. Immer noch kurz, aber betont.

Inga suchte Sophies Blick, doch die wich ihr aus.

»Okay. Hab einen schönen Tag.« Inga zögerte noch, dann wandte sie Sophie den Rücken zu, ging zum Auto und stieg auf der Beifahrerseite ein. Die Tür war kaum zugefallen, da gab Bodo schon Gas, der Wagen schoss vom Hof auf die Straße.

»Sag mal, spinnst du?«

»Entschuldige.« Er blickte starr nach vorn durch die Frontscheibe. »Aber was sollte das? Wir hatten besprochen …«

»Ich weiß.« Inga sah in den Seitenspiegel. Sophie folgte auf dem Rad, sie fiel weiter und weiter zurück.

»Mir fällt es doch genauso schwer.« Bodo seufzte. »Ich habe überlegt, ob ich …« Er brach ab.

»Was?«

»Eigentlich muss ich mit den beiden reden.«

Inga warf einen Blick zur Rückbank. Die Kinder hatten Kopfhörer auf den Ohren, die Augen Richtung Smartphone gesenkt.

»Was meinst du? Über die Ermittlung?«

Sie wartete darauf, dass er weitersprach. Seine Fingerknöchel schimmerten weiß, so fest umklammerte er das Lenkrad.

»Bodo?«

»Nein, nichts Neues.«

Er war leitender Ermittler im Fachkommissariat für Wirtschaftskriminalität, kannte aber die Kollegen vom Kommissariat für Tötungsdelikte gut. Hatte Bodo irgendetwas mitbekommen? Sein verdammtes Pokerface mal wieder. Warum sprach er das Thema an, wenn es angeblich nichts zu sagen gab?

»Aarons Tod war ein Unfall. So sieht es nach wie vor aus.« Er starrte auf die Straße, die schnurgerade den Wald zerschnitt.

Inga kannte ihren Mann, und solche kryptischen Bemerkungen bedeuteten: Ihn bedrückte etwas. Sie ließ ihn in Ruhe, kombinierte aber in Gedanken weiter. Jeder Satz, in dem es um ihren Sohn Aaron ging, war wie Dynamit für Thies und Sophie. Sie klammerten sich an die fortlaufende Ermittlung. Was, wenn der Kollege Bodo gebeten hatte, den beiden mitzuteilen, dass sie beendet wurde, und er es nicht übers Herz brachte?

Je länger sie darüber nachdachte, desto sicherer war sie, dass genau das dahinterstecken musste.

THIES

Die Frau auf der Fähre hatte so zielstrebig ausgesehen. Er hörte noch das rhythmische Klacken ihrer Stiefelabsätze auf dem Asphalt.

Der Nebel löst sich auf. Auf der anderen Seite ist es schon klar.

Floskeln über das Wetter. So kamen ihm die zwei Sätze jetzt vor. Aber vorhin, als sie vor ihm stand, hatten ihre Worte ihn berührt. Als hätte sie nicht einfach die gegenüberliegende Flussseite gemeint. Als wüsste sie etwas von ihm. Etwas, das er selbst noch nicht ahnte.

Der Ortskern von Harlingerwedel lag nun vor ihm, mit seinen Fachwerkhäusern, der Bäckerei, der Apotheke, dem Rathaus mit den gotischen Türmchen. Nur wenige Autos schlängelten sich durch die Gassen, manche Läden öffneten gerade, Leute verließen ihre Häuser auf dem Weg zur Arbeit. Thies kannte die meisten, die ihm auf dem schmalen Bürgersteig begegneten. Aber er war lange nicht im Ort gewesen. Die ihn grüßten, ließen ein Fragezeichen in der Luft hängen, wer ihn ansah, den kostete es Kraft, nicht zu starren. »Thies! Ewig nicht gesehen!« Ihre Anteilnahme, ihr Mitleid, ihre Neugier schnürten ihm die Kehle zu. Er grüßte zurück, brachte jedoch kein Lächeln zustande. In einem Schaufenster sah er sich selbst, sein abweisendes Gesicht. Er hatte mit diesen Menschen sein Leben geteilt, sie begegneten ihm in den Läden, waren

Kolleginnen oder Kollegen von der Schule, Aktive gegen die Castor-Transporte im Wendland, Bekannte. Viele waren zu Aarons Beerdigung gekommen. Viele ihrer Kinder hatte er unterrichtet. Die Leute hatten sich nicht verändert. *Er* war ein anderer geworden. Sein Unglück hatte ihn zum Außenseiter gemacht.

Die Frau von der Fähre war nirgendwo zu sehen. Thies überquerte den Marktplatz, am Steinbrunnen lungerten ein paar Schüler herum und versenkten leere Cola-Dosen im Wasser. Mit ertappten Blicken grüßten sie ihn. »Morgen, Herr Buchholz.«

Er nickte stumm. Sie waren älter, hatten mit Aaron nichts zu tun gehabt.

Die Touristeninformation war noch geschlossen. Wo konnte die Frau sein? Im Café. Er betrat die Backstube, murmelte einen Gruß in Richtung des Verkaufstresens und blickte in den Gastraum. Zwei Rentnerinnen unterhielten sich. Ein Arbeiter im Blaumann frühstückte. Die anderen Tische waren leer. Thies zögerte. Der Duft nach Brotlaiben und Kaffee löste eine diffuse Sehnsucht in ihm aus, erinnerte ihn an früher. An was? An die Kindheit? An die Anfangsjahre mit Sophie?

Er setzte sich ans Fenster. »Cappuccino bitte«, sagte er zu der jungen Frau mit rötlich gefärbtem kurzem Haar, die an seinen Tisch trat. Erst danach fiel ihm ein, dass er kein Geld bei sich hatte.

Als sie ihm die Tasse brachte, zierte den Kaffee ein Herz aus Milchschaum. Er stieß den Löffel hinein. Während er rührte, dann in kleinen Schlucken trank, ließ er die Menschen draußen vorbeiziehen, suchte nach einem bestimmten Kleidungsstück: der schwarzen Lederjacke.

Sein Kaffee war längst leer, Spuren des Schaums trockneten in der Tasse. Wie lange er dagesessen hatte, wusste Thies nicht. Er stand auf und zog sich an, der einzige Gast im Raum.

»Ich bezahle später, heute Nachmittag«, sagte er im Hinausgehen in Richtung des Tresens, dahinter stand nun eine andere Frau, älter und hager.

»Ist gut, Herr Buchholz«, gab sie zurück.

Er sah nicht genau hin, ob er sie kannte. Sie jedenfalls kannte ihn.

Draußen hatte die Sonne eine erstaunliche Kraft entwickelt. Thies blieb auf dem Marktplatz stehen, legte den Kopf in den Nacken und blinzelte. Das grelle Licht schmerzte in den Augen. Was wollte er hier? Warum war er dieser Fremden gefolgt? Er hatte eine Art Dringlichkeit verspürt. Doch jetzt war das merkwürdige Gefühl verschwunden, es hatte sich einfach aufgelöst.

Er schlug den Weg nach Hause ein, als er sie plötzlich entdeckte. Sie kam aus der Gegenrichtung und betrat den Supermarkt. Wo war ihr Gepäck geblieben?

Er setzte sich auf den Rand des Brunnens. Das morgendliche Treiben war abgeebbt, nun prägten ältere Leute das Bild. Ein paar Touristen mit Fahrrädern, bepackt mit Satteltaschen, unterwegs in Richtung Elberadweg. Mütter, die Kinderwagen schoben. Seine zukünftigen Schutzbefohlenen. Wenn er wieder in den Schuldienst zurückkehrte. Er wartete auf einen inneren Widerhall bei dem Gedanken. Freude. Skepsis. Angst.

Nichts. Er spürte nur diese bleierne, lähmende Gleichgültigkeit.

Er war der Frau gefolgt, weil ihre Worte etwas in ihm

ausgelöst hatten. Etwas wie Zuversicht. Vielleicht war es auch die Art gewesen, wie sie sich bewegte. Anmutig. Er lächelte. Was für ein altmodischer Ausdruck. Hatte er ihn jemals vorher benutzt? Wie sie Ediths Hand ergriffen hatte, als sie an Land ging – sie hätte keine Hilfe gebraucht, jeder ihrer Schritte war fest und sicher gewesen.

Er saß eine ganze Weile vor dem Supermarkt, doch sie kam nicht mehr heraus. Er wechselte auf die andere Straßenseite, es lagen nur ein paar Meter zwischen ihm und dem Laden. Dann öffnete sich die automatische Tür, aber nicht für ihn, er war zu weit entfernt. Ein Mann trat auf den Bürgersteig, und direkt dahinter kam sie, trug drei gut gefüllte Einkaufsbeutel aus Stoff. Ihre Blicke begegneten sich.

»So trifft man sich wieder«, sagte sie.

»Tja, das passiert hier andauernd.«

»Und ich dachte schon, Sie sind mir gefolgt.« Sie lächelte amüsiert.

Thies wich ihrem Blick aus, betrachtete die Taschen. »Sie sehen aus, als könnten Sie Hilfe beim Tragen gebrauchen.«

»So sehe ich ganz bestimmt nicht aus.«

»Stimmt.« Nun lächelte auch er. »Wohin müssen Sie?«

»Bis zum Waldrand.«

Er nickte. Fragte nicht, was sie dort mit ihren Vorräten vorhatte. Es ging ihn nichts an.

»Dann auf Wiedersehen«, sagte er.

»Würde mich freuen.«

Sie wandte sich ab und ging davon, genauso zielstrebig wie bei ihrer ersten Begegnung. Auch Thies trat den Rückweg an. Er drehte sich nicht mehr um, doch nach ein paar Schritten schob er eine Hand unter die Jacke, legte sie auf die Brust. Er spürte den Druck der Finger durch den Pullover. Und darunter sein Herz, schneller, heftiger pochend als sonst.

SOPHIE

Der Waldweg bestand nur aus Pfützen und war mit dem Fahrrad kaum noch befahrbar. Schlammwasser spritzte auf Sophies Sneakers und ihre Hosenbeine, wenn sie durch die Lachen fuhr.

In Gedanken war sie im Labor, bei der Auswertung der letzten Wasserprobe. Sie hatte erhöhte Schwermetallwerte in das Protokoll eingetragen. Blei, Cadmium, Nickel. Zinnorganische Verbindungen tauchten auf, hochtoxisch, die oft über die Schutzanstriche der Schiffsrümpfe freigesetzt wurden, außerdem chlorhaltige Verbindungen, deren Ursache ihr noch Rätsel aufgab. Sie würde gleich morgen eine Probe aus dem Absetzbecken der Messstelle anfordern und die Schwebstoffe auf partikelgebundene Schadstoffe untersuchen. Und dann konnte sie endlich alle Werte mit denen von vor dreizehn Monaten abgleichen.

Erst als die Tabellen auf dem Bildschirm vor ihren Augen flimmerten und ihr leerer Magen rebellierte, hob sie den Blick wieder. Als sie abschloss, war sie die letzte. Wie meist.

Im Wald durchdrangen nur noch vereinzelte Sonnenstrahlen die Baumkronen. Bald würde es dunkel sein. Sie fuhr schneller, wich einem herunterhängenden Ast aus. Doch sie hatte nicht auf den trügerischen Boden geachtet. Ihr Vorderrad blockierte, sie schrie, flog über den Lenker und schlug auf dem Waldweg auf. Vorsichtig bewegte sie den Kopf. Ihr Rad lag neben der armdicken Baumwurzel, die sie zu Fall gebracht hatte. Kein Schmerz. Sie winkelte die Arme an, hob sie und öffnete den Gurt ihres Helms. Sie nahm ihn ab, wischte sich Schlammwasser aus den Augen. Nichts tat weh. Sie versuchte, sich aufzusetzen. Und schrie wieder auf. Ihr Bein. Das Knie fühlte sich an, als bohre sich ein Messer hinein. Atmen! Sie schnappte nach Luft. Der Schmerz hörte nicht auf. Sie brauchte ihr Handy. Sie musste Thies anrufen. Ihre Aktentasche hatte am Lenker gehangen und war bei dem Sturz ein Stück weggeschleudert worden. Sie tastete mit ausgestrecktem Arm danach, ihre Fingerspitzen berührten fast den Griff, es fehlten nur wenige Zentimeter. Sie drehte sich auf die Seite, so gut es ging, ohne das schmerzende Bein zu belasten, streckte den Arm noch weiter aus und spürte das Leder an der Hand. Sie zog die Tasche zu sich heran, holte das Handy heraus, ihre Finger waren nass und zitterten so, dass es ihr entglitt und in den Matsch fiel. Sie wischte es notdürftig an ihrer Hose ab. Thies war der Erste in der Favoritenliste, sie tippte auf seinen Namen, konzentrierte sich nur darauf, nicht zu weinen, sie musste klare Ansagen machen, beschreiben, wo sie lag. Bis sie die gleichgültige Computerstimme hörte: *Hier ist die Mailbox von …* Für einen Moment tanzten schwarze Punkte vor ihren Augen, sie schloss die Lider. Der Beep ertönte. »Thies, ich hatte einen Unfall mit dem Rad. Ich kann nicht mehr aufstehen. Ruf mich bitte an!«

»Sind Sie verletzt? Warten Sie, ich helfe Ihnen!«

Als Sophie aufsah, stand eine Frau vor ihr und beugte sich zu ihr herunter. Ihr braunes Haar fiel wie ein Vorhang über ihr Gesicht, sodass Sophie nur einen schmalen Streifen davon sehen konnte.

»Können Sie aufstehen?« Die Frau trug eine Lederjacke und ein elegant fallendes Kleid.

Sophie öffnete den Mund, doch statt eines »Nein!« kam nur ein Stöhnen heraus. Ihr wurde übel. Die Baumkronen drehten sich um sie.

»Wir müssen zur Straße, Hilfe holen. Aber allein kann ich Sie nicht tragen.« Die Frau strich sich das Haar hinters Ohr, ihre Gesichtszüge wirkten angespannt. »Ich bin gleich zurück!« Sie rannte los, den Waldweg entlang, ohne Rücksicht auf die Pfützen, in die sie trat. Sie trug geschnürte Stiefeletten, die bis über die Knöchel reichten. Bald waren ihre Schritte nicht mehr zu hören. Es wurde still, bis auf einzelne Vogelstimmen und das Rascheln der Blätter. Sophie fror.

Schließlich hörte sie ein Auto. Scheinwerfer blendeten auf, die grellen Lichtkegel hüpften auf und ab, als der Wagen über die Schlaglöcher rumpelte. Er kam näher, bremste kurz vor Sophie. Die Frau in der Lederjacke sprang heraus, auf der Fahrerseite stieg ein Mann aus, den Sophie nicht kannte.

»Sie kann nicht aufstehen.«

»Hallo.« Der Fahrer lächelte besorgt. »Wir versuchen ganz vorsichtig, Sie hochzuziehen. Ist das okay? Ich bringe Sie ins Krankenhaus.«

Sophie nickte. Sie fassten sie unter die Achseln, jeder auf einer Seite, zogen sie hoch. Sophie schrie auf, als sie versuchte, das Bein zu belasten.

»Langsam!« Die Frau stützte Sophie, sodass sie auf einem Fuß zum Wagen hüpfen konnte.

»Wollen Sie nicht mitfahren?«, fragte der Mann die Fremde, nachdem Sophie auf dem Beifahrersitz Platz genommen hatte. Die Antwort bekam Sophie nicht mit, und dann fuhren sie schon los, ohne die Frau. Sophie hatte sich nicht mal bei ihr bedankt.

SOPHIE

Es war elf Uhr abends, als sie mit dem Taxi auf dem Hof ankam. Sie hatte Stunden in der Notaufnahme in Dannenberg verbracht, war untersucht und geröntgt worden. Glück gehabt, nichts war gebrochen, nur eine Prellung der Kniescheibe. Sie stieg ohne Hilfe aus, humpelte zur Haustür.

Im Nachbarhaus brannte in allen Zimmern Licht. Sophie sah eine Bewegung am Fenster. War das Inga, die den Wagen gehört hatte? Schnell wandte Sophie sich ab. Sie schloss auf.

»Thies?«

Es war kalt im Inneren. Und still. Sie sah sein Handy auf dem Schlüsselschrank liegen, nahm es in die Hand. Ihre Anrufversuche und Nachrichten leuchteten auf dem Display.

Draußen das Rasseln eines Schlüsselbunds, die Tür ging auf. Thies war zurück.

»Hey. War das ein Taxi?«

Sie schaltete das Deckenlicht im Flur ein, drehte sich zu ihm um. Sein Blick wanderte an ihrer schlammbespritzten Jacke abwärts. »Was ist passiert?«

»Ein Unfall.«

Sie berichtete ihm von dem Sturz, vom Krankenhaus, und die Besorgnis auf seinem Gesicht tat gut. Die Bemerkung, dass sie versucht hatte, ihn anzurufen, als sie im

Wald lag, schenkte sie sich. Er würde es ja sehen. Sie fragte nicht, wo er gewesen war. Er hielt es zu Hause nicht aus, streifte durch die Elbauen. Wie an dem Abend, an dem Aaron verschwunden war.

Vielleicht sollte sie fragen. Vielleicht war es falsch, immer darüber hinwegzugehen. Sie schonten sich gegenseitig. Flüchteten in ihre eigenen Welten. Sophie hatte ihre Arbeit. Was hatte er? Sie wusste nicht, woran er sich festhielt.

»Trinkst du noch was mit mir?«, fragte sie.

»Klar.« Er ging voraus ins Wohnzimmer, machte Licht, drehte die Heizung auf.

Sie ließ sich aufs Sofa sinken und murmelte »danke«, als er ihr ein Glas Grappa reichte. Einen doppelten. Das, was sie brauchte.

Thies setzte sich neben sie, mit einem Whiskey in der Hand. Sophie spürte den Alkohol heiß und brennend in ihrer Speiseröhre. Er würde schnell wirken, auf ihren leeren Magen.

»Da war eine Frau im Wald«, sagte sie. »Sie stand vor mir, wie aus dem Nichts. Sie hat ein Auto für mich angehalten.«

»Warum nimmst du nicht die Landstraße bei diesem Matsch überall?«

»Ich habe nicht nachgedacht. Ich war mit den Gedanken bei der Arbeit. Erinnerst du dich? Vor einem Jahr hatten wir genauso viel Regen.«

Er runzelte die Stirn.

»Ich habe heute die Schnackenburg-Probe des Laborbusses ausgewertet. Einige Schwermetallwerte sind höher als normal. Die Pegelstände steigen weiter. Noch müssen wir kein Extremmessprogramm wegen Hochwasser starten. Aber Sedimente aus tieferen Schichten des Flussbettes werden aufgewirbelt. Kontaminierte Sedimente – das Gedächtnis des Flusses.«

Thies schüttelte fast unmerklich den Kopf, doch sie hatte es gesehen. Eine winzige Bewegung, die seinen Unwillen, ihr weiter zuzuhören, zeigte.

Sie hob die Stimme: Sie wollte weiterreden, auch wenn sie wusste, dass sie ihn damit quälte. »Ich werte in den nächsten Tagen zusätzlich Schwebstoffproben aus und vergleiche mit den chemischen Vorgabewerten, aber ich bin sicher, dass wir Parallelen zu der Zeit vor dreizehn Monaten ...«

»Sophie«, unterbrach er sie. »Warum machst du das?«

»Willst du sagen, das hätte keine Bedeutung?«

»Genau das. Es hilft mir nicht weiter. Und dir auch nicht. Du kannst Daten sammeln, so viel du willst, aber das bringt uns der Wahrheit keinen Schritt näher.«

Sophie nickte. Sie war selbst schuld. Wieso versuchte sie immer wieder, ihn in ihre Gedankenwelt einzubeziehen? Vielleicht war es der Schreck von vorhin, der sie seine Nähe suchen ließ. Der Sturz hatte sie mehr durcheinandergebracht, als sie sich eingestanden hatte.

Thies begriff nicht, dass ihr die Messwerte halfen. Ihr ein Gefühl von Kontrolle zurückgaben. Der Fluss war gefährlich, schnell, tückisch. Bei Flut betrug die Fließgeschwindigkeit bis zu sechs Kilometer pro Stunde. Man sah kaum etwas im Wasser, die Sichttiefe belief sich gerade mal auf fünfzig Zentimeter. Watete man hinein, konnte man auf dem unebenen Grund den Halt verlieren, in Untiefen versinken oder mitgerissen werden, von der Strömung, vom Schwell und Sog der Schiffe.

Sie wertete Wasserproben aus und füllte Tabellen mit Daten. Es betäubte ihren Schmerz.

»Es tut mir leid«, sagte sie schließlich. »Gibst du mir noch einen Schluck? Ich komm hier sowieso nicht mehr hoch.«

Er holte die Flasche, schenkte nach und setzte sich. »Ich bin draußen herumgelaufen und hab die Zeit vergessen. An das Handy hab ich nicht gedacht. Wenn ich geahnt hätte …«

Sophie ließ seine Worte unkommentiert im Raum stehen. Sollte er ruhig ein schlechtes Gewissen haben.

»Das Ganze war schon merkwürdig«, meinte sie dann. »Die Frau hab ich noch nie gesehen. Sie war nicht angezogen wie jemand von hier. Sie hatte ein schwarzes, elegantes Kleid an. Und eine Lederjacke.«

Thies stand auf und blickte nach draußen in die Wiesen. »Stoßen wir auf sie an«, sagte er, ohne sich zu ihr umzudrehen. »Da hast du wirklich großes Glück gehabt.«

ZWEI TAGE SPÄTER

THIES

Der Aufsitzrasenmäher sprang sofort an. Thies steuerte ihn auf die Wiese hinter dem Gemüsegarten. Das uralte Gerät hatte dem Bauern gehört, der den Hof früher bewirtschaftet hatte. Es wurde vor allem von Bodo liebevoll gepflegt und tat seinen Dienst zuverlässig. Es gab viele Dinge, die sich die Familien seit Langem teilten: die Scheune aus Fachwerk und roten Steinen mit zwei einander zugewandten Pferdeköpfen als Giebelschmuck, in der sie Fahrräder, Gartenmöbel und Gerätschaften unterstellten. Die Wäschespinne, die Schubkarren und Leitern. Bodo und er hackten ihr Kaminholz auf demselben Block, Sophie und Inga ernteten Rosmarin, Salbei und Thymian von denselben Kräuterbüschen. Sie besaßen ein gemeinsames Gemüsebeet, auf dem Kartoffeln, Zucchini und Salat gewachsen waren. Im letzten Jahr hatte Inga sich noch halbherzig darum gekümmert, doch in diesem Frühjahr hatte niemand mehr etwas gepflanzt.

Während Thies über die unebene Wiese rumpelte und sich der Behälter hinter ihm mit Gras, den gelben Köpfchen vom Löwenzahn und den lila Blüten der Brennnesseln füllte, nahm er im Augenwinkel eine Bewegung wahr. Es war Bodo. Der lief zielstrebig auf die Windanlage zu und kletterte an ihrem Gerüst hoch. Der Bauer hatte sie damals abreißen wollen, doch Thies hatte der zehn Meter hohe Mast mit dem Kreis aus hölzernen Flügeln gefallen, der aussah wie ein Requisit aus einem amerikanischen Western. Außerdem war die Anlage nützlich. Eine Kolbenpumpe, die von dem Rotor mechanisch angetrieben wurde, förderte Wasser aus einem unterirdischen Brunnen. Sie bewässerten damit das Grundstück. Leider fehlten seit einem Sturm ein paar Flügel, und die Windfahne war ziemlich verbogen. Das war zu einer Zeit passiert, als er und Bodo die gemeinsamen Projekte bereits aufgegeben hatten. Und so war die Anlage nicht mehr repariert worden.

Bodo war eindeutig der begabtere Handwerker und Tüftler von ihnen. Wollte er es nun allein versuchen?

Thies erreichte die Eiche am Ende der Wiese. An den mächtigen Stamm gelehnt, stand die Holzbank, auf der sie abends oft ein Bier getrunken hatten, Bodo und er. Sophie und Inga kochten zu der Zeit noch zusammen, Ingas berühmte Cannelloni aus dem Backofen, alles, was die Kinder gern aßen. Leben in Bullerbü, witzelten die Freunde, die aus Hamburg zu Besuch kamen, ein bisschen schwang Neid dabei mit. Denn sie hatten wirklich in einer Idylle gelebt. So lange, bis Aaron laufen konnte.

Die Hälfte der Wiese war gemäht. Thies würgte den Motor ab, stieg vom Sitz und streckte sich. Er wollte nicht an Aaron denken. Oder um Vergangenes kreisen, das nicht mehr zurückzuholen war.

Bodo klammerte sich zehn Meter über ihm an den Mast der Windanlage und schraubte an etwas herum, vermutlich an der Rotorachse. Jetzt sah er zu Thies herüber. Thies zögerte. Er konnte hingehen, seine Hilfe anbieten, wie früher. Er wandte sich ab.

Bodo war ein enger Freund gewesen. Sie hatten in einer WG zusammengelebt, gemeinsam Bahnschienen blockiert, bei jedem Castor-Transport, der anrollte. Sie saßen in Gorleben auf der Straße, auf der Zufahrt zum Verladekran. ›X-tausendmal quer‹ hieß das Motto. Sich von der Polizei wegtragen lassen, um direkt wieder aufzumarschieren, tagelang ging das Spiel, der Nervenkrieg, durchnässt von den Wasserwerfern, erstarrt von der Winterkälte. Bis an die Grenze der physischen Kräfte, ihrer eigenen, aber auch jener der Einsatzkräfte. Damals hatte Thies gedacht, dass nichts seine und Bodos Freundschaft zerstören könnte. Er hatte sich getäuscht.

Aus dem Augenwinkel sah er, dass Bodo herabkletterte, seine Hände an einem Lappen abwischte. Und auf ihn zukam. Thies öffnete den Deckel des Grasbehälters, der erst halbvoll war. Bodo sollte sehen, dass er beschäftigt war und nicht auf ihn wartete.

»Hey.«

»Na?« Thies richtete sich auf.

Bodo zeigte auf die Wiese. »Deine gute Tat heute?«

Thies zwang sich zu einem Lächeln. »War höchste Zeit. In ein paar Tagen wäre das Gras so lang gewesen, dass unser Schätzchen hier versagt hätte.« Er klopfte mit den Fingerkuppen auf den Mäher.

Bodo nickte. »Dieses Jahr wuchert alles wie wahnsinnig.«

Thies nickte ebenfalls. »Bei dem Regen kein Wunder.«

Sie vermieden direkten Blickkontakt. Nicken musste reichen. Thies betrachtete die Büsche und Hecken, die auf die Schere warteten.

»Es ist jetzt so weit«, sagte Bodo.

Thies wusste sofort, dass er nicht mehr von den Pflanzen sprach.

Bodo massierte mit zwei Fingern seine Nasenwurzel. »Die Kollegen haben mich gebeten, euch zu informieren. Einfach, weil ich vor Ort bin. Es kommt aber auch noch schriftlich.«

Thies nahm die betont neutrale Formulierung zur Kenntnis. *Weil ich vor Ort bin.* Nicht etwa: *Weil wir befreundet sind.*

»Ich verstehe es nicht«, brachte er heraus.

»Na ja ...« Bodo stützte sich mit einer Hand auf dem Mäher ab. »Sie haben, ehrlich gesagt, schon eine wahnsinnig lange Zeit ermittelt für die wenigen Ansätze, die sie hatten. Und es bedeutet ja nichts Endgültiges. Wenn sich neue Aspekte ergeben sollten ...«

»Warum geht ein Elfjähriger mit T-Shirt, Hose und Schuhen in die Elbe?«, unterbrach Thies ihn. »Wer hat ihn im Gesicht verletzt? Es gibt keine Antworten auf diese Fragen. Wie kann man da aufhören, zu ermitteln?«

Bodo schob die Hände in die Taschen seiner Jeans. »Du kennst meine Meinung zu den Kratzern. Aaron ist oft ausgerastet, selbst ältere Kinder hatten Angst vor ihm.« Er holte Luft. »Es ist gut möglich, dass sich mal jemand gewehrt hat, in der Schule, auf dem Nachhauseweg ...«

»Es gab keine Hinweise darauf. Niemand hat etwas in dieser Richtung beobachtet, geschweige denn ausgesagt.«

Thies ahnte, was Bodo jetzt dachte. Vielleicht haben die Kinder sich zusammengetan. Und sich gefreut, dass sie ihrem Peiniger auch einmal wehtun konnten.

»Die Kollegen machen es sich ein bisschen zu leicht, meinst du nicht?«, setzte Thies nach.

Bodo verlagerte sein Gewicht aufs andere Bein. »Er war zwei Tage und Nächte in der Elbe. Du weißt, es können Treibverletzungen sein.«

»Das haben sie bei der Obduktion nicht so gesehen.«

»Sie haben es nicht ausgeschlossen.«

»Und das Armband? Woher hatte er das?« Thies lachte auf. »Klar, es war gestohlen! Was anderes käme bei Aaron ja nicht infrage. Aber wo? Von wem?« Er schüttelte den Kopf. »Sie haben nichts. Sie wissen *nichts*.«

Ihre Blicke trafen sich. Und er wusste abermals, was Bodo gerade dachte. *Nicht mal, wo du an dem Abend warst, Thies.*

Thies wollte die Unterhaltung jetzt abbrechen. Sie drehten sich im Kreis, wie jedes Mal. Was an dem Tag geschehen war, an dem Aaron verschwand, hatten sie so oft durchgekaut, dass nur ein fader, grauer Erinnerungsbrei übrig geblieben war.

Einer der ersten warmen Abende. Der Tisch auf der Terrasse war lieblos gedeckt gewesen. Brot, Butter, Wurst, Käse, in der Plastikverpackung hingeworfen. Niemand hatte Lust gehabt, etwas zu kochen. Thies und Sophie am Ende ihrer Kräfte. Vorwürfe, Schuldzuweisungen, Streit. Und dann war Thies aufgestanden, gegangen, ziellos herumgelaufen. Am Fluss entlang? Oder durch die Auen, den Wald? Er wusste es nicht. Wie lange war er unterwegs gewesen? Er hatte keine Erinnerung. Laut Sophie mindestens zwei Stunden. Zwei Stunden mit einer Endlosschleife verzweifelter Fragen in seinem Kopf. Zwei Stunden, in denen Aaron vielleicht gestorben war.

Thies zuckte zusammen, als Bodo ihm die Hand auf die Schulter legte.

»Du hast recht. Sie wissen nicht viel. Außer, wie schwer das für euch sein muss. Es tut allen wahnsinnig leid.«

Das klang versöhnlich. Aber entsprach es Bodos wahren Gefühlen? Warum schaffte es Bodo nicht, ihm ins Gesicht zu sehen? Er hatte niemals angesprochen, dass Thies zum Kreis der Verdächtigen gehörte. Genau wie Sophie verdächtig war. Hatte sie wirklich den ganzen Abend auf der Terrasse gesessen, wie sie es ausgesagt hatte? Sie war allein gewesen, so wie er.

Thies hätte bei der ersten Aussage bereits lügen, den Ermittlern irgendeinen konkreten Weg beschreiben können, den er gelaufen war. Wer hätte seine Worte bezweifeln sollen? Zeugen gab es nicht, niemand hatte ihn gesehen. Das Wendland war eine der am spärlichsten besiedelten Gegenden Deutschlands. Abends um neun niemandem zu begegnen, war kein Kunststück. Doch Thies entschied sich für die Wahrheit: Er hatte keine Ahnung, wo er gewesen war. Mit dem Ergebnis, dass sein bester Freund ihn seitdem verdächtigte.

»Entschuldige. Ich mach mal voran«, sagte er und stieg wieder auf den Rasenmäher.

Es gab keinen Ausweg. Es ging so weiter, für ihn und für Sophie. Niemand half ihnen. Nicht, als Aaron noch lebte und sie zur Verzweiflung brachte, nicht, seitdem er tot war. Er hatte nur Sophie, und sie nur ihn. Doch er konnte sich ihr nicht öffnen. Sie würde in den Abgrund blicken, in dem er gefangen war. Und dann würde sie ihn verlassen.

Er sah Bodo an, der unschlüssig vor ihm stand. »Ich danke dir. Es ist auf jeden Fall gut, dass ich Bescheid weiß.«

»Lass dich nicht unterkriegen, Mann.« Bodo boxte ihm leicht mit der Faust gegen den Oberarm und ging.

▲▼▲

Thies startete den Mäher. Eine halbe Wiese voll hohem Gras und wilden Kräutern wartete. Er fuhr Bahn um Bahn, den Kopf wie leer gefegt, zu keinem Gefühl fähig. Wenn er das Rumpeln auf dem unebenen Boden und das Vibrieren des Motors im Körper nicht hätte spüren können, wäre er sich vorgekommen wie tot.

»Thies!«

Er hatte gerade gewendet, ratterte wieder auf die Eiche zu.

»Thies!«

Er stoppte den Mäher und drehte sich um. Sophie stand am Rand des Gemüsegartens und bei ihr ... die Frau von der Fähre.

Thies stieg ab und schritt auf die beiden zu. Die Unbekannte trug dieselbe Kleidung wie bei ihrer ersten Begegnung. Sophie wirkte schmächtig neben ihr, einen halben Kopf kleiner.

»Das ist sie«, sagte Sophie. »Meine Retterin aus dem Wald.«

Im Bruchteil einer Sekunde traf er die Entscheidung, ihre Begegnungen am Fluss und vor dem Supermarkt nicht zu erwähnen. »Hallo, freut mich sehr, ich bin Thies.« Er streckte ihr die Hand entgegen.

Sie ergriff sie, ein fester Händedruck. »Mara.«

Sophie lächelte. »Wir haben uns zufällig wiedergetroffen, und ich habe sie spontan zum Essen eingeladen.«

Die Frau besaß eine intensive Art, ihn anzusehen, das war ihm schon vor dem Supermarkt aufgefallen. Er fühlte sich beobachtet, und das machte ihn verlegen.

»Braucht ihr mich gleich, oder kann ich mir den Rest der Wiese vorknöpfen?«

»Nimm dir Zeit. Ich zeig Mara das Grundstück.«

Und dann? Zeigte sie ihr auch das Haus? Thies forschte in Sophies Gesicht. Wollte sie das wirklich? Jemand Fremdes in ihr Leben lassen?

Sophie hielt seinem Blick stand, lächelte immer noch: kein großes Ding, spontaner Besuch, ein improvisiertes Essen, Gratisführung durch Bullerbü inklusive. War die entspannte Haltung echt? Oder aufgesetzt?

»Komm«, wandte sie sich an Mara und humpelte los. Nach wenigen Schritten reichte die Fremde ihr den Arm, und Sophie hakte sich bei ihr unter.

Thies schwang sich erneut auf den rissigen Kunstledersitz. Der unerwartete Besuch bescherte ihm einen Aufschub. Er musste Sophie nicht erzählen, was er von Bodo erfahren hatte. Nicht heute Abend.

Er hatte nicht erwartet, diese Frau wiederzusehen. Die letzte Bahn zog sich elend in die Länge. Als er fertig war, sprang er vom Sitz ab und lief zum Haus. Er hatte einen Hunger wie schon ewig nicht mehr.

▲▼▲

Die Haustür war angelehnt, wie früher, als die Nachbarn noch ein und aus gingen. Thies lief zuerst in den Keller und zog zwei Flaschen Riesling aus dem Regal. Sie waren kühl genug, um sie gleich zu trinken. Als er die Treppe hinaufging, hörte er Maras Stimme: »Am besten wäre es, wir würden Eintritt nehmen, dann hätten wir keine Sorgen mehr!« Das markante Lachen folgte. Sophie lachte mit.

Er schob mit dem Fuß die Tür zur Küche auf, die Flaschen in den Händen. Die zwei saßen am Tisch, Sophie zerschnitt Schalotten in winzige Stücke.

»Ah, das ist gut«, meinte Sophie mit Blick auf den Wein. »Machst du gleich eine auf?«

»Klar.« Er holte drei schlanke Gläser aus dem Schrank.

»Mara hat mir irre Geschichten erzählt! Sie kommt aus Kopenhagen, aus Christiania.«

»Wow. Aus dem autonomen – wie sagt man? – Freistaat?«

»Freistadt«, korrigierte Mara freundlich.

»Und was machst du hier in der Gegend?« Thies schenkte Wein ein.

»Mara hat vorhin erzählt, sie sucht jemanden aus Harlingerwedel«, kam Sophie ihrer Antwort zuvor. »Jemand, den ihre Mutter kannte. Sein Name ist Richie, sagt dir das was? Er muss so um die siebzig sein.«

»Richie?« Thies schüttelte den Kopf, während er Maras Handgelenk und ihre langen, schmalen Finger betrachtete, mit denen sie das Weinglas hielt. »Warum suchst du ihn?«

»Er war ein Freund meiner Mutter, und ich will ihm etwas aus ihrem Nachlass bringen, das ihm gehört. Meine Mutter war Deutsche. Sie gehörte zu den allerersten Besetzern von Christiania. Anfang der Siebziger zog sie hin, ich bin dort geboren.«

»Deine Kindheit muss ja aufregend gewesen sein«, meinte Sophie.

»Das kannst du laut sagen. Es war wie ein riesiger bunter Abenteuerspielplatz. Die alten Militärgebäude standen leer, und es kamen recht schnell ein paar Hundert Leute zusammen. Und gefühlt ebenso viele Hunde.« Sie lachte auf. »Man suchte sich einfach ein Zimmer aus. Ihr könnt euch nicht vorstellen, wie oft ich umgezogen bin!«

Thies kannte Christiania von einem einzigen Besuch. Er erinnerte sich an die knalligen Farben von Graffiti und bemalten Holzhütten, an eine Art Fußgängerzone mit Ständen, an die ausdruckslosen Gesichter der Dealer, die dort ihr Hasch verkauften, an Leute, die in den Gebüschen am Wasser schliefen oder in die neugierigen Augen der Touristen blinzelten. Er war sich fehl am Platz vorgekommen, wie jemand, der bei Fremden ungefragt durchs Wohnzimmer trampelt. Ein riesiger bunter Abenteuerspielplatz? Thies hatte es eher als bedrückend empfunden. Vielleicht fühlte es sich anders an, wenn man dort lebte, zur Gemeinschaft gehörte. Er musste Mara danach fragen.

»Eine tolle Küche habt ihr«, sagte sie gerade. »Ich mag diesen warmen Ton. Was ist das für ein Holz?« Sie trank einen Schluck, ihr Blick wanderte durch den Raum.

»Konifere«, antwortete ihr Sophie.

»Schicke Kombination mit den Schieferplatten.«

Sophie lächelte. »Genau das hat der Berater im Küchenstudio auch gesagt.«

Thies wäre es in diesem Moment lieber gewesen, wenn sie ihr altes Sammelsurium an Küchenmöbeln behalten hätten, die wuchtige altmodische Anrichte, die die Bauern ihnen überlassen hatten, zusammengewürfelt mit Sachen aus seiner und Sophies Studenten-WG. Bestimmt fand Mara es furchtbar spießig.

»Wie lange lebt ihr schon hier?«, wollte sie wissen.

»Auf diesem Hof seit ungefähr fünfzehn Jahren. Thies ist in der Nähe aufgewachsen, in Gartow. Ich komme aus Hamburg.«

Sophie, Enkelin einer Kaufmannsdynastie aus Othmarschen, Villa mit Park, alter Hanseatenadel. Thies wusste, dass sie das nicht erwähnen würde. Eine Welt, die sehr weit entfernt war von Maras Abenteuerspielplatz.

»Und wo habt ihr euch kennengelernt?«

»Ich bin in eine WG in der Schanze gezogen«, antwortete Sophie, »und da war er.«

Sie erzählte Mara, wie sie sich verliebt hatten, heirateten und später den Hof fanden. Und wie dann ein Jahr darauf ihre Freunde Inga und Bodo dazukamen und auf dem Grundstück bauten.

Es war eine fast unmerkliche Veränderung in ihrem Tonfall, aber Thies spürte, woran sie jetzt dachte. An ihre Entscheidung für dieses Leben hier. Wenn sie damals geahnt hätte, dass sie mit ihren Träumen scheitern würde, welchen Weg hätte sie dann genommen? Wäre sie mit ihm zusammengeblieben?

War sie überhaupt noch mit ihm zusammen?

Mara beobachtete ihn. Sie saß zurückgelehnt, wirkte entspannt, nippte an ihrem Wein, aber er hatte ihre volle Aufmerksamkeit. Es war wohltuend, so als wüchse durch sie seine Präsenz im Raum. Auch Sophie blühte auf in Maras Gegenwart, sie redete heute Abend mehr als im letzten halben Jahr insgesamt. Nur er war bisher still gewesen.

»Vergiss nicht, wir waren uns vorher schon einmal begegnet, beim dritten Castor-Transport«, sagte er zu Sophie. »Sitzblockade in Gorleben. Wir haben zufällig nebeneinander auf dem Asphalt gehockt.« Er suchte ihren Blick. Welche Bilder hatte sie vor Augen, wenn sie sich an diesen Tag erinnerte? Dachte sie überhaupt manchmal an ihre gemeinsamen Anfänge zurück? Bereute sie es, ihm begegnet zu sein?

»Nebeneinander! Und das unter viertausend anderen Leuten.« Sophie schenkte nur Mara ein Lächeln, nahm einen Schluck Wein, trat zum Herd. »Habt ihr noch Geduld? Je länger die Tomatensoße köchelt, desto besser wird sie.«

»Es riecht schon wunderbar«, sagte Mara. »Darf ich mir so lange euer Haus anschauen?«

Sophie zuckte zusammen, sie stand mit dem Rücken zu ihnen, rührte in der Pfanne. Aber Thies hatte es gesehen.

»Na klar.« Sie drehte sich um, ihre Stimme war etwas zu hoch. »Thies, gehst du mit?«

Mara und er verließen die Küche, die noch halbvollen Gläser in den Händen, durchquerten den Flur und betraten das Wohnzimmer. Bei ihrem Einzug hatte Thies die alten Fenster herausreißen und neue einbauen lassen, die bis zum Boden reichten. Die Aussicht ging in die Wiesen hinaus – sanfte, lang gestreckte Hügel –, auf den Weiher und eine schnurgerade Reihe von Pappeln, hinter denen jetzt die Sonne unterging, ein Feuerball, dessen Schein das Zimmer in unwirkliches oranges Licht tauchte.

In Thies' Brust zog sich etwas zusammen. Er hatte diese Schönheit so lange nicht wahrgenommen. Er lief durchs Haus wie ein Untoter, vegetierte dahin, ohne zu sehen, zu fühlen, zu schmecken. Wie ertappt verzog er das Gesicht.

Mara trat neben ihn. »Was ist?« Sie hatte ihn wieder beobachtet.

»Ich lach mich nur selber aus.«

»Das solltest du nicht.«

»Manchmal verstrickt man sich in etwas und denkt, da kommt man nicht mehr raus.« Er verspürte den absurden Wunsch, dass sie verstand, was er meinte. Doch sie war eine Fremde, sie wusste nichts über ihn, Sophie und Aaron.

Sie lächelte. »In Christiania könntest du sagen: Nichts wie weg hier, ich suche mir ein anderes Zimmer. Oder: Ich baue mir eine Hütte direkt am Wasser. Du veränderst etwas. Und damit verändert sich deine Sicht auf die Dinge.«

»Klingt romantisch.« Und irgendwie zu einfach.

Thies hatte keine Idee, was er verändern könnte. Das Haus gehörte Sophie und ihm gemeinsam. Es gab nur ein Zimmer, das er gegen seines hätte eintauschen können. Dasjenige, das er nicht mehr betrat. Doch er wusste, Mara hatte es nicht wörtlich gemeint.

Der Feuerball am Horizont war auf die Größe einer Herdplatte geschrumpft, und die Schatten der Pappeln wuchsen in den Raum wie ausgestreckte Finger.

Sie sah ihn an. »Na komm, du wolltest mir das Haus zeigen.«

Das war deine Idee, nicht meine, dachte er.

Sie stiegen die Holztreppe hoch, die Stufen knarrten. Es war lange her, dass jemand Fremdes hier oben gewesen war. Thies war sich bewusst, dass Sophie sie hörte: Sie stand am Herd, rührte in der Soße, nahm jedoch nicht das sanfte Schaben des Holzlöffels auf dem Teflonboden wahr, sondern folgte ihnen in Gedanken. Lauschte. Schritt für Schritt.

Thies öffnete die Tür zum Schlafzimmer, sie traten ein. Mara ließ den Blick durch den Raum schweifen. Über das Bett mit der geblümten Bettwäsche, die blauen Wände, den Sessel in Ocker, auf dessen Lehne Sophies Kleider der letzten Tage hingen.

»Kräftige Farben. Mag ich«, meinte Mara.

Draußen schrillte eine Fahrradklingel. Sie blickten aus dem Fenster. Lasse fuhr auf den Hof, bremste scharf mit seinem Mountainbike, Steinchen spritzten.

»Der Sohn unserer Nachbarn.«

»Kennt ihr euch gut, ihr und die Nachbarn?«

»Wir sind schon lange befreundet. Inga und Bodo haben zwei Kinder. Das da ist Lasse, und dann gibt es noch Jella, sie ist etwas jünger.« Er wandte sich um zur Tür.

Mara war stehen geblieben. Sie sah weiter hinaus. »Sind sie aus der Gegend, wie du?«

»Ja, Inga stammt direkt aus Harlingerwedel und Bodo aus Lüchow.« Warum interessierte sie das?

»Komm.« Er verließ das Zimmer, und sie folgte ihm zurück auf den Flur.

Die mittlere Tür. Verschlossen.

Thies lief daran vorbei ohne eine Erklärung, was sich dahinter befand. Mara fragte nicht. Er öffnete die letzte Tür, schaltete das Deckenlicht an und trat mit ihr ein. »Mein Arbeitszimmer.«

Der Raum war liebevoll eingerichtet, sein alter Holzschreibtisch stand so, dass Thies in die Auen sehen konnte. Die Regale an den Wänden waren voller Bücher. Thies' Fachbücher auf der einen Seite, die Belletristik gegenüber. Davor sein bequemer Schaukelstuhl. Er hatte lange nicht dort gesessen. Sein Blick fiel auf den Beistelltisch.

Ein Stapel Romane. Ungelesen. Thies schaffte es nicht mehr, in andere Welten abzutauchen. Er hasste sein Leben und konnte es trotzdem nicht loslassen.

Neben den Büchern lag der Stein. Thies hatte vergessen, dass er dort war. Er war grau und unauffällig, hatte nicht mal eine schöne Form. Aber er hatte ihn einmal von Aaron geschenkt bekommen. Ein merkwürdiges, unerwartetes Zeichen von Zuneigung. Das Einzige, an das er sich erinnern konnte.

»Was machst du beruflich?«, riss ihn Mara aus seinen Gedanken.

»Gymnasiallehrer.«

»Ach. Welche Fächer?«

»Deutsch und Geschichte.«

Sein Tisch war aufgeräumt, es war über ein Jahr her, dass er hier zum letzten Mal Klassenarbeiten korrigiert hatte. Mehrere Kartons mit Küchengeräten und allerhand Kram standen jetzt darauf, alles Dinge, die sie nicht behalten wollten und die er auf Ebay verkaufen sollte. Er saß zwar manchmal am Computer, doch für diese praktischen Arbeiten fehlte ihm die Kraft.

Als Sophie nach ihnen rief, gingen sie zurück in die Küche. Thies trat zu ihr an den Herd und blickte über ihre Schulter. Die Spaghetti dampften in einem Sieb. Thies spürte Sophies Freude, einen Gast zu haben, und auch die Anstrengung, die es sie kostete. Er empfand es genauso. Er legte seine Hand kurz auf ihren Rücken und wusste, dass sie die Geste verstand: *Sei ganz ruhig. Wir waren oben. Aber wir haben nicht über ihn gesprochen.*

»Es ist schön bei euch«, sagte Mara. »Ein Zuhause.«

Thies dachte: Ja, das ist es. Und wir sollten es endlich

wieder als solches betrachten. Doch vielleicht hatte Mara etwas anderes gemeint. Einen Ort, den man nicht beliebig aufgeben oder verändern konnte? Sie hatten hier Wurzeln geschlagen, die sich von unten in sie krallten, sie festhielten. Er wusste nicht, ob das gut war.

Er öffnete die zweite Flasche Wein. Sie deckten den Tisch im Wohnzimmer, Sophie zündete Kerzen an, sie setzten sich und aßen. Durch die offene Terrassentür drangen die Balzrufe der Kröten. Ein Windhauch ließ die Flammen erzittern. Die Sonne war verschwunden, die Dämmerung tauchte die Wiesen in ein kaltes Blaugrau.

»Mir wäre es vermutlich zu einsam hier«, spann Mara ihre Gedanken weiter. »Ich bin Trubel gewöhnt, viele Menschen auf engem Raum, vor allem im Sommer, wenn bei uns die Touristen einfallen.«

»Was arbeitest du?«, wollte Sophie wissen.

»Ich verkaufe selbst genähte Kleider. Manchmal auch Schmuck.«

»Das Kleid, das du anhast, ist das von dir?«

»Das ist die aktuelle Kollektion. Silber, Anthrazit und Schwarz.«

»Toll. Das heißt, du hast da einen Stand, in Christiania?«

»Genau.« Mara trank den letzten Schluck aus ihrem Glas. Als Thies ihr nachschenken wollte, lehnte sie ab. »Ich denke, ich mache mich langsam auf den Rückweg.«

»Wo musst du hin?«, fragte Thies. »Soll ich dich bringen?«

»Es ist nicht weit. Das schaffe ich gut zu Fuß.«

»Sag schon, wo wohnst du?«

Sie zögerte. »In einer Gartenlaube am Waldrand, in der Nähe, wo Sophie und ich uns getroffen haben.«

Thies wechselte einen Blick mit Sophie. Es gab nur eine einzige Laube in der Gegend: die von Berthold Werninger. Der hatte sie früher selbst genutzt, dann viele Jahre an Touristen vermietet. Aber war der nicht längst im Altenheim? Thies wusste nicht, wer sich jetzt um die Hütte kümmerte.

»Die Nächte sind verdammt kalt. Kannst du denn da heizen?«, fragte er.

»Das geht schon. Es ist ganz gemütlich.«

Thies stand auf. »Ich fahr dich hin, keine Widerrede.«

Sie traten gemeinsam vor die Haustür. Der Himmel hatte sich zugezogen, schwere Wolken, die nach neuem Regen aussahen.

Mara und Sophie umarmten sich zum Abschied.

»Das Essen war fantastisch, Sophie, auch der Wein, vielen Dank für alles.«

»Nein, ich sollte dir danken.«

»Wenn wir dir helfen können, den Freund deiner Mutter zu finden …«, sagte Thies.

»Danke.« Mara lächelte. »Aber das wird schon klappen, ich habe genug Zeit.«

»Komm auf jeden Fall noch mal vorbei, bevor du zurückfährst«, sagte Sophie.

»Das mache ich, ganz bestimmt.«

Sie stiegen ins Auto. Als Thies den Motor startete, bewegte sich im Nachbarhaus der Vorhang vor dem Küchenfenster.

▲▼▲

Die Fahrt dauerte nicht lang. Nur die Scheinwerfer des Wagens erhellten die dunkle Straße. Zu Fuß, ohne Taschenlampe, hätte Mara Mühe gehabt, den Weg zu finden.

»Wie bist du hergekommen? Ich meine, bis zur Fähre?«, fragte Thies. »Am östlichen Ufer ist ja nicht gerade viel los.«

»Ich bin getrampt. Und vorher war ich mit Bus und Schiff unterwegs, es gibt eine günstige Verbindung von Kopenhagen über Gedser nach Rostock. Dann habe ich auf einem Hof an der Elbstraße übernachtet. Und gestern Morgen hatte ich Glück, dass die Fähre schon in Betrieb war.«

»Die fährt übrigens Edith, die Mutter unserer Nachbarin Inga.«

»Wirklich? Ich war überrascht. Eine Frau in dem Beruf ist sicher selten.«

»Sie hat ihn sich nicht ausgesucht.«

»Wieso macht sie es dann?«

Thies erreichte Werningers Grundstück. Aus dem Holzzaun waren Latten herausgebrochen. Er hielt an und schaltete die kleine Leuchte am Rückspiegel an, um Maras Gesicht besser sehen zu können. »Als Ediths Mann schwer krank wurde, ist sie für ihn eingesprungen. Irgendwann war klar, dass er nicht mehr arbeiten kann, und sie musste weitermachen. Sie hasst die Fähre.«

»Das habe ich ihr angemerkt«, sagte Mara.

Thies warf einen Blick auf das Tor im Zaun, das schief in den Angeln hing. Das Standlicht erhellte ein kurzes Stück des Weges. Unkraut wucherte überall. Von der Hütte konnte er nur die Umrisse erahnen. In welchem Zustand mochte sie sein, wenn es hier draußen schon so verwahrlost aussah?

»Ich wäre nicht gern hier allein über Nacht. Soll ich dir meine Mobilnummer geben?«

»Ich habe gar kein Handy.« Sie lachte auf. »Jetzt hältst du mich für verrückt, oder?«

»Ziemlich.« Er lächelte, wurde gleich darauf wieder ernst. »Kommst du wirklich zurecht?«

Sie nickte, legte ihre Hand auf seinen Arm.

Als Mara und Sophie sich umarmten, hatte sein Körper begonnen, sich etwas zu wünschen, doch bewusst wurde ihm das erst jetzt.

Mit einer langsamen Bewegung zog sie ihre Hand zurück und stieg aus. Auch er verließ den Wagen, begleitete sie bis zum Tor. Der nahe Wald war spürbar, feucht und still. Sie waren vermutlich die einzigen Menschen weit und breit.

»Danke, Thies. Fürs Fahren und für den schönen Abend.«

Sie trat zu ihm und umarmte ihn, wie sie es zuvor bei Sophie getan hatte. Ihr Haar streifte seine Wange, und schon war der Moment vorbei. Sie ging auf die Hütte zu und verschwand in der Dunkelheit.

SOPHIE

Das Motorgeräusch des Wagens verklang. Gegenüber, in Ingas und Bodos Küche, brannte noch Licht. Einer von ihnen hatte Thies' und Maras Abfahrt am Fenster beobachtet, war jedoch schnell wieder hinter dem Vorhang verschwunden.

Sophie fühlte sich auf einmal allein. Sie hätte jetzt gern jemandem von Mara erzählt. Nicht irgendjemandem. Inga.

Sie ging zurück ins Haus, räumte den Tisch ab, stellte Geschirr und Gläser in die Spülmaschine. Der Rest konnte bis morgen warten. Als sie im Bett lag, merkte sie, wie aufgedreht sie noch war.

Schon auf dem Weg zum Hof hatte Mara sie zum Lachen gebracht, mit Geschichten über allerhand schrullige Leute in Christiania. Sophie hatte ihr Rad geschoben, und der Weg war trotz ihres schmerzenden Knies wie im Flug vergangen.

Auch Thies hatte der Abend gefallen, er war entspannt gewesen wie lange nicht. Er mochte Mara, das spürte sie.

Sophie zog die Decke höher und schloss die Augen. Vorhin hatte es einen Augenblick gegeben – sie hatten gerade angestoßen, der Wein war köstlich, Mara und Thies überboten sich darin, das Essen zu loben –, an dem sie sich annähernd glücklich gefühlt hatte. Vollkommen gedankenlos. Umso heftiger hatte der Schmerz kurz darauf wieder eingesetzt. Sie hatte so viel in den letzten Jahren verloren.

Es hatte solche fröhlichen, entspannten Abende mit Inga und Bodo gegeben. Einen Grund zum Feiern hatten sie ja immer gefunden. Ingas Schwangerschaftstest ... Sie gaben das Stäbchen herum, betrachteten ehrfürchtig die zwei rosa Linien. Da hatte sie selbst schon gemerkt, dass es bei ihr nicht einfach so klappte. Ihr Teststreifen zeigte ein negatives Ergebnis, Monat für Monat. Aber damals ahnte sie nicht, wie viele vergebliche Versuche sie und Thies noch vor sich haben würden.

Als Lasse, Ingas Erstgeborener, zwei Jahre und vier Monate alt war, kam Jella zur Welt, winzig, mit hellblondem Flaum auf dem Kopf. Inga hatte nun einen Sohn und eine Tochter, und Sophie versuchte, nicht zu verzweifeln. Fast jeden Morgen, wenn sie zur Arbeit aufbrach, hörte sie eines der Kleinen weinen oder schreien, sie sah Inga am Küchenfenster, wo sie Fläschchen und Brei zubereitete. Inga sah übernächtigt aus, ausgezehrt vom Stillen, sie schminkte sich nicht mehr und lief in fleckigen T-Shirts und ausgebeulten Jogginghosen herum, aber Sophie hätte ohne zu zögern ihr eigenes Leben gegen das der Freundin eingetauscht.

Und dann geschah ein Wunder. Als Sophie schwanger wurde, drei Monate nach Jellas Geburt, erzählte sie es niemandem, nicht einmal Thies, so groß war ihre Angst, dass es sich als Irrtum erweisen würde. Oder dass ein Unglück geschehen würde, eine Fehlgeburt in den ersten zwölf Wochen, Sophie kannte die Statistiken. Doch Aaron, ihr ersehntes Wunschkind, wuchs in ihr und kam gesund zur Welt, ein Sommerkind wie Jella. Inga war noch in der Elternzeit, und sie verbrachten viel Zeit gemeinsam. Sie frühstückten spät, wenn Thies und Bodo längst zur Arbeit gefahren waren, schoben die Kinderwagen nebeneinander her, und Lasse sauste auf einem Laufrad aus Holz herum. Sie picknickten in den Wiesen am Fluss.

Das Geräusch des Wagens draußen ließ Sophie hochschrecken. Thies war zurück.

Die Haustür ging auf und zu, ein leises Klirren aus der Küche, danach Stille. Sophie lauschte eine Weile. Er kam nicht herauf. Sie war nicht traurig darüber. Der Alltag würde sie früh genug wieder einholen. All das Unausgesprochene zwischen ihnen.

Es gelang ihr nur noch selten, sich an die glückliche Zeit zu erinnern, und das wollte sie jetzt auskosten. Aaron in ihrem Arm. Im Tragetuch warm an ihrer Brust. Sein erster Versuch, sich auf den Bauch zu drehen. Er war ein waches Baby gewesen, groß und kräftig, voller Energie. Wenn er ein Ziel gehabt hatte, gab er keine Ruhe, bis er genau das erreicht hatte. Mehr von dem leckeren Obstbrei zu bekommen oder sich mithilfe des Tischbeins auf die Füßchen zu ziehen. Dann strahlte er, und der Stolz war ihm anzusehen. Wehe aber, es klappte nicht so, wie er es wollte. Er konnte so eine unbändige Wut entwickeln.

Sophie wusste, dass dies der Moment war, wo sie aufhören musste. Denn nun drängten die anderen Erinnerungen in den Vordergrund. Seine Gefühlsausbrüche, sein Schreien und Toben, das sie bald nicht mehr unter Kontrolle bekam, nicht durch die geschicktesten Ablenkungsversuche oder Bestechungen mit Süßigkeiten, die Inga bei ihren Kindern niemals erlaubt hätte.

Sophie drehte sich um, atmete bewusst tief in den

Bauch, versuchte, sich wieder zu entspannen. Jetzt wünschte sie, dass Thies zu ihr käme. Früher hatte er sich an sie geschmiegt, sein Körper wärmte ihren Rücken, sein Arm lag schwer über ihrer Hüfte, und so waren sie eingeschlafen. Aber er blieb lieber im Wohnzimmer, allein mit seinen Gedanken. Sicher trank er noch ein Glas. Er musste ja auch nicht fit sein für den nächsten Arbeitstag. Er musste nur am Fluss sitzen und Edith dabei zusehen, wie sie die Fähre von einem Ufer zum anderen steuerte.

Sie könnte nach ihm rufen. Zu ihm nach unten gehen.

Oder sie nahm eine Tablette.

Sie drückte eine Kapsel aus dem Blister, das Wasser auf dem Nachttisch schmeckte abgestanden. Sie sank zurück ins Kissen, wartete auf den Schlaf. Doch der Film in ihrem Kopf setzte einfach wieder ein.

An dem Abend zehn Jahre später.

Der erste Tag, an dem es warm genug gewesen war, draußen zu essen. Viel zu warm für Mitte April. Sie hatte wenig Appetit gehabt, keine Lust, etwas zu kochen, hatte nur Brot und Aufschnitt auf den Tisch gestellt.

Thies beschmierte eine Scheibe mit Leberwurst, er war beim zweiten Bier, seine Sporttasche lag unausgepackt im Flur.

Das Gespräch mit dem Schuldirektor ging Sophie im Kopf herum. Von wegen Gespräch …! Sie war abgekanzelt worden, wie immer, wenn sie einbestellt und über Aarons Fehlverhalten in Kenntnis gesetzt wurde. Sie war es so leid, zu nicken, Besserung zu versprechen, konstruktive Vorschläge zu unterbreiten. Manchmal sogar betteln zu müssen. Um einen neuen Aufschub. Um einen letzten Aufschub. Sie trugen die Verantwortung, sie waren schuld. Sie las es in den Augen des Schulleiters: ein derart aggressives Kind. Die Eltern mussten ja etwas falsch machen.

Es war *ihr* Problem. Sie war mit Thies und dem Problem allein. Und Thies wusste auch nicht weiter.

»Wenn er wenigstens noch bis zum Ende des Schuljahrs dortbleiben könnte ...« Sie führte den Satz nicht aus. Die Schulkonferenz hatte bereits gegen Aaron entschieden.

Thies legte das Messer auf den Tisch, bemerkte nicht die schmierige Spur, die die Wurst auf dem Holz hinterließ. »Du musst Höller verstehen, in seiner Position .... Er hat massiven Druck von den Eltern der Klasse bekommen.«

Es machte sie wütend, dass er für den Schulleiter Verständnis aufbrachte. Nicht für sie. Gleichzeitig wusste sie, dass er recht hatte.

Schluss damit. Schlaf ein!

Sophie drehte sich auf die andere Seite. Die Tablette musste bald wirken. Sie war so erschöpft. Doch er ließ sie nicht los, dieser Abend vor dreizehn Monaten, an dem sich alles geändert hatte.

»Unsere Schonfrist ist vorbei«, hatte Thies mit harter Stimme gesagt. »Der Vorfall mit der Treppe war zu viel.«

»Aber was machen wir jetzt? Die Schule in Lüchow? Ich müsste morgens den Wagen nehmen und Aaron bringen. Doch wie kommt er mittags zurück?«

Thies drehte den Kronkorken seiner Bierflasche zwischen den Fingerspitzen. Er hatte das Abendessen nicht angerührt.

»Es wäre übrigens toll, wenn du dir auch mal ein paar

Gedanken machst.« Sophie erschrak selbst über die Aggression in ihrer Stimme.

Er wandte den Blick ab. »Vergiss die Schule in Lüchow.«

»Wie bitte? Hast du eine bessere Idee?«

»Nein. Ich habe gar keine Idee mehr. Aber sie nehmen ihn nicht.«

Er log. Es konnte nicht – es *durfte* nicht wahr sein.

»Die Direktorin hat mit Höller gesprochen. Du weißt, wie das läuft. Eltern kennen sich. Tauschen sich aus. ›So einen an unserer Schule? In unserer Klasse? Er hat einen Jungen die Treppe heruntergestoßen. Der liegt im Krankenhaus. Das hätte tödlich enden können.‹«

»Was sollen wir denn dann machen?«, brachte sie heraus.

Thies betrachtete seine Bierflasche, es reichte nicht mal für ein Schulterzucken.

Sie beherrschte sich, ihn nicht anzuschreien. Er war selbst Lehrer, er sollte doch wissen, wie man mit diesen sogenannten Pädagogen redete. Wie man ihnen klarmachte, dass Aaron eine weitere Chance brauchte. Er war in Therapie, das ließ sich ja nachweisen. Auch wenn es noch keine Fortschritte gab. Aber die musste es geben. Bald.

»Er hat doch Schulpflicht«, sagte sie.

Thies schüttelte müde den Kopf. »Er ist ausgeschult. Vielleicht muss er doch in die Klinik. Wollen wir wetten, dass die vom Jugendamt wieder damit anfangen, wenn sie kommen?«

Sophie umklammerte ihr Weinglas. Waren sie wirklich an dem Punkt? Gescheitert? Sie sah Ingas entsetzten Gesichtsausdruck vor sich. ›Ihr gebt Aaron weg? Auf eine Förderschule? In einer Klinik? Ach, Sophie! Es tut uns so schrecklich leid. Können wir euch irgendwie helfen?‹

Inga! Die hatte gut reden. Wie schön, wenn die eigenen Kinder einfach perfekt waren. Jella hatte gerade den Musikwettbewerb der Schule gewonnen. Als jüngste Teilnehmerin. Sophie und Thies hatten bei dem feierlichen Abschlusskonzert unter den Zuschauern gesessen, selbstverständlich waren sie der Einladung gefolgt: *Jellas großer Tag.* Sophie liebte Jella, sie kannte sie seit ihrer Geburt. Und da stand dieses Kind auf der Bühne, in einem schlichten blauen Kleid, setzte die Geige an und spielte das Adagio von Albinoni. Eine Frau neben Sophie wischte sich eine Träne der Rührung aus den Augen. Sophie weinte auch.

Sie liebte ihren Sohn. So sehr. Aber manchmal war das Gefühl wie verschüttet, unter dicken Schichten von Geröll. Manchmal wusste sie einfach nicht, wer er war. Er war ihr fremd.

»Wo ist Aaron eigentlich?«, riss Thies sie aus ihren Gedanken und holte sie auf die Terrasse zurück. In das Gespräch darüber, dass ihr Sohn eine Schule in einer psychiatrischen Klinik besuchen sollte.

»Keine Ahnung.« Sophie sah auf die Uhr. Schon acht. Aaron hätte um sieben hier zum Essen sein sollen. Das war die einzige Regel, die er einigermaßen beachtete. Hunger hatte er immer.

Er war gegen fünf mit seinem Mountainbike losgefahren, wohin, wusste sie nicht. Freunde hatte er nicht. Sie stellte sich vor, dass er an den Sandbergen Kunststücke übte, wie ein Verrückter die Abhänge hinunterfuhr. Sie hatten es ihm zwar verboten, es war zu gefährlich, und das teure Rad ging davon kaputt, aber das hatte ihn sicher nicht weiter beeindruckt.

Sie lauschte, vielleicht kam er gerade auf den Hof zurück. Die Blätter der Pappeln rauschten. Wind strich über die Wiesen, lau wie an einem Sommerabend. Scheinbar so friedlich. Sie nahm noch einen Schluck Wein, erlaubte sich ein kurzes Abgleiten in einen Traum, der ihr manchmal half, weiterzumachen: Sie und Thies allein, abends auf der Terrasse, ein trotz vieler Jahre Ehe sich immer noch liebendes Paar, zufrieden den Feierabend genießend. Es gab keinen Aaron. Keine Ohnmachtsgefühle. Nur nette Belanglosigkeiten.

Ich geh rein und hol mir eine Jacke.

Bringst du mir mein Buch mit?

Klar. Magst du auch noch von dem Chardonnay? Der ist gut, nicht? Ich glaube, davon bestelle ich uns eine Kiste für die Spargelzeit.

Aaron war nicht geboren. Nicht in dieser Welt.

Thies stand auf. »Ich geh mal rüber. Vielleicht hat Lasse ihn gesehen.«

Sophie nickte. In ihrem Traum fuhr sie auf einen internationalen Kongress, hielt einen Vortrag über den Einfluss von Pestiziden auf die Lebensbedingungen bodenlebender Wassertiere. Sie hatte ihre alte Stelle nicht aufgegeben. Abends ging sie mit Kollegen aus. Sie feierten, tranken Cocktails. Sie flog Business zurück, da schlief sie aus.

Irgendwann kehrte Thies heim und der Traumfaden riss.

»Ist er zurück?«, fragte er. Sophie schüttelte den Kopf.

Um elf war Aaron immer noch nicht da. Thies, Inga,

Bodo und sogar die Kinder fuhren los und suchten die Umgebung ab. Sophie hielt die Stellung, falls er zu Hause auftauchte. Es war nach Mitternacht, als alle zurückkehrten. Erfolglos. Da rief sie die Polizei an.

Zu diesem Zeitpunkt hatte Sophie keine Schuldgefühle. Nicht in der Nacht, nicht am nächsten Tag oder am Tag darauf, als die Suche nicht enden wollte. Sie war eine Mutter im Ausnahmezustand. Wo konnte er stecken? Sie brauchte all ihre Kraft, um logisch zu denken, um Informationen weiterzugeben: Sie war diejenige, die ihren Sohn am besten kannte.

Doch dann, als Bodo den Anruf der Kollegen bekam ... Als sie mit ihm hinfuhren. Zum Fluss. Als die Polizisten Thies und sie zuerst abschirmten, mit Bodo allein sprechen wollten. Als Bodo zum Wasser ging, wo eine Kinderleiche lag, in einem blau-gelben Superman-Shirt. Als er zurückkam und sie es in seinen Augen las.

Da hatte sich die Schuld über sie gestülpt wie brennende Haut.

Eine Welt ohne Aaron. Davon hatte sie geträumt. Jetzt war sie real.

SOPHIE

Vier Tage später sah sie Mara wieder, sie saß mit Inga auf der Bank an der Eiche, als Sophie aus dem Labor kam. Sie hatte Überstunden gemacht, dann war noch ein Zug ausgefallen. Und mit dem Rad vom Bahnhof durch den Wald hatte sie getrödelt. Gehofft, Mara zu begegnen. Dabei war Mara auf dem Hof. Nur hatte Inga sie ihr weggeschnappt.

Sie stieg vom Rad und nahm das Bild in allen Einzelheiten in sich auf. Der Dauerregen hatte der Natur gutgetan, Grün leuchtete in allen Nuancen, und der Flieder blühte lila und weiß. Die zwei Frauen auf der hellblau gestrichenen Holzbank. Beide auf so unterschiedliche Weise schön: Inga, das blonde Haar hochgesteckt, rundliche nackte Arme, in ihrem blassgelben Shirt mit der Wendland-Sonne auf der Brust und einer lavendelblauen Leinenhose, barfuß. Mara, in einem dunkelroten, schimmernden Kleid. Ein rot-weiß-kariertes Tischtuch über dem freien Ende der Sitzbank, darauf eine Weinflasche und eine Schale mit lila Trauben.

Der Anblick der beiden gab Sophie einen schmerzhaften Stich und erinnerte sie an ähnliche Abende, an denen sie mit Inga auf dieser Bank gesessen hatte. *Ein Glas Wein, die Kinder endlich im Bett.*

Inga und Mara unterhielten sich so angeregt, dass sie Sophie nicht einmal bemerkten. Ginge sie nun hin, würde sie das Gespräch stören und sich wie das fünfte Rad am Wagen fühlen. Vielleicht sprachen die beiden sogar über sie und Thies?

Sie betrat das Haus. Porzellan klapperte, Thies war in der Küche. Sie hatte nicht mit ihm gerechnet, meist war er irgendwo unterwegs, wenn sie kam.

Als sie eintrat, fuhr er herum, ein Geschirrtuch und einen Teller in der Hand. »Hey, ich habe dich gar nicht gehört.«

Sie stellte ihre Aktentasche auf einen Stuhl. Es roch nach gebratenem Speck, und ihr Magen zog sich hungrig zusammen.

»Es ist Omelette in der Pfanne, wenn du magst. Ist noch warm.«

»Oh ja, gern.« Sie schnitt eine Scheibe Brot dazu ab. »Hast du gesehen? Mara ist da.«

»Nein, wo?«

»Sie hat Inga kennengelernt. Sie trinken was auf der Bank an der Eiche.«

Thies verzog den Mund, und Sophie ahnte, was er dachte: Dann war Mara erst mal beschäftigt.

»Sie wollte sicher zu uns«, sagte er. »Ich muss noch unterwegs gewesen sein.«

Sophie registrierte seine Wortwahl. ›Zu uns‹, hatte er gesagt, nicht ›zu dir‹. Dabei Mara war *ihre* Bekanntschaft, *ihre* Retterin.

Er stellte den Teller in den Schrank. »Soll ich rufen? Bescheid sagen, dass wir zurück sind?«

»Sie kommt bestimmt noch.«

Er verdrehte das Handtuch zu einem Knebel. »Meinst du, Inga erzählt ihr etwas?«

»Es ist ja kein Geheimnis.«

»Dann gehört Mara auch zu denen, die Mitleid mit uns haben.«

Ihre Blicke trafen sich. Sie beide, allein gegen alle. Sie stand auf, ging zu ihm, lehnte sich an seine Schulter. Er fasste unter ihr Haar, massierte sanft ihren verhärteten Nacken.

»Bodo hat mich angesprochen, vor einigen Tagen«, murmelte er. »Sie stellen die Ermittlungen ein.«

Sie hob den Kopf. »Vor einigen Tagen? Und das sagst du mir jetzt?«

Er sah sie müde an. »Wir können es doch sowieso nicht ändern.«

Sophie trat einen Schritt zurück. Er hatte recht, aber sie wollte das nicht einsehen. Nicht sofort. Die Wut, die in ihr aufwallte, musste hinaus. Sie hatte seit Langem aufgehört, auf Ergebnisse der Kripo zu warten, trotzdem traf die Nachricht sie unvorbereitet. Sie hatte sich an eine Hoffnung geklammert: Dass es jemanden geben würde, den man für Aarons Tod zur Verantwortung ziehen konnte. Jemanden, auf dessen Schultern sie die Last ihrer Schuld hätte abladen können.

Thies beobachtete sie, als könne er ihre Gedanken lesen. Sie konnte sie nicht aussprechen, nicht einmal vor ihm. Sie wollte allein sein.

»Ich geh unter die Dusche.«

Sie stieg die Treppe nach oben. Auf dem Weg ins Bad hörte sie die Haustür ins Schloss fallen. Thies war gegangen. Kein Wunder, wenn sie nicht mit ihm sprach. Sich ihm nicht öffnete. Aber er fragte auch nicht. Er zog sich genauso zurück wie sie.

Nachdem sie sich abgetrocknet hatte, streifte sie im Schlafzimmer ein frisches T-Shirt über, griff zu ihrer alten Jogginghose, warf sie dann wieder in den Schrank: Es konnte sein, dass Mara noch kam. Sie zog eine Jeans an.

Von draußen drangen Stimmen herein. Inga und Mara standen im Hof. Sophie trat ans Fenster. Sie blickten zu ihr hoch! Inga signalisierte ihr mit Handzeichen, dass sie herauskommen solle.

Sie trat vor die Tür, und während sie sich begrüßten, rann aus ihrem feuchten Haar ein Tropfen kühl über ihre Stirn.

»Ich komme mit Jella vom Geigenunterricht zurück«, sprudelte Inga los, »da sehe ich eine fremde Frau vor eurer Haustür herumstehen und hab sie natürlich angesprochen …«

»Es war ein ganz spontaner Besuch«, warf Mara ein.

»Ich hatte länger im Labor zu tun.«

»Du konntest es ja nicht ahnen.« Ingas Wattetupferton. *Du hast nichts falsch gemacht, Sophie.* »Das Beste ist: Mara hat sich meine Nähmaschine angeschaut, und sie weiß, warum sie nicht läuft. Sie kann sie sogar reparieren.«

Das Beste … Für Inga vielleicht, nicht für sie. Sie wollte nicht, dass Inga und Mara etwas teilten, und sei es nur die Reparatur dieser Nähmaschine. Das alte bohrende Gefühl war wieder da: Inga bekam, was sie wollte, und Sophie hatte das Nachsehen.

»Das ist ja toll«, sagte sie.

»Wir müssen ein bestimmtes Ersatzteil auftreiben, das wird nicht ganz einfach«, dämpfte Mara Ingas Begeisterung.

»Wir könnten zusammen schauen, irgendwo im Netz muss man so was doch finden.«

»Das machen wir.« Mara lächelte, wandte sich dann an Sophie. »Meine Mutter hatte früher die gleiche Maschine, deshalb weiß ich ein bisschen Bescheid.«

Jellas Kopf tauchte am Küchenfenster auf. »Mama! Die Uhr hat geklingelt.«

»Sehr gut, dann nimm den Auflauf raus!« Inga musterte Sophie. »Es gibt Cannelloni, ich habe Mara eingeladen, zum Essen zu bleiben.«

»Schlag das bloß nicht aus«, sagte Sophie.

Inga lachte. »Für dich wäre auch was da.«

»Danke. Ich habe schon gegessen. Lasst es euch schmecken.« Munterer Tonfall, schwungvolles Umwenden. Nur nicht zusehen, wie die beiden im Haus verschwanden.

Mara wurde nun eingesogen in Ingas bunte, heile, fröhliche Welt, und anschließend würde sie keine Lust mehr haben, zu ihr zu kommen.

INGA

Während sie Mara in die Küche lotste und ihr die Kinder vorstellte, war sie im Kopf noch bei Sophie. Sie hatte beleidigt gewirkt. Fand sie, dass es ihr nicht zustand, Mara einzuladen? Musste immer alles gleich kompliziert und bleischwer werden, sobald Sophie im Spiel war? Auf jeden Fall hatte sie es mal wieder geschafft, dass sich Ingas Gedanken nun um sie drehten. Aber jetzt war Schluss damit. Sie hätte ja mitessen können.

Inga gestand es sich ein: Sie war erleichtert, dass Sophie abgelehnt hatte.

»Was trinkst du, Mara?«

»Ich schließe mich dir an.«

»Gut. Dann ein schönes, kaltes Wendland-Bräu.« Inga köpfte zwei Flaschen. »Wo bleibt Papa denn? Lasse? Kein Handy am Esstisch!«

Lasse schob das Gerät in die Hosentasche.

»Hat Papa angerufen?«, hakte Inga nach.

»Nein.«

Normalerweise hätte Inga den Auflauf warm gehalten und versucht, Bodo zu erreichen. Aber jetzt war ein Gast da. »Lasst uns anfangen, er wird schon auftauchen.«

»Mama, ich habe eine Eins in der Bioarbeit.«

Inga lächelte Jella an. »Super, mein Schatz.«

»Wir steigen mit der Mannschaft in die Kreisliga auf. Nächsten Sonntag habe ich Spiel«, sagte Lasse.

»Wie toll. Ich bin stolz auf euch beide.«

Jella mischte das Dressing unter den Salat. Sie *sah*, was zu tun war. Lasse hingegen ließ sich gern bedienen.

»Lasse, holst du uns bitte Servietten aus der Anrichte?«

Inga beobachtete Mara, die sich entspannt auf ihrem Stuhl zurücklehnte und ihr Bier trank. Fühlte sie sich wohl?

Inga liebte ihre Wohnküche mit dem Tisch, an dem bis zu zehn Leute bequem essen konnten. Viel Holz, die Farben hell und freundlich, Landhausstil. Inga hatte keine klare Vorstellung davon, wie man in Christiania lebte. Verschwommen hatte sie Bilder aus einem Fernsehbericht vor Augen: lang gestreckte Kasernen, bunt bemalte Holzhäuser, Menschen mit langem Haar, die in dunklen, verrauchten Räumen saßen, und dann plötzlich tauchte scharf umrissen eine Erinnerung auf: eine Art Prozession von Gestalten mit überdimensionalen Tierköpfen, ein Pferd, ein Stier, weiße Gewänder wie umgehängte Bettlaken …

»Ich war noch nie in Christiania«, sagte sie, während sie den Auflauf austeilte. »Da gibt es eine berühmte Theatergruppe, oder?«

»Was ist Christiania?«, fragte Jella.

Mara beschrieb es ihr, auch Lasse hörte zu.

»Haben die Kinder bei euch keine Schule?«, fragte er.

»Doch, natürlich. Aber nicht ganz so, wie du es kennst. Wir unterrichten sie selbst. Jeder, der etwas Besonderes kann, wie Schreinern, Fahrräder reparieren, Nähen oder Brotbacken, bringt es ihnen bei. Es gibt viele bei uns, die handwerklich echt was draufhaben.«

Und wann lernen sie zu kiffen? Inga sprach die Frage nicht laut aus. Auch sie und Bodo hatten früher in der

Schanze die Bong kreisen lassen. Sie konnte sich da keine moralische Überlegenheit erlauben.

Die Haustür wurde aufgeschlossen. Bodo, endlich. Er sprach mit jemandem. Noch mehr Besuch?

Edith kam mit der Hündin in die Küche.

»Mama. Wie schön.« Inga stand auf und umarmte sie. Ihre Mutter sah erschöpft aus.

»Bodo und ich haben uns im Heim getroffen«, erklärte sie. »Er meinte, ich soll mitkommen zum Essen.«

»Eine gute Idee. Wie geht es Papa heute?«, fragte Inga.

»Nicht gut, die Schilddrüsenwerte sind wieder im Keller.« Edith sank auf den Stuhl, den Lasse ihr aus dem Esszimmer geholt hatte. »Danke, Schatz.«

Inga stellte einen Teller mit Auflauf vor sie hin.

Was seine Oma betraf, war Lasse die Aufmerksamkeit in Person. Ihn hatte sie mit einer Umarmung begrüßt, während sie Jella kaum angesehen hatte. Früher war Jella Ediths absoluter Sonnenschein gewesen. Aus irgendeinem Grund hatte sich das geändert. Inga würde mit beiden darüber reden müssen. Jella streichelte die Hündin und stellte ihr eine Schüssel mit Wasser in die Ecke.

Inga wies auf Mara. »Mama, das ist eine Bekannte von Sophie, die ich ...«

»Wir kennen uns bereits«, unterbrach Edith.

»Ich bin mit der Fähre angekommen«, erklärte Mara mit einem Lächeln.

Inga war erleichtert, zu sehen, dass auch Edith Mara freundlich musterte. Ihre Mutter war oft so abweisend gegenüber Fremden.

»Und?«, fragte Edith, »haben Sie denjenigen, den Sie suchen, schon gefunden?«

»Leider noch nicht.«

In diesem Moment kam Bodo herein. »Ah, Besuch?« Er gab Mara die Hand. »Bodo.«

»Mara. Freut mich.«

Inga bemerkte, wie Edith, die gerade die Gabel zum Mund führte, in der Bewegung innehielt und sie auf den Teller zurücklegte. Sie starrte Mara an, riss den Blick dann von ihr los und nestelte an ihrer Serviette herum.

Inga beschloss, die Schrullen ihrer Mutter nicht weiter zu beachten. Sie erzählte allen von Sophies Fahrradunfall und Maras Hilfseinsatz. »Ohne Mara hätte Sophie schlechte Karten gehabt.«

»Zum Glück war es nur eine Prellung«, sagte Mara.

»Mama, iss doch, es wird kalt.« Inga konnte nicht anders, sie beobachtete Edith schon wieder. Jetzt wirkte sie merkwürdig abwesend. Inga machte sich langsam Sorgen um sie. Die Arbeit auf der Fähre war körperlich anstrengend. Auf Dauer hielt sie das nicht durch. Aber wehe, man sagte was. Dann wurde sie wütend. Sie brauchten das Geld, und basta.

»Bleibst du länger in der Gegend?«, wandte sich Bodo an Mara. »Solche Schutzengel wie dich können wir prima gebrauchen.«

»Das weiß ich noch nicht.«

Bodos Handy klingelte. »Ja?« Er stand auf. »Entschuldigt mich kurz. Bereitschaft.«

Inga spürte Maras fragenden Blick.

»Bodo ist bei der Kripo in Lüneburg«, erklärte sie.

Maras Augenbrauen wanderten fast unmerklich nach oben.

Inga sah dieses Erstaunen nicht zum ersten Mal. Das

gelbe X aus zwei Holzbrettern an der Einfahrt, Zeichen des Widerstands gegen den Standort Gorleben, die Atomkraft-Nein-Danke-Aufkleber auf den Autos, die Wendland-Fahne auf dem Dach, und dann Bodo bei der Polizei?

»Er ist im Fachkommissariat für Wirtschaftskriminalität. Hat also nichts mit den Einsätzen in Gorleben zu tun.« Inga blickte zur Tür. Bodo sprach nicht gern über das Thema, doch er war ja nicht im Raum. »Aber Bodos Vater ist Polizist, wie alle Männer in seiner Familie, seine Brüder, seine Onkel ... Und von ihm wurde derselbe Berufsweg erwartet.«

»Oh je.« Mara lächelte verständnisvoll.

»Und was macht Bodo? Schlägt sich auf die Gegenseite und wird Demonstrant! Und dann kam es, wie es kommen musste«, Inga erlaubte sich ein kleines Augenrollen, bevor sie die an dieser Stelle bewährte Spannungspause einlegte, »sein Vater war in Gorleben in einer Hundertschaft, und sie sind bei einer Straßenblockade direkt aufeinandergeprallt. Bodo hat ihn unter dem Helm nicht erkannt. Und sein Vater hat ihn behandelt wie einen Fremden. Sie waren Gegner. Das Wegtragen und Neublockieren setzte sich die ganze Nacht weiter fort, bis alle an die Grenze ihrer Kräfte gekommen waren.« Inga nahm sich Zeit, um Luft zu holen. »Bodos Vater hat in der Nacht einen leichten Schlaganfall erlitten, was Bodo erst mal gar nicht erfahren hatte. Am nächsten Morgen sammelten sich alle für Kaffee und belegte Brötchen vor der Tanke, dieselben Demonstranten und Polizisten, die sich in der Nacht davor so hart bekämpft hatten. Sie standen brav hintereinander in der Schlange an, wünschten sich höflich einen guten Tag. Es fühlte sich für Bodo komplett absurd an. Und dann sprachen die Beamten untereinander von einem nächtlichen Rettungseinsatz, und der Name seines Vaters fiel. Bodo war natürlich …«

Edith stand abrupt auf, ihr Stuhl schrammte über den Holzboden. »Joschi!« Die Hündin hob in Zeitlupe den Kopf, ihr Blick durch die milchigen Pupillen suchte Edith unter den vielen Menschen am Tisch.

»Joschi, hoch mit dir!«

»Was ist denn?«, fragte Inga.

»Ich muss los.«

Bodo kam zurück. »Edith. Willst du schon gehen?«

Inga wechselte einen Blick mit ihm, hob leicht die Schultern. *Ich weiß auch nicht, was sie hat!*

»Es war ein langer Tag.«

»Ich fahr dich nach Hause«, meinte er.

Edith bedankte und verabschiedete sich, ließ Jella und Mara dabei links liegen. Inga beobachtete durchs Fenster, wie Bodo mit ihr zum Wagen ging und abfuhr.

»Mama hat es nicht leicht, seit mein Vater krank ist«, sagte sie zu Mara.

»Was hat er denn?«

»Krebs. Kehlkopf.« Sie setzte sich wieder. »Den mussten sie komplett entfernen, jetzt spricht er durch eine Öffnung im Hals, über ein Stimmventil. Die Operation ist ganz gut verlaufen, aber er kommt nicht richtig auf die Beine. Deshalb ist er erst einmal im Pflegeheim.«

»Ich bewundere deine Mutter. Sie hat das toll im Griff mit der Fähre.«

Inga fragte sich, ob Mara Ediths merkwürdiges Verhalten mitbekommen hatte. Falls es so war, ließ sie es sich nicht anmerken.

»Ursprünglich wollte sie nur die Zeit überbrücken, bis Papa wieder fit ist, aber ich glaube nicht daran, dass er wieder arbeiten kann.«

»In welchem Heim ist er denn?«

Inga wunderte sich über die Frage. »In Lüchow. Wieso?«

Mara schüttelte den Kopf. »Nur so. Seid ihr zufrieden?«

»Ja, er ist gut untergebracht.«

Mara reagierte nicht, als habe sie plötzlich das Interesse an dem Thema verloren. Sie wandte sich an Jella. »Und? Zeigst du mir noch deine Geige? Wie versprochen?«

»Und meinen Hamster Karlsson!« Jella sprang auf und führte Mara in ihr Zimmer. Lasse wollte unauffällig hinterherschleichen, aber Inga bremste ihn. »Du hilfst mir.«

Kurze Zeit später mischten sich Geigentöne unter das Geklapper, das Lasse beim Einräumen des Geschirrspülers machte. Die Melodie hatte Inga nie gehört. Eine schlichte Tonfolge, eine Kadenz in Moll, die sich wiederholte. Das war nicht Jella. Mara spielte also auch.

Aber dieses Lied war so traurig.

Ingas Blick schweifte über den leer geräumten Tisch, auf dem nur noch die zerknüllten Servietten lagen. Eine große fröhliche Runde gemeinsam beim Essen, so, wie sie es liebte. Genauso war es doch eben gewesen.

Die Melodie riss ab.

Inga hatte plötzlich das Gefühl, als könne das Leben ihr entgleiten.

Was für ein absurder Gedanke.

Sie sammelte die Servietten ein, warf sie in den Müll und stellte den Geschirrspüler an.

SOPHIE

Auf der Terrasse war sie sicher, bis hierher drangen keine Geräusche aus dem Nachbarhaus. Sophie setzte sich in den Liegestuhl. Anfangs hatte sie von der Küche aus das Fenster gegenüber beobachtet. Alle saßen an Ingas großem Tisch zusammen. Sie hatte die Stimmen gehört. Jedes Lachen hatte ihr einen Stich gegeben.

Gegen die abendliche Kälte, die aus den Wiesen kroch, wickelte sie sich eine Wolldecke um die Hüften. Sie griff nach dem Roman, den sie gerade las, doch nach ein paar Seiten klappte sie ihn zu, sie konnte sich nicht konzentrieren.

Sie wartete auf Mara, doch nach einer Stunde gab sie auf. Inga würde ihren Gast nicht gehen lassen. Sophie konnte nur hoffen, dass Mara an einem anderen Abend wiederkam. Und sie selbst dann rechtzeitig zu Hause war.

Wie ein Schleier legte sich die Dämmerung über die Wiesen. Der Wind war eingeschlafen, und der abendliche Chor der Kröten am Teich hob an.

Warum kam Thies nicht zurück? Etwas trieb ihn andauernd von ihr weg. Es war, als wären Thies und sie Komplizen, die sich nicht mehr vertrauten. Sie war sicher, dass auch ihn das Gewissen quälte. Stundenlang verschwunden, und sein Sohn kam ums Leben. Er *musste* Schuldgefühle haben.

Er hatte so getan, als hätten die Ermittlungen wenig Bedeutung für ihn, aber das nahm sie ihm nicht ab. Sie waren damals beide allein gewesen, Thies unterwegs, sie auf der Terrasse. Glaubte die Polizei ihnen? Und was dachten Bodo und Inga? Sophie hatte bisher keine Antwort auf diese Fragen gefunden. Und tief darunter war noch eine weitere Frage verborgen: Glaubten sie und Thies sich gegenseitig? Der Gedanke bohrte wie ein tief eingewachsener Dorn im Fleisch. Konnte es sein, dass Thies etwas mit Aarons Tod zu tun hatte?

Oder stellte er sich dieselbe Frage über sie?

Sophie schlug den Roman auf, versuchte erneut zu lesen, doch die Sätze blieben nur aneinandergereihte Buchstaben. Nichts davon erreichte sie.

Die Kröten waren irgendwann verstummt, ohne dass sie es bemerkt hatte. Nun ließ die Stille den hohen Fiepton in ihrem Ohr anschwellen. Sie hätte Ingas Einladung annehmen sollen! Statt hier allein zu sitzen und in die Dunkelheit zu starren. Wie lange, dürre Giacometti-Skulpturen ragten die Pappeln in den nachtblauen Himmel. Rechts der Baumreihe hob sich schwarz eine weitere Silhouette ab. Bewegungslos, wie die Äste. Sophie brauchte eine Weile, bis sie begriff, dass es der Umriss eines Menschen war. Dass dort jemand stand. Mit einem Ruck setzte sie sich auf. In diesem Moment kam Leben in den Schatten, die Person bewegte sich auf sie zu.

»Sophie!«

Sophie kniff die Augen zusammen, als könne sie so die Dunkelheit besser durchdringen.

»Ich bin's.«

Mara! Sie erreichte die Terrasse, und die Anspannung wich aus Sophies Gliedern. Doch ihre Verwunderung hielt an. Hatte Mara dort gestanden und sie beobachtet?

»Ich habe an der Haustür geklopft«, erklärte Mara. »Zuerst dachte ich, ihr seid schon im Bett, dann habe ich gesehen, dass Licht brennt. Ich hoffe, ich habe dich nicht erschreckt.«

»Nein, schön, dass du da bist.« Sophie stand auf und zog einen zweiten Liegestuhl heran. »War es nett bei Inga?«

»Sehr. Das ist wirklich eine sympathische Familie.«

»Ja, das sind sie.«

»Jella ist entzückend. Sie hat mir was auf der Geige vorgespielt. Und ich ihr dann ebenfalls.«

»Du spielst?«

»Ich hatte früher Unterricht.« Ihr Lächeln verschwand für einen kurzen Moment. »Der Junge ist ja auch toll. Lasse. Er war ganz aus dem Häuschen. Sein Handballverein ist in die Kreisliga aufgestiegen oder so ähnlich.«

So wunderbare Kinder. Sophie wusste das besser als sonst jemand auf dieser Welt. *Verschone mich damit.*

Sie reichte Mara Thies' Wolldecke. Mara legte sie über ihre Beine. »Ingas Mutter kam zu Besuch. Sie hat erzählt, dass es Richard nicht gut geht.«

»Wer ist Richard?«

Mara sah sie an. »Heißt Ingas Vater nicht so? Der im Pflegeheim ist?«

»Du meinst Ulrich.«

»Ah. Dann habe ich den Namen falsch verstanden.« Mara blickte hinaus auf die Pappeln.

»Was ist denn mit ihm?«

»Wie bitte?«

»Mit Ingas Vater?«

»Komplikationen mit der Schilddrüse, ich weiß es nicht genau.«

Eine Weile schwiegen sie beide. Bestimmt war Mara in Gedanken noch nebenan, bei den vielen neuen Bekanntschaften. Sophie vermutete, dass sie keine eigene Familie hatte. Auch einen festen Partner hatte sie bisher nicht erwähnt. Maras Alter war schwer zu schätzen, vielleicht Ende vierzig. Die Chance auf eigene Kinder war damit vorbei. Anders als für Sophie. Aber erneut den Versuch zu machen, schwanger zu werden, war undenkbar. Nach allem, was sie erlebt hatten.

»Hast du dir mal Kinder gewünscht?«, fragte sie.

Als Mara nicht gleich antwortete, erschrak sie. War die Frage zu intim gewesen?

»Christiania ist kein guter Ort dafür«, sagte Mara schließlich.

»Obwohl du es einen Abenteuerspielplatz genannt hast?«

»Vielleicht deswegen. Es gibt ein paar starke, einflussreiche Familien dort. Die ihren Nachwuchs nicht sich selbst überlassen. Ich habe mir immer gewünscht, zu ihnen zu gehören.« Sie wandte sich Sophie zu. »Ihr habt ein Paradies hier, ist euch das bewusst?«

Sophie zwang sich zu einem Lächeln. Ihr Paradies … Es hätte eines sein können.

»Aber – entschuldige, wenn ich so direkt bin – was ist los zwischen euch und euren Nachbarn?«

»Hat Inga was dazu gesagt?«

»Sie spricht sehr liebevoll von euch.« Mara zögerte. »Sie hat kurz erwähnt, dass ihr einen Sohn hattet, der gestorben ist.«

»Das stimmt.« Aaron war tot, und doch jederzeit anwesend. Es gab kein Leben ohne ihn. »Er war nur ein Jahr jünger als Jella. Als sie klein waren, haben sie miteinander gespielt.«

Aber Aaron war anders gewesen als Lasse und Jella. Wenn die beiden unter sich blieben, ging es meist friedlich zu. Aaron hatte immer Unruhe reingebracht.

Sophie sah Inga vor sich, wie sie am Elbufer eine Picknickdecke ausbreitete. Wie sie mit einem scharfen Messer durch die Schale und das saftige tiefrote Fleisch einer Frucht fuhr, keilförmige Stücke herausschnitt. ›Wer möchte Melone?‹ Das Johlen der Kinder. Aaron, der Jella wegstieß, um als Erster zugreifen zu können. Lasse im Hintergrund, der die Konfrontation mied. Sie selbst, wie sie ihren Sohn zur Vernunft rief und er sie ignorierte. Ingas Blick, ihr ruhiger sachlicher Ton. ›Du brauchst nicht zu drängeln. Schau, wir haben eine riesige Melone, und jeder bekommt genug davon ab.‹

Immer wieder dieser Druck auf der Brust. Inga war die bessere Mutter, Inga musste *ihren* Sohn erziehen, weil sie selbst es nicht konnte. Dieser pädagogisch wertvolle Ton. Nicht ehrlich. Nicht mehr seit der Sache mit Jella.

»Wir müssen nicht über ihn sprechen«, sagte Mara.

Sophie stand auf. »Komm mit.« Sie ging voran ins Haus, die Treppe hinauf. Mara folgte ihr. Sophie öffnete die mittlere Tür.

Was sie sah, traf sie wie ein Schlag. Thies hatte ab und zu gelüftet, das wusste sie. Aber nicht, dass er aufgeräumt hatte. Alles war verändert. Aaron hatte ein Chaos hinterlassen, Sophie sah es noch vor sich: Hosen, Schuhe, Schulhefte, Spielzeug hatten durcheinandergeworfen auf dem Boden gelegen. Dazwischen die Steine, die er wie besessen sammelte. Immer wieder Steine.

Jetzt sah der Raum ganz manierlich aus. Die Steine lagen in einem Korb in Aarons Regal. Grau und unauffällig sahen sie aus. Doch an einem von ihnen klebte Jellas Blut.

Dieser Tag am Elbufer. Inga und Sophie hatten im Schatten unter einem Baum gesessen, wie gelähmt von der Hitze. Die Kinder, zwischen zwei und vier Jahren jetzt, spielten am Ufer, Lasse und Aaron mit Plastikbaggern, im Ufersand entstand eine Staumauer. Die Jungen baggerten ein Loch, das der Fluss mit Wasser füllte. Jella trug Steine für den geplanten Wall zusammen. Inga erzählte von den Problemen in ihrem Job. Endlich Leiterin der Bibliothek, trotzdem nur Ärger, Einsparungen im Etat. Vom Ufer her die Kinderstimmen. Lauter jetzt, aggressiver, aber noch so, dass man sie ignorieren konnte. Nicht wieder Streit. Und dann … ein Wutschrei. Inga war aufgestanden, und Sophie tat es ihr nach.

Aaron hockte etwa fünf Meter entfernt von Jella und Lasse. ›Das hier ist mein Stausee!‹ Er nahm den anderen beiden die Steine weg. Lasse hatte sich abgewandt, das war seine Strategie: Aaron einfach ignorieren. Doch Jella wollte sich ihre Steine zurückholen. Sie hatte sich schon nach dem nächsten Stein gebückt, aber hielt in der Bewegung inne und zögerte, als sie Aarons lauernde, drohende Haltung sah. Und dann streckte sie die Hand aus. Doch Aaron war schneller. Er packte den Stein und schleuderte ihn gegen Jellas Kopf, traf die dünne Haut oberhalb der Schläfe. Jellas geöffneter Mund, aus dem kein Laut kam. Sie starrte Aaron nur an. Blut auf ihrer Stirn, Blut, das von der Augenbraue auf ihre Wange tropfte.

Sophie holte Luft, sah sich im Zimmer um. Diese Hilflosigkeit, die sie immer gespürt hatte. Sie konnte niemandem begreiflich machen, wie das mit Aaron gewesen war.

»Wie lange ist es her?«, fragte Mara.

»Dreizehn Monate.«

»Woran ist er gestorben?«

Sophie kniete sich auf den bunten Teppich, der ein Netz aus Straßen und Kreuzungen mit Stoppschildern und Ampeln zeigte. Etwas drückte in ihre Haut. Eine Glasmurmel. Sie umschloss sie mit der Hand.

»Er war voll bekleidet, als sie ihn am Ufer fanden. Hose, T-Shirt. Sogar Socken. Ein Schuh. Den anderen muss er verloren haben.«

»Er ist ertrunken? In der Elbe?«

»Er ist nicht freiwillig ins Wasser gegangen.«

»Was denkst du, was passiert ist?«

»Ich weiß es nicht.«

Ich habe mir gewünscht, dass er nicht mehr da ist.

Sophie ließ die Murmel fallen, sie rollte weg, unter das Bett. Sie würde das niemals jemandem anvertrauen. Und wenn sie eines Tages daran erstickte.

Mara setzte sich auf Aarons Bett.

»Er hatte viele Geheimnisse vor uns«, sagte Sophie. »Wir wussten meist nicht, wo er steckte. Zu wem er Kontakt hatte. Er war nicht so wie Jella und Lasse. Er hat oft gelogen. Als sie ihn gefunden haben, trug er ein Armband. So etwas Geflochtenes, Makramee, mit Perlen und einem blauen Schmuckstein. Ich weiß nicht, woher er es hatte. Ich nehme an, er hat es jemandem weggenommen. Ich konnte ihn nicht mehr fragen. Aber wahrscheinlich hätte er mir sowieso nicht die Wahrheit gesagt.«

»Ein Armband? Hast du es noch?«

Sophie nickte.

»Ist es hier?«

»Nein, im Wohnzimmer. Warum fragst du?«

»Ich würde es gern anschauen.«

Es war etwas Drängendes in Maras Stimme.

»Meine Mutter hat Schmuck hergestellt«, erklärte sie, »Sie hat eine besondere Flechttechnik erfunden und hat auch Makramees angefertigt. Deshalb interessiert es mich.«

»Ich zeige es dir.«

Als Sophie vom Boden hochkam, wurde ihr kurz schwindelig. Sie gingen aus dem Zimmer, und Sophie schloss Aarons Tür. Sie fühlte sich zittrig und schwach wie nach einem Marathonlauf. An der Treppe blieb sie stehen und hielt sich fest.

Mara drehte sich um. »Was hast du? Du bist ganz weiß im Gesicht.«

»Das ist nicht leicht für mich. Ich war lange nicht in seinem Zimmer.«

Mara legte den Arm um sie und zog sie an sich. Und Sophie ließ sich in ihre Umarmung fallen. Sie spürte, wie Mara sie hielt. Sie weinte, wie sie niemals bei Thies hatte weinen können.

Irgendwann gingen sie nach unten ins Wohnzimmer.

»Trinkst du einen mit?«, fragte Sophie und holte zwei Gläser aus dem Schrank.

Mara nickte. Sie nahm einen Grappa entgegen, benetzte aber nur ihre Lippen. »Darf ich es sehen?«, fragte sie.

»Was? Ach so.« Sophie hatte Maras Wunsch schon vergessen gehabt. Sie hatte das Armband in einen Briefumschlag gesteckt und in eine Schublade gelegt, bedeckt von

Tischdecken. Nun trat sie zur Kommode und wusste es im selben Moment: Sie schaffte das nicht. Wenn sie das Schmuckstück anschaute, würde das Bild von Aarons Leiche zurückkommen.

»Es tut mir leid.« Ihre Stimme klang heiser, als hätte sie stundenlang geschrien. »Ich habe es seit damals nicht herausgeholt. Ich kann es nicht ansehen.«

THIES

Zum ersten Mal seit Aarons Tod berührte ihn das Wasser. Träge umspielten die Wellen seine Zehen im Sand. Im Dunkeln war vieles einfacher. Der Fluss und der Himmel über dem anderen Ufer zerschmolzen zu einer Einheit: Grau in Grau.

Er hätte vorhin gern mit Mara gesprochen, aber nicht in Sophies Gegenwart. Wenn Sophie da war, stand die Vergangenheit im Raum wie verbrauchte Luft. Seine Spaziergänge - oder Auszeiten, wie er sie nannte - dehnten sich weiter und weiter aus. Während er lief, konnte er das Gedankenkarussell manchmal zum Stillstand bringen.

Er setzte sich auf den Findling. Neuerdings wuchsen Flechten darauf, winzige weiße Rosetten. Sie breiteten sich aus wie Schimmelbefall zwischen dem Moos.

Heute gab es sogar etwas, über das er nachdenken *wollte*. Über Mara.

Sie wirkte so frei und ungebunden auf ihn. Sie konnte morgen verschwinden. Oder in der Nacht. Aber was sie auch hier wollte, er hatte das Gefühl, dass sie länger bleiben würde.

Diese kurze Umarmung vor der Laube … Er konnte nicht aufhören, daran zu denken. Ihr Körper hatte ihn erregt, und die Erinnerung an den Moment hockte hartnäckig in seinem Kopf, um von dort kleine Wellen der Lust in den Unterleib zu schicken.

Mach dich nicht lächerlich.

Er merkte selbst, dass er sich da in etwas hineinsteigerte, hineinsteigern wollte. Aber was sollte schlecht daran sein? An ein paar Gefühlen? Er nahm schließlich niemandem etwas weg.

Sophie und er hatten manchmal noch Sex, aber es hatte wenig mit Begehren zu tun, mehr mit dem Bedürfnis, sich gegenseitig ihrer Nähe zu versichern. Meist endeten sie aneinandergeklammert wie zwei Ertrinkende. Sophie weinte oft danach, Thies konnte sie nicht trösten. Nicht mal mit ihr darüber sprechen. Die Nähe war eine Illusion.

Thies streifte winzige Steinchen von den Fußsohlen und zog seine Sandalen an. Es wurde Zeit, zurückzugehen. Nach Hause. Trotz allem nannte er es so.

Er wettete gegen sich selbst: War Mara noch da, wenn er ankam, würde er das als ein positives Zeichen werten. War sie schon gegangen, hieße das, er bildete sich diese Nähe zu ihr nur ein.

Als er den Hof erreichte, brannte kein Licht mehr. Er ging die Treppe hinauf, betrat das Schlafzimmer und zog sich leise aus. Sophie hatte die Augen geschlossen. Er war nicht sicher, ob sie wirklich schlief.

Er kroch neben sie unter die Decke. Sie lag auf der Seite, mit dem Rücken zu ihm. Er schob vorsichtig einen Arm über ihre Hüfte, ließ seine Hand vor ihrem warmen Bauch ruhen. Nach einer Weile bewegte sie sich und verschränkte ihre Finger mit seinen.

ZWEI TAGE SPÄTER

SOPHIE

Es hätte ihr klar sein müssen, dass es so leicht nicht funktionierte. Nur weil sie heute den frühen Zug nach Hause genommen hatte und nun seit einer Stunde herumsaß und die Einfahrt beobachtete, hieß das noch lange nicht, dass Mara auch wirklich auftauchte.

Sophie trank die dritte Tasse Tee und blätterte ein paar Werbeprospekte durch. Irgendwann kam Lasse mit einem Ball unter dem Arm vorbei und verschwand im Haus. Nicht mal Inga schien schon Feierabend zu haben. Sophie bereute es, nicht im Labor geblieben zu sein. Eine der streunenden Katzen, die kleinere Braungestromte, tauchte auf, blieb mitten im Hof stehen und sah zu Sophies Fenster. Dann machte sie einen erschreckten Satz nach vorn und verschwand hinter der Hecke, obwohl sich Sophie nicht bewegt hatte.

Hatte das Tier Schritte gehört? Kam jemand?

Nichts passierte.

Früher hatte es oft spontane Besuche von Nachbarn und Freunden gegeben, jemand kam mit dem Rad aus dem Ort vorbei oder zu Fuß von den umliegenden Bauernhöfen, auf einen Kaffee oder ein Bier am Feierabend. Doch das gab es nicht mehr. Dabei waren Bodo und Inga nach wie vor aktiv in der Umweltinitiative. Aber die Nähe zu Thies und ihr hielt die Leute ab. Offenbar ahnten viele, dass auf dem Hof keine gute Stimmung herrschte.

Sophie räumte die Spülmaschine aus. Sie füllte Salz und Klarspüler nach. Sie sortierte ältere Wischlappen aus und ersetzte sie durch neue. Schließlich fegte sie den Boden um den Tisch herum. Mehr als drei Brotkrümel kamen dabei nicht zusammen.

Ein Lachen ließ sie aufhorchen. Inga. Sophie blickte aus dem Fenster. Inga und Mara verließen gemeinsam das Haus! Wie konnte das sein? Sie waren die ganze Zeit da gewesen.

Inga trug etwas auf den flachen Händen, als wolle sie es präsentieren. Erst als die beiden näher kamen, erkannte Sophie, dass es ein Stück Stoff war, mehrfach gefaltet. Ein Stoff, der ihr merkwürdig bekannt vorkam.

Sie begriff viel zu spät: Sie kamen zu ihr! Schon klopfte es an der Tür.

Als Sophie öffnete, sah sie zuerst nur Maras Lächeln. Tauchte ein in das warme Braun ihres Blickes.

»Hey!« Inga strahlte. »Überraschung.«

Und da erkannte Sophie den Stoff. Er gehörte ihr. Stahlgraue Baumwolle mit einem feinen schwarzen Muster, wie mit einem japanischen Tuschepinsel gezeichnet.

»Weißt du noch, wie wir den gefunden haben?«, fragte Inga. »Du warst sofort verliebt in das Design. Wir wollten dir immer etwas daraus nähen.«

»Das war im Urlaub in Dänemark. Auf dem kleinen Markt«, erinnerte sich Sophie.

»Und seitdem hat er bei mir im Schrank gelegen. Ich hatte ihn wirklich vergessen. Aber heute …« Sie wechselte einen Blick mit Mara, »heute kam Mara mit diesem Ersatzteil und hat die Nähmaschine zum Laufen gebracht. Auf der Suche nach Stoffen zum Ausprobieren haben wir den hier gefunden. Und jetzt sieh dir an, was sie gemacht hat …«

Inga hielt den Stoff in die Höhe. Er entfaltete sich zu einem schmal geschnittenen Kleid mit trapezförmigen Ärmeln. Es hatte Ähnlichkeit mit den Kleidern, die Mara selbst trug.

»Sie näht dir so was in einer halben Stunde fertig, es ist unfassbar.« Ingas Augen klebten erwartungsvoll an Sophie. »Jetzt sag schon. Wie gefällt es dir?«

Sophie nahm das Kleid und betrachtete es aus der Nähe. »Es ist wunderschön geworden. Wirklich. Vielen Dank.«

»Probiere es am besten mal an«, meinte Mara. »Dann sehe ich, ob ich was ändern muss.«

Sophie ging ins Schlafzimmer, zog sich um und besah sich im Garderobenspiegel. Das Kleid passte wie angegossen. Sie lief zurück in die Küche.

»Perfekt«, sagte Inga.

Sophie wäre es lieber gewesen, das von Mara zu hören, aber sie wusste, dass Inga absolut recht hatte. »Danke.«

In dem Moment kam Thies herein.

»Hey, was steht ihr denn hier herum?«, fragte er, dann erst fiel sein Blick auf Sophie in dem Outfit.

»Mara hat mir was genäht.«

»Schick.« Doch statt Sophie sah er nun Mara an.

Die musste lachen. »Thies! *Das da* ist das neue Kleid.«

»Ja ja, schon klar.«

»Mama, ist Mara bei dir?«, rief eine Stimme aus dem Hof.

»Warte Jella, ich bin gleich da«, rief Mara zurück.

Inga sah sie fragend an.

»Sie möchte so gern mal mit in die Waldhütte. Ich glaube, sie findet mein Nomadenleben spannend«, erklärte Mara. »Wäre das okay? Ich bringe sie natürlich zurück.«

»Klar. Ihr könntet die Räder nehmen«, schlug Inga vor. »Aber zuerst soll sie noch Geige üben.«

»Ich sag's ihr.« Mara wandte sich zu Sophie um. »Bis bald hoffentlich.« Sie gingen zur Tür.

Draußen wurde Mara sofort von Jella in Beschlag genommen, und sie verschwanden im Haus.

Thies stand neben Sophie, auch er blickte Mara hinterher.

»Ich wusste gar nicht, dass Mara und Jella so eng sind«, sagte Sophie.

Thies wandte sich ab und nahm mit zügigen Schritten die Treppe nach oben. Als wäre sie nicht da. Kurz darauf kam er wieder herunter, verließ das Haus, lief vor dem Fenster vorbei, ohne einen Blick zurück. Er hatte sich umgezogen, trug seine Arbeitshose und ein ausgewaschenes T-Shirt.

Sie hatten keinen Streit gehabt, keine Unstimmigkeit. Er war weder schlecht gelaunt noch aggressiv. Er war einfach mit seinen Gedanken woanders, bei irgendetwas, das er vorhatte. Sophie hatte ihn lange nicht so zielstrebig gesehen, so voller Energie.

Sophie setzte sich wieder an den Küchentisch. Aus dem Nachbarhaus wehte eine melancholische Geigenmelodie herüber.

Vielleicht war das neue Kleid aus einem Stoff, der unsichtbar machte? So kam sie sich jedenfalls vor. Überflüssig und unsichtbar.

Sie war sich nicht sicher, wie sie zu dem Geschenk

stand. Sie hatte sich gewünscht, ein paar Stunden mit Mara zu verbringen. Stattdessen war die wieder mit Inga beschäftigt gewesen. Und jetzt auch noch mit Jella.

Vielleicht hätte Sophie gefragt werden wollen, was mit ihrem alten Stoff geschehen sollte? Aber sie kannte ja Inga. Wenn die sich einmal eine Idee in den Kopf gesetzt hatte ...

Sie musste aufhören, so empfindlich zu sein. In allem etwas Negatives zu suchen. Und es war wirklich ein schönes Kleid.

Mara kam aus dem Haus. Sie wandte sich in Richtung des Gartens.

Sophie trat näher zum Fenster. Thies bearbeitete mit einer Heckenschere den Kirschlorbeer. Als er Mara kommen sah, hielt er inne, legte dann das Gerät auf den Boden. Ein paar späte Sonnenstrahlen trafen auf das Dunkelrot von Maras Kleid und ließen es aufleuchten. Ein rötlicher Schimmer lag auch auf ihrem Haar, in dem eine Sonnenbrille steckte. Während sie sich unterhielten, schob Thies den Ärmel des T-Shirts hoch und massierte seinen Oberarm. Er lachte, als Mara ihm die Sonnenbrille aufsetzte. Sie schlenderten in Richtung der Bank auf der großen Wiese. Und verschwanden aus Sophies Blickfeld.

DREI TAGE SPÄTER

THIES

Diesmal war er es, der am Mast der Windanlage hochgeklettert war. Sein Blick schweifte über sandige Dünenfelder, den Bruchwald und die erblühenden Wiesen bis zum Fluss, der stahlblau und scheinbar bewegungslos dalag. Ein Meister der Täuschung. Die Auenlandschaft war sein Werk, immer wieder überschwemmte er sie, um sie neu zu formen.

Hinter dem schützenden Deich erstreckten sich Weiden und Äcker, Petersilienfelder mit ihrem bläulichen Schimmer, die gelben Kleckse erster Rapsblüten. Rinder dösten im Schatten einer mächtigen Trauerweide an einem Tümpel. Thies sah die vereinzelten Höfe mit ihren Scheunen, weiter hinten die Altstadt von Harlingerwedel mit den im Halbrund verlaufenden Gassen und den roten Dächern der Fachwerkhäuser.

Unter ihm sein altes Bauernhaus und der hellbraun verklinkerte Neubau von Bodo und Inga. Der blühende Apfelbaum. Der Kräutergarten, durch den gerade die braune Katze streifte. Im Hof spielte Mara gegen Jella Tischtennis. Mara kommentierte jeden Ball. »Dreizehn zu Zehn! Aufschlag Jella!«

Mara hatte etwas von der braunen Katze an sich. Sie war die Älteste unter ihnen, doch sie bewegte sich grazil und schnell.

Sophie reparierte einen Platten an ihrem Fahrrad, Inga

hängte Wäsche auf. Lasse war von Freunden zum Fußballspielen abgeholt worden.

In den vergangenen Tagen war Mara noch einmal abends auf den Hof gekommen, aber auch dieser Besuch galt Inga, der sie offenbar besondere Techniken beim Nähen beibrachte. Thies hatte Mara zwar kurz gesehen, doch sie waren nie unter sich gewesen und über Smalltalk nicht hinausgekommen.

Thies' Hauptbeschäftigung bestand inzwischen darin, auf ihr Auftauchen zu warten, das scheinbar ganz spontan erfolgte. Was aber machte sie, wenn sie allein war? Sie hatte die Suche nach dem Freund ihrer Mutter nicht wieder erwähnt, und Thies hatte nicht gefragt, weil er sich vor einer bestimmten Antwort fürchtete: Dass sie ihn gefunden hatte und nun nach Kopenhagen zurückfahren würde.

An diesem Feiertag war Sophie ausnahmsweise nicht in gereizter Stimmung wie sonst an den Wochenenden, wenn ihr das Labor fehlte und sie sich nicht mit ihren Messungen ablenken konnte. Heute hatten sie ausgeschlafen, und Thies hatte gerade bei einem ersten Kaffee gesessen, als Bodo ans Küchenfenster klopfte. »Ich krieg das nicht hin ohne dich. Los, wir reparieren das verdammte Ding.«

Dass Thies nun in luftiger Höhe an der Rotorachse schraubte und Bodo ihm die Ersatzteile in einen Eimer legte, den er an einem Seil nach oben zog, war Versöhnungsangebot und Vertrauensbeweis zugleich.

Jella jubelte. »Gewonnen!«

»Ha, der war im Aus, der gilt nicht!«

»Er hat die Platte noch gestreift!«

Mara blieb stehen, strich sich Haarsträhnen aus dem

geröteten Gesicht. »Thies, hast du das gesehen? Sie schummelt. Sie will mich fertigmachen!«

Thies grinste. »Los, zeig's ihr.«

Bodo ruckelte am Seil des Eimers. »Hallo? Du bist da oben zum Arbeiten. Konzentrier dich gefälligst.«

»Pause!«, rief Mara. »Aber dann gibt es Revanche!«

Thies beobachtete, wie sie den Kopf in den Nacken legte und Wasser aus der Flasche trank. Seine Kehle wurde trocken.

Inga lachte. »Keine Chance, Mara, sie ist zu gut!«, rief sie.

»Los Jella! Jetzt bist du fällig!« Mara nahm den Schläger auf, blickte kurz zu Thies.

Er winkte. »Ich bin auf deiner Seite!«

»Zieh die Schrauben nur handfest an«, wies Bodo ihn von unten an. »Erst muss die Windfahne befestigt sein.«

Jella scheuchte Mara hin und her, aber die erreichte jeden Ball.

»Thies! Hast du gehört, was ich gesagt habe?«

»Ja. Alles klar.« Er konzentrierte sich auf die Montage. Die Sonne blendete, sein Arm wurde lahm vom Festhalten. Als er endlich fertig war, standen sie am Fuß des Mastes und beobachteten, wie sich die Flügel im Wind drehten und die Mechanik die Kolbenpumpe in Betrieb setzte, um gleich darauf festzustellen, dass diese trotzdem nicht funktionierte. Nach ein paar Minuten hatte Bodo den Fehler gefunden. »Das Ventil ist kaputt. Kannst du mal im Baumarkt versuchen, ein neues zu kriegen? Du hast doch Zeit.« Er reckte die Faust hoch, in Richtung des Windrades. »Wir geben niemals auf. Du wirst schon sehen!«

Das ständige Klacken der Bälle auf der Tischtennisplatte im Ohr, trug Thies den alten Gartentisch aus dem Schuppen. Er stellte ihn mitten in den Hof, wie früher. Inga legte ihre rot-weiß-karierte Decke darüber, Stühle wurden aus den Ecken hervorgeholt.

»Ein Bierchen?« Bodo kam mit ein paar Flaschen Astra.

»Zum Frühstück?«, fragte Inga.

Bodo grinste. Sie stießen an. Das Klacken des Tischtennisballs hörte auf. Thies wandte sich um. Mara und Jella unterhielten sich.

»Thies, kannst du mir kurz helfen?«, rief Sophie.

Er trat zu ihr.

»Der Mantel muss drauf. Halt bitte mal das Vorderrad fest.«

Sie hatte zwei Plastikstäbe unter den straff gespannten Rand des Mantels geklemmt und versuchte nun, einen dritten hineinzubekommen. Thies ging in die Hocke und assistierte ihr, aber er hatte Mara immer im Blick.

»Jella und ich gehen ein bisschen zum Fluss«, rief sie zu Inga hinüber.

»Bleibt nicht zu lange«, gab Inga zurück.

»Ach, Thies!« Sophie war mit dem Plastikstab abgerutscht. Offenbar hatte sich das Vorderrad bewegt, weil er abgelenkt gewesen war.

Sophie schüttelte den Kopf über ihn. »Sie kommt ja wieder.« Es klang ironisch und leichthin gesagt, aber er hörte einen anderen Ton, den sie darunter versteckte. Eine Verletzung.

»Bitte entschuldige. Ich bin ... ein Idiot.«

Mit einem letzten Blick sah er Mara und Jella hinter dem Schuppen verschwinden. Und konzentrierte sich dann auf Sophies Rad.

SOPHIE

Inga schlug es vor, und Sophie sagte spontan zu: Sie wollten gemeinsam essen. Es war nicht geplant gewesen, erschien genauso zufällig wie ihr bisheriges Zusammensein an diesem Feiertag mit seiner perfekten, harmonischen Stimmung. Ein Tag, der sich so leicht anfühlte wie die weißen Blüten des Apfelbaums, die der Wind in den Hof wirbelte. Eine Illusion von Schneeflocken, genau wie die gemeinsame Idylle eine Illusion war, aber das schien gerade niemanden zu stören.

Sie trugen zusammen, was die Kühlschränke hergaben, und saßen eine Stunde später vor zwei Blechen mit Pizza und einer Schüssel mit buntem Salat. Nur Mara und Jella fehlten noch.

Thies saß mit Blick in die Richtung, aus der sie kommen mussten. Er wirkte aufgekratzt. Seine Bewegungen hatten sich verändert, er schien zehn Zentimeter größer und zehn Jahre jünger zu sein. Er war glücklich. Sophie entdeckte den Thies aus früheren Zeiten wieder. Sie liebte ihn.

Gleichzeitig wusste sie, dass nicht sie es war, die diese Verwandlung bewirkt hatte.

Mara war einige Jahre älter als sie. Sie war die Freundin, die Sophie dringend gebraucht hatte: aufmerksam, warmherzig, lebenserfahren. Da war der Moment vor Aarons Zimmer gewesen, als Mara sie festgehalten hatte.

Sophie hatte sich geborgen und verstanden gefühlt. Doch jetzt versuchte Sophie, Mara mit Thies' Augen zu sehen. Wie sie Tischtennis gespielt hatte, mit eleganten, fließenden Bewegungen. Ihr langes Haar wehte umher, sie musste es immer wieder aus der Stirn streifen. Bis auf ein paar sympathische Lachfältchen war ihr Gesicht glatt, ihre Arme kräftig, aber trotzdem schlank, ihre Beine endeten in schmalen Fesseln, langgliedrigen Füßen und Zehen mit malvenfarbenem Nagellack. Mara war attraktiv. Und sie wusste es. Eine Frau, die selbst barfuß oder in Wanderstiefeln ging wie auf hohen Absätzen.

Dass sie heute zusammen am Tisch saßen, das hatten sie ihr zu verdanken. Aber die Harmonie war fragil, und das feine Gleichgewicht konnte durch kleinste Erschütterungen zerstört werden.

»Da sind sie, na endlich!«, rief Inga.

Jella ging leicht gebeugt, die Augen auf den Boden gerichtet, und Mara hatte den Arm um ihre Schultern gelegt. Als sie näher kamen, sah Sophie, dass das Mädchen geweint hatte.

»Was ist los?« Inga stand mit alarmiertem Blick auf.

»Sie ist umgeknickt«, sagte Mara. »Aber es ist nicht schlimm. Wir haben den Fuß im Fluss gekühlt.«

Sophie konnte nichts Ungewöhnliches an Jellas Bein entdecken. Sie humpelte nicht einmal.

Inga betastete die Stelle eingehend. »Tut das weh?«

Jella schüttelte den Kopf und rieb sich die letzten Tränen aus den Augen.

»Scheint noch mal gut gegangen zu sein. Na, dann setzt euch.« Inga verteilte Salat, schnitt Stücke von der Pizza für die beiden ab. Jella stocherte unter den aufmerksamen Blicken ihrer Mutter in ihrem Essen herum. Mara streichelte über Jellas Rücken. Sie und das Mädchen wirkten wie eingesponnen in einen gemeinsamen unsichtbaren Kokon. Wie zwei Menschen, die ein Geheimnis teilten.

THIES

Am Abend brachte er Mara mit dem Wagen zur Hütte. Es drohte zu regnen, eine schwarze Wolkenfront türmte sich am Himmel auf.

Er begleitete Mara zu der Holztür, an der die Farbe abblätterte. Da wurden sie auch schon von den ersten, dicken Regentropfen getroffen.

»Komm schnell rein.« Sie ging voraus und zündete innen eine Petroleumlampe an.

»Wie bist du bloß an diese Hütte gekommen?«, fragte er.

»Ich kenne den Ort von früher. Ich war mit meiner Mutter hier.«

»Der Mann, den du suchst, ist das der alte Werninger?«

»Nein. Der ist übrigens gestorben. Seine Tochter hat mir erlaubt, hier zu wohnen.«

»Ingas Eltern kannten Werninger gut. Als sie jung waren, haben sie hier draußen wilde Partys gefeiert. Erzählt jedenfalls Edith.« Thies trat näher. »Kann ich mich umschauen?«

»Na klar.«

Die Laube gehörte den Waldspinnen, überall an den Holzwänden klebten die weißen Schlieren verlassener Netze, und Thies war froh, im flackernden Licht der Handlampe ihre neuen Behausungen nicht sehen zu müssen.

Er betrachtete die Küchenzeile mit Hängeschrank, einen Campinggaskocher, einen Topf. Ein durchgesessenes

Sofa, Farbe undefinierbar, davor ein Couchtisch. »Es gibt nicht mal Strom?«

»Geht auch ohne. Komm.« Mara durchquerte den Raum und öffnete eine weitere Tür. Eine Art Abstellkammer. Winzig, fensterlos, spinnenverseucht. Ihr Rucksack, die Reisetasche. Eine Matratze auf dem Boden. Darauf eine Decke und ein Schlafsack.

»Warum schläfst du hier in der Kammer?«

»Warum denn nicht?«

»Der Raum nebenan ist größer.«

»Keine Ahnung. Ich finde es hier gemütlicher.«

Er entdeckte den Sperrmüll, mit dem die Ecken vollgestopft waren. Ein Bettgestell und ein Lattenrost mit verrosteten Sprungfedern, vorsintflutlich, aufrecht gegen die Wand gelehnt. Ein Stapel dreckiger Gartenmöbel. Ein umgedrehter Tisch, dem ein Bein fehlte. Eine weitere Tür, sie führte nach draußen.

»Ich könnte dir helfen, das Gerümpel loszuwerden. Wir laden alles ins Auto und ...«

»Ich komme prima zurecht, so wie es ist.«

Er hob die Schultern. »Nur ein Angebot.«

Ihre Antwort reizte ihn. Irgendwas stimmte nicht mit ihr. Oder mit dem, was sie ihnen erzählt hatte. Um diesen Freund ihrer Mutter zu suchen, hätte sie ein paar Tage in ein Hotel gehen können. Hier zu hausen und nichts daran verbessern zu wollen, war nicht normal.

Er wollte ihr helfen, und sie ließ ihn nicht. *Das* war es, was ihn eigentlich ärgerte.

Er war losgefahren in der Erwartung, sie zum Abschied zu umarmen. Und sie diesmal länger und intensiver zu spüren als beim ersten Mal.

Er forschte in ihrem Gesicht. Spürte sie auch diese Anziehung?

Sie lächelte, stellte die Lampe auf einen Stuhl, über dessen Lehne Kleider hingen. Thies streckte den Arm nach ihr aus, umfasste ihr Handgelenk.

»Nicht«, sagte sie. Nur das eine Wort, und ihr Blick, der ihn auf Distanz hielt. Er ließ sie los, mit jeder anderen Frau wäre ihm der Moment peinlich gewesen, nicht mit ihr. Von ihrer ersten Begegnung an hatte sie die Regie geführt, er musste sich nur darauf einlassen. Auf *ihre* Bedingungen.

»Erzähl mir von dir. Was hast du hier gemacht, mit deiner Mutter?«, fragte er.

Sie wich seinem Blick aus. »Das ist keine romantische Geschichte. An manchen Orten erstickt man an Erinnerungen. Das wisst ihr beide doch am besten.« Sie hob den Kopf. »Ich war mit Sophie in Aarons Zimmer.«

Thies sah sie überrascht an.

»Sophie ist unglücklich. Du genauso. Ihr hockt in einem Gefängnis, obwohl die Tür offen ist. Ihr seht den Ausgang nicht.« Sie lächelte. »Von außen erscheint es so leicht, den Weg zu erkennen.«

»Ich sehe Aaron jeden Tag, im Fluss. Als würde seine Leiche an mir vorbeischwimmen. Wie eine Mahnung. Dass ich ihn nicht vergesse. Dass ich meine Schuld nicht vergesse.«

»Schuld? Woran?«

Thies schüttelte den Kopf. Er konnte das nicht erklären.

»Ihr habt euren Sohn geliebt. Und bestimmt alles für ihn getan.«

»Natürlich. Ich habe mir immer eingebildet, ein guter Pädagoge zu sein. In jeder Klasse gibt es Störenfriede, meist sind es Jungs. Ich habe versucht, sie einzubinden, sie neugierig zu machen, ab und zu konnte ich sie sogar für irgendwas begeistern.« Er stützte die Arme auf die Knie. »Nur an meinen eigenen Sohn bin ich nicht rangekommen. Er war verschlossen. Du wusstest nie, was in ihm vorgeht. Unsere Liebe, alles, was wir ihm geben wollten ... Er hat es nicht angenommen. Als wenn er uns gar nicht braucht. Und manchmal ...«, Thies ballte die Hand zur Faust, »manchmal war die Liebe für ihn einfach weg.«

»Du siehst ihn im Fluss, weil du ihn sehen willst. Du hältst dich an ihm fest. Treibst dahin. Statt wieder zu leben.«

»Ich weiß. Sophie ist stärker als ich.«

»Nein.« Mara richtete sich auf. »Sie funktioniert nur, wie ein Roboter.«

»Du fragst dich ständig, worin dein Fehler liegt. Was machen andere Eltern besser? Inga und Bodo. Warum läuft es bei denen immer glatt? Bist du zu streng, zu nachgiebig, zu inkonsequent? Es fühlt sich an, als gäbe es ein geheimes Wissen, an dem alle anderen teilhaben, nur wir nicht. Sophie war genauso hilflos wie ich. Wir haben nur noch gestritten. Dadurch wurde es immer schlimmer. Und nach außen haben wir normale Familie gespielt.«

»Und nun spielt ihr weiter? Die trauernden Eltern?«

Was sie sagte, tat weh, aber sie hatte recht. Was er empfand, war nicht Trauer. Trauer bedeutete, an den Menschen zu denken, den man verloren hatte. Er hingegen kreiste um sich. Er vermisste nicht Aaron, sondern das Leben, das er selbst gern geführt hätte.

Wie aus dem Nichts steigerte sich der Regen draußen zu einem Wolkenbruch und prasselte auf das Dach der Laube. Es donnerte. Mara stieß die Tür der Abstellkammer auf und lief in das Unwetter hinaus.

»Komm her!« Sie breitete die Arme aus und legte den Kopf in den Nacken, ließ das Wasser mit geschlossenen Augen über ihr Gesicht laufen. »Das ist herrlich!«

Thies ging zu ihr, er trat auf Moos, das unter den Füßen federte. Kühl traf der Regen seine Stirn, seine Lider, jeder Tropfen ein kleiner Nadelstich. Mara begann, sich im Kreis zu drehen, sie sang etwas in einer fremden Sprache. Dänisch. Als sie plötzlich stehen blieb, schwankte sie, schwindelig von der Bewegung, er fing sie auf und zog sie in seine Arme. Er fühlte wieder ihren Körper, die Energie, die sie umgab wie ein Kraftfeld. Er wusste nicht, was zwischen ihnen geschehen würde, er spürte nur, dass Mara die Einzige war, die ihm helfen konnte.

»Thies.« Ihr Gesicht glänzte vor Nässe, Tropfen hingen in ihren Wimpern, als sie ihn ansah. »Verlieb dich nicht in mich. Das ist nicht der Weg hinaus.«

SOPHIE

Sie hatten noch lange im Hof zusammengesessen, Bier getrunken und von früher erzählt. Mara schien die Geschichten zu lieben, die sie alle über ihre Heldentaten im Widerstand gegen die Castor-Transporte erzählen konnten, und ihre Fragen inspirierten Bodo und Thies zu immer neuen Anekdoten. Von einer bestimmten Aktion redeten sie allerdings nicht. Die nächtliche Sitzblockade, bei der Bodos Vater den Schlaganfall bekommen hatte. Sophie wusste, dass es für beide eine aufwühlende Erinnerung war.

Irgendwann war es allen zu kühl geworden. Inga und Bodo gingen ins Haus, und Thies brachte Mara zur Laube.

Sophie wollte sich nicht allzu konkret vorstellen, wie das ablief. Thies war dabei, sich zu verlieben, er versuchte nicht einmal, es zu verbergen.

Draußen rollte Donner heran. Sophie flüchtete ins Wohnzimmer und schob die Terrassentür zu, gerade noch rechtzeitig, bevor erste dicke Tropfen auf den Steinplatten zerplatzten. Der Niederschlag steigerte sich zu einem Sturzregen, der gegen die Scheiben prasselte, und der Wind zerrte an der halb eingerollten Markise. Ein Oleandertopf kippte um.

Sophie setzte sich an den Tisch und wartete. Auf die saubere, kalte Luft, die das Gewitter bringen würde.

Es war das erste Mal, dass etwas in dieser Art passierte. Dass Thies sich für eine andere interessierte. Wie das bei Mara war, konnte Sophie nicht einschätzen. Flirtete sie mit ihm? Oder war sie ihm gegenüber nur ebenso aufmerksam und zugewandt wie bei allen anderen auf dem Hof? Nein, ihn sah sie öfter an. Sie beobachtete ihn. Und sie war sich ihrer Wirkung auf ihn bewusst.

Sophie beschwor ein Bild herauf, zwang sich, es anzuschauen: Thies, wie er vor Mara stand, die Arme um ihre Taille legte, sie küsste.

Seit Aarons Tod lebten sie und Thies jeder in einer eigenen Welt, aber eins hatten sie nie verloren: das Vertrauen, dass sie trotz allem ein Paar waren. An dem Gefühl festzuhalten, war allerdings von Monat zu Monat schwieriger geworden. Sie waren schon zu lange gefangen in ihrem Schweigen, das zum Bersten mit Schuldgefühlen und unausgesprochenen Vorwürfen gefüllt war. Thies war abwesend, versunken in seiner Verzweiflung. Es ging ihm schlecht, er hatte mit einer Gesprächstherapie angefangen, sie wieder abgebrochen, weil sie ihm nicht half. Hatte er mehr Unterstützung von Sophie erwartet? Hatte sie versagt? Ihn enttäuscht? Das diffuse Gefühl, verantwortlich zu sein, lastete als ständiger Druck auf ihr.

Es war gut, dass endlich etwas passierte! Es verletzte sie, aber es nahm auch die Last von ihr. Jemand kümmerte sich um Thies. Und es ging ihm besser.

Doch wer kümmerte sich um *sie*? Sie brauchte Mara genauso!

Das Donnern verwandelte sich in ein leiseres Grummeln. Die schwarze Wolkenfront zog wie in Zeitlupe weiter, schwefelgelbes Licht erfüllte nun den Raum. Sophie lief durch das Zimmer wie ein eingesperrtes Tier. Und da sah sie es: Die mittlere Schublade der Kommode stand einen Spalt offen. Es war die Schublade mit den Tischdecken. Sophies Körper reagierte schneller als ihr Verstand, sie zog die Lade bis zum Anschlag auf und suchte den Umschlag unter dem Stoff. Nichts. Er war nicht mehr da! Sie steckte den Arm tiefer hinein, tastete und stieß mit den Fingerspitzen an das Papier.

Sie zog den Umschlag hervor, zögerte, entschied sich, ihn nicht zu öffnen. Das Armband war ja da, sie konnte es durch die Hülle fühlen: die Knoten in dem Makramee, die kleinen, harten Perlen und der größere, ovale Lapislazuli.

Der Umschlag hatte viel weiter hinten gesteckt als zuvor. War Thies an der Schublade gewesen? Aber warum sollte er plötzlich das Armband anschauen wollen? Mit Mara hatte sie vor der Kommode gestanden und darüber gesprochen, Mara hatte von dem selbst gemachten Schmuck ihrer Mutter erzählt.

Sie würde doch niemals einfach so ...

Vielleicht hatte sie auch mit Thies über Aarons Tod geredet. Und er hatte ihr das Armband gezeigt. Irgendwann heute, als jeder auf dem Hof beschäftigt war. Und die Türen weit offen standen.

Sophie ging zur Terrassentür und öffnete sie bis zum Anschlag. Die abgekühlte Luft schob sich wie eine Wand in den Raum. Draußen dampften die Wiesen.

Mara hatte sehr viel Einfluss auf sie alle. Sie holte Thies aus seiner Verzweiflung. Und heute hatten sie mit Inga und Bodo zusammengesessen, geredet, sogar gelacht. Das war gut.

Mara tat ihnen gut. Sie konnte ihr vertrauen.

Doch zum ersten Mal fragte sie sich, was Mara vorhatte. Warum sie zu ihnen gekommen war. Und warum sie blieb.

THIES

Am nächsten Morgen wollte er gerade vor dem Baumarkt in Lüneburg ausparken, als er sie entdeckte: Mara, auf der gegenüberliegenden Straßenseite, an der Haltestelle, den Rucksack geschultert. Ein Bus hatte gehalten, und sie musste ausgestiegen sein.

Er hatte sich in den Verkehr einfädeln wollen, doch nun bremste er, stellte erneut den Motor aus. Saß wie erstarrt da.

Sie ging weg.

Sie verließ ihn, Sophie und die anderen. Sie verließ *ihn*. Fuhr nach Christiania oder sonst wo hin. Zu einem neuen Ziel in ihrem Leben.

Gestern Abend in der Laube ... Sie hatte ihn abgewiesen, und er verstand, warum. Sie suchte jemanden, der stark war, ihr ebenbürtig, nicht einen Ertrinkenden wie ihn, der von ihr gerettet werden wollte.

Sie lief auf dem Bürgersteig in Richtung Zentrum, war schon nicht mehr in Rufweite.

Die Reisetasche.

Wie elektrisiert blickte er ihr hinterher. Da war nur der Rucksack, die Tasche fehlte.

Warum hatte sie ihm gestern nicht erzählt, dass sie früh in die Stadt wollte?

Er stieg aus und folgte ihr, den Abstand haltend. Es fühlte sich an wie eine Sequenz aus einem Film, nicht wie sein reales Leben. Thies, der zum Baumarkt fährt, um ein Ventil für die Kolbenpumpe zu besorgen. Thies, der einer Frau nachspioniert wie ein Stalker.

Mara war voller Widersprüche. Sie gab die um sein Seelenwohl besorgte Freundin. Die sinnliche Mara, die ihn lockte. Die besonnene Frau, die ihn abwies. Mara, die ihre Geheimnisse hatte.

Ihre Suche nach diesem Mann. Die Laube.

Das ist keine romantische Geschichte.

Was hatte sie für Erinnerungen an diesen Ort? Er hatte sie gefragt, aber keine Antwort bekommen, und erst jetzt wurde ihm bewusst, warum: Mara hatte ihn direkt auf ein anderes Thema gelenkt. Aarons Zimmer, seine und Sophies Kammer des Schreckens. War das ein Ausweichmanöver, weil sie nicht über sich sprechen wollte?

Sie führte Regie. Es wurde Zeit, dass er dem etwas entgegensetzte. Er holte tief Luft.

»Mara!«

Er konnte sehr laut rufen, die Stimmbänder trainiert vor unzähligen Schulklassen von pubertierenden Jugendlichen, er übertönte spielend leicht den Verkehr, das sirrende Geräusch der Fußgängerampel, das Rumpeln des Betonmischers auf einer Baustelle. Mara fuhr herum, sah ihn und blieb stehen.

»Thies! Was machst du hier?«

»Na, und du?«, fragte er. »Wenn du was gesagt hättest, hätten wir zusammen in die Stadt fahren können.«

Sie lächelte nicht. »Es war eine ganz spontane Idee.«

»Wohin willst du denn?«

»Es gibt hier einen Kunsthandwerksmarkt. Ich möchte versuchen, ein paar Kleider zu verkaufen.«

»Wo ist das? Soll ich dich hinfahren?«

»Danke, nein. Es kann nicht weit sein.«

Er spürte ihre Unruhe, sie wollte vorankommen, und er hielt sie auf, trotzdem stand er noch immer vor ihr.

»Wir sehen uns später«, sagte sie. »Ich komme heute Abend auf den Hof.«

Er nickte. Auf den Hof. Wo Sophie war. Jella. Und alle anderen.

Zurück im Auto googelte er den Kunstmarkt. Nach Hause zog ihn nichts. Es war Samstag, und Sophie war da.

Er ließ den Wagen stehen und lief die paar Minuten bis zum Stresemannplatz. Schon aus der Entfernung sah er die Verkaufstische, zwischen denen sich Menschen drängten. Er näherte sich, und in der zweiten Reihe entdeckte er Mara. Sie diskutierte mit einer Frau, die hinter einem der Stände saß. Beide lachten kurz auf. Die andere erhob sich, schob ihre Ware, gestrickte Pullover und Tücher, zusammen, sodass ein Teil des Tisches frei wurde. Auch auf der Kleiderstange hinter ihr wurde Platz geschaffen, und Mara hängte Kleider auf, die denen ähnelten, die sie trug.

Thies blieb weit genug entfernt, sodass sie ihn nicht entdeckte. Auf dem Tisch breitete sie ein Stück schwarzen Samt aus und legte Schmuckstücke darauf aus. Thies trat näher, bewegte sich jedoch im Sichtschutz der Kleiderstange. Und blieb so abrupt stehen, dass ein Passant in seinen Rücken prallte.

Armbänder aus Makramee, darin goldene und blaue Perlen. Und blaue Schmucksteine. Lapislazuli.

Aarons Armband.

Wie konnte das sein? Das war keine Massenware, Mara

verkaufte handgefertigten Schmuck. Wie war Aaron an so ein Armband gekommen? Mara hatte doch gesagt, sie sei als Kind zum letzten Mal in dieser Gegend gewesen.

Es gab sicher eine ganz simple Erklärung. Nur fiel ihm keine ein.

Thies verließ den Markt, bevor sie ihn entdeckte, lief zurück zum Auto. Er stieg ein, blickte auf die toten Insekten an der Windschutzscheibe. Musste er nicht Bodo von dem Schmuck erzählen? Doch der würde die Kollegen informieren, die in Aarons Todesfall ermittelt hatten. ›Der Fall kann jederzeit wieder aufgenommen werden, wenn sich neue Aspekte ergeben.‹ Bodos Worte. Ganz sicher hatte Mara nichts mit Aarons Tod zu tun. Aber sie würde in den Fokus rücken, man würde sie vernehmen. Und sie erfuhr dann, dass er derjenige war, der die Polizei zu ihr geschickt hatte. Das Risiko war zu groß. Er durfte sie nicht verlieren. Und das konnte durchaus geschehen, wenn er jemandem von der heutigen Entdeckung erzählte.

Er ließ den Motor an und fuhr nach Hause, beherrscht von einem Durcheinander von Gedanken und Gefühlen, gleichzeitig wie in Trance. *Festhalten. Mara festhalten.*

Er parkte auf dem Hof und entdeckte Sophie sofort. Sie stand mit Inga bei den Kräutern, hatte eine Gartenschere und ein paar Zweige Rosmarin in der Hand. Er winkte ihnen zu. »Ich komme gleich«, rief Sophie. Er hob den Daumen.

Im Wohnzimmer zog er die Schublade in der Kommode auf, tastete, fischte den Umschlag heraus und öffnete ihn. Das Armband fiel auf die oberste weiße Tischdecke.

Seine Erinnerung hatte ihn nicht getäuscht.

Er hörte Sophie an der Haustür und ließ Armband und

Umschlag verschwinden. Er stand noch bei der Kommode, als sie ins Zimmer trat. Sie musterte ihn.

»Hast du Mara Aarons Armband gezeigt?«

»Was?« Er sah sie verständnislos an. »Nein, wieso?«

»Komisch«, sagte Sophie, »ich bin sicher, es war nicht mehr am selben Platz wie zuvor.«

Sie schien auf etwas von ihm zu warten, doch als er nicht reagierte, drehte sie sich um und verließ den Raum.

Thies setzte sich und blickte in die Wiesen. Was machte er da gerade? Wohin würde das führen, wenn er Sophie nicht einweihte?

Er belog sie ja nicht direkt. Er brauchte nur ein wenig Zeit. Zum Nachdenken darüber, was er heute gesehen hatte.

Mara festhalten. Das Gefühl des Aufbruchs. Das Verliebtsein. Die neue Energie.

All das war bereits vorbei, wie Gift sickerte die Erkenntnis in ihn hinein.

Nein. Nur, wenn er das zuließ. Mara würde ihm alles erklären. Er musste sie nur fragen.

SOPHIE

»Drei, zwei, eins, los!« Bodo schaltete den Rasensprenger an, eine Wasserkaskade schoss in die Höhe, und glitzernde Tropfen regneten auf den Gemüsegarten nieder. Wasser direkt aus dem Brunnen, die Windanlage funktionierte. Sophie, Inga, Thies und Lasse jubelten. Bodo und Thies klatschen sich ab.

»Ihr seid großartig«, sagte Inga. »Das müssen wir feiern.«

»Können wir ein Lagerfeuer machen?«, rief Lasse. »Bitte, Papa! Ich geh Holz sammeln.«

»Viel zu feucht alles«, meinte Bodo.

»Soll ich dir zeigen, wie du in einem nassen Wald trockenes Holz finden kannst?«, fragte Thies den Jungen.

»Ja! Wie denn?« Lasse klang begeistert.

Sophie entging nicht der schnelle Blickwechsel zwischen Inga und Bodo. Kam er wieder einmal hoch, der alte Verdacht gegen Thies, der kein Alibi gehabt hatte, als sein Sohn verschwand? Niemand würde es aussprechen, doch die Vergangenheit war immer präsent zwischen ihnen.

»Na, dann komm!« Thies hatte zum Glück nichts davon mitbekommen und lief mit Lasse los. Das fröhliche Geplapper des Jungen war noch zu hören.

Sophie stellte sich vor, Thies dürfte den Ausflug mit seinem eigenen Sohn erleben. Doch das steigerte den Schmerz nur. Und wieder einmal fühlte sie die Gewissheit: Es hatte nicht an Thies gelegen, dass sie gescheitert waren. Er war ein guter Vater gewesen. Sie waren normale Eltern. Aber wer glaubte das? Außer sie und Thies?

Als er mit Lasse zurückkam, setzte die Dämmerung bereits ein. In ihrer Feuerstelle hinter Ingas und Bodos Haus, einem Kreis, umgeben von dicken Steinen, schichteten sie die Holzscheite auf. Alle zusammen, wie früher. Thies gab sich Mühe, er war präsenter als sonst, scherzte mit Bodo, ließ Lasse von seinem Bier probieren. Sie lachten, als Lasse den Schluck ausspuckte. Doch später, als sie um das Feuer saßen, gab es Momente, in denen Thies abwesend vor sich hinsah. Sophie wusste, dass er auf Mara wartete. Genau wie sie.

Ingas Gesicht leuchtete im Schein der Flammen. Sie wirkte so glücklich. Sophie stieß mit ihr an, die Bierflaschen klackten aneinander.

In diesem Moment klingelte Ingas Handy. »Ja, Schatz? … Okay? Gut. Bis gleich.«

»Mara ist an der Schule«, erklärte sie Bodo. »Jella kommt mit ihr zusammen zurück.«

Thies blickte vom Feuer auf. Sophie forschte in seinem Gesicht. Es war ausdruckslos.

Es verging eine volle Stunde, bis sie eintrafen. Sophie, die sich gerade eine Strickjacke geholt hatte, sah sie zuerst. Mara brachte Jella zur Haustür, nahm sie in die Arme, strich immer wieder über ihren Rücken. So standen sie eine ganze Weile. Dann löste sich das Mädchen von Mara, drehte sich um und lief ins Haus.

Mara machte ein paar Schritte in Richtung des Feuers, blieb stehen, schien zu zögern. Sophie wollte gerade zu ihr gehen, als sie aus dem Augenwinkel eine Bewegung wahrnahm. Thies war aufgestanden. Als Mara ihm begegnete, berührte sie ihn kurz am Arm, ging aber weiter.

»Mara, endlich! Komm her und setz dich!«, rief Inga. »Nein, zuerst: Sieh dir unsere Windpumpe an! Thies' und Bodos Gemeinschaftswerk. Rad dreht sich, Wasser läuft!«

Sie stockte, als sie bemerkte, dass Mara die Windanlage kaum beachtete. »Wo ist denn Jella?«

»Drinnen.«

»Bestimmt hat sie Hunger. Ich seh mal nach ihr.« Inga stand auf und lief zum Haus.

Bodo versorgte Mara mit einem Bier. Sophie setzte sich wieder auf ihren Platz und beobachtete Thies. Ihre Blicke trafen sich kurz. Er wich ihr aus. Er wirkte wie ein trotziger Junge, dem jemand das Spielzeug weggenommen hatte. Mara hier mit allen teilen zu müssen, klar, das passte ihm nicht.

Ein Holzscheit krachte zu Boden, Funken stoben. Lasse hatte mit einer Eisenstange in der Glut herumgestochert.

»Hör auf damit«, ermahnte Bodo seinen Sohn.

»Kann ich ein neues Holz drauflegen?«

»Du musst noch ein bisschen Geduld haben.«

Inga kam zurück. »Komisch«, sagte sie laut.

»Was denn?«, fragte Bodo.

»Jella. Sie ist irgendwie merkwürdig. Sie mag nichts von der Probe erzählen. Hunger hat sie auch keinen. Ich soll sie in Ruhe lassen.«

Bodo warf Mara einen fragenden Blick zu.

»Na ja, sie ist hundemüde«, fuhr Inga fort. »Die Woche war hart, sie hat zwei Arbeiten geschrieben, und dann heute Geigenunterricht und noch die lange Chorprobe ... Aber sie will es ja. Sie ist so ehrgeizig.«

»Meine süße Kleine ist bockig.« Bodo grinste. »Da rückt wohl langsam die Pubertät näher, was?«

Sophie versuchte, verständnisvoll zu lächeln. Wie oft hatte sie früher Aarons Verhalten vor anderen erklärt und entschuldigt und war dankbar gewesen, wenn alle zustimmend nickten und das Thema ruhen ließen.

»Wie war dein Tag, Mara?«, fragte Inga.

»Ganz gut.«

»Was hast du heute gemacht?«

Mara malte mit der Fingerspitze Linien in das Kondenswasser auf ihrer Bierflasche. »Ich war spontan in Lüneburg, auf einem Kunsthandwerksmarkt.«

»Ach? Um was zu verkaufen?«, fragte Inga.

»Ja, ein paar Klamotten.« Mara stellte die Flasche so achtlos auf den Boden, dass sie umkippte und heller Schaum herausquoll. »Merkt ihr wirklich nicht, wie sich Jella fühlt? Oder wollt ihr es nicht sehen?«

Alle sahen sie überrascht an, doch ihr Blick war auf Inga gerichtet.

»Macht doch endlich mal die Augen auf.« Aus ihrem Ton war die Freundlichkeit verschwunden.

»Wieso? Was ist denn mit ihr?« Ingas Stimme klang unsicher.

»Warum spricht sie mit mir, einer Fremden? Ganz offenbar, weil sie niemanden sonst hat.«

»Was soll das jetzt plötzlich?« Bodo richtete sich auf. »Kannst du mal Klartext reden, was eigentlich los ist?«

»Jella war am Fluss, als Aaron gestorben ist. Sie war dabei.«

Die Flammen loderten an den Holzscheiten hoch, sprühten Funken in den rußgrauen Himmel.

»Was?« Inga stand auf.

»Warum hat sie das nie gesagt?«, fragte Sophie. »Hat sie … Was hat sie gesehen?«

»Das kann ich dir nicht sagen. Ich habe Jella versprechen müssen, es vertraulich zu behandeln und mit niemandem darüber zu sprechen.«

»Verdammt, Mara!« Thies' Stimme war so laut, dass Sophie zusammenfuhr. »Das hier betrifft Aarons Tod, wir haben ja wohl ein Recht darauf, zu erfahren …«

»Nein«, fuhr Bodo ihn an. »Auch wenn ihr das glaubt, aber es dreht sich nicht immer und ewig alles nur um euren Sohn.«

Thies und er starrten sich an. Eine falsche Bemerkung, und die Situation würde eskalieren.

Mara hob ihre Flasche auf und trank den Rest aus. Sie schlug entspannt die Beine übereinander und lehnte sich zurück, als sei sie Zuschauerin bei einem Theaterstück und nicht die Urheberin dieser Spannungen.

»Können wir mit Jella sprechen?«, fragte Sophie. »Wenn sie etwas weiß …«

»Sophie. Ich verstehe dich ja«, unterbrach Inga sie, »aber zuerst rede ich mit meiner Tochter. Wir«, sie drehte sich zu Bodo um, »wir fragen sie. Ich erkläre mir das so, dass sie …«

»Ich glaube, da liegt exakt das Problem«, warf Mara ein. »Ihr wollt alles *erklären*. Auch Dinge, die ihr gar nicht versteht. Ihr fragt nicht. Ihr hört nicht zu. Deshalb ist Jella zu mir gekommen. Sie tut mir leid. Genau wie ihr. Ihr freut euch über den neuen Frieden hier. Eine reparierte Pumpe, wie schön. Ein Lagerfeuer. Ein Blech Pizza, prima Sache. Aber glaubt ihr wirklich, dass das reicht?«

»Was denn? Was reicht deiner Meinung nach?«, fragte Inga.

»Lass sie einfach«, sagte Bodo, seine Stimme bebte. »Sie ist Madame Neunmalschlau, und wir sind hier die Dummen!«

Mara erhob sich und zog den Reißverschluss ihrer Lederjacke zu. »Es tut mir leid. So sollte es nicht rüberkommen.«

Obwohl die Entschuldigung ernst gemeint klang, spürte Sophie, dass Mara genervt war, von der Situation, von ihnen allen.

Und nun ging sie. Thies erwachte aus der Erstarrung, machte einen Schritt hinter ihr her. »Mara ... warte.«

Sie reagierte nicht. Er versuchte nicht weiter, sie aufzuhalten. Setzte sich wieder. Sophies Augen brannten von der Hitze der Glut, sie blickte Mara nach, so lange wie möglich. Bis sie von der Dunkelheit verschluckt wurde.

Sie hatten das Feuer gut genährt, es züngelte und leckte gierig, immer höher. Es trennte sie voneinander, eine unüberwindbare Grenze: sie und Thies auf der einen Seite, Inga und Bodo auf der anderen. So kamen sie nicht weiter. Sophie suchte nach den richtigen Worten, um Inga zu erreichen. Inga musste sie doch verstehen!

»Natürlich könnt ihr mit Jella sprechen«, kam Inga ihr zuvor. »Aber erst mal müssen wir klären, ob das alles überhaupt stimmt.« Sie unterbrach sich, zögerte, warf Bodo einen hilfesuchenden Blick zu. »Es würde mich wundern, denn dann müssten wir davon wissen. Und dass sie angeblich Mara mehr vertraut als ihrer eigenen Mutter? Ich habe ein enges Verhältnis zu Jella. Was glaubt ihr, wie oft ich mit anderen Müttern rede: Die kriegen kaum noch was mit. Dreizehn ist ein heikles Alter. Sie wollen nicht länger Kinder sein, lassen sich extrem leicht beeinflussen. Himmeln irgendwelche Youtuberinnen an. Aber *mir* erzählt Jella das alles und sie ...«

»Ist ja gut«, stoppte Thies ihren Redeschwall, »wir wissen, dass du eine perfekte Mutter bist.«

Inga verstummte mit einem hasserfüllten Blick.

Niemand sagte etwas. Das wütende Knacken des Feuers und das Krachen, wenn Holzscheite zu Boden gingen, waren die einzigen Geräusche.

Thies stand auf. »Dann bitte. Sprecht mit Jella. Jetzt.«

ZWEI TAGE SPÄTER

INGA

Das kurze, unpersönliche Schreiben mit dem Schulstempel lag vor ihr auf dem Küchentisch. … *bitten wir Sie um ein Gespräch aufgrund der aktuellen Vorfälle.*

Inga hatte nicht die leiseste Ahnung, was damit gemeint sein könnte. Jella und *Vorfälle*? Sie und Jellas Klassenlehrerin kannten sich gut, Inga wurde schließlich Jahr für Jahr zur Elternsprecherin gewählt und war stellvertretende Vorsitzende des Fördervereins der Schule. Und trotzdem war nicht mal ein persönlicher Anruf oder irgendeine andere Vorwarnung gekommen.

Vorwarnung … Das Wort hallte in ihr nach. Hatte es Anzeichen dafür gegeben, dass es Jella nicht gut ging, und Inga hatte sie übersehen? Schon länger erzählte sie von sich aus gar nichts mehr aus der Schule. Inga hatte das auf die beginnende Pubertät geschoben. Die Distanz zu den Eltern wuchs, das stand ja in jedem Ratgeber.

Die Haustür wurde geöffnet, Schuhe flogen in die Ecke, Lasse steckte seinen Kopf durch die Tür. »Hallo Mama, was gibt es zu essen?«

Inga zögerte. »Mal sehen.«

»Ich hab wirklich Hunger.« Er trat ein, betrachtete den leeren Herd, dann sie. »Ist irgendwas?«

Inga faltete den Brief, bevor er ihn lesen konnte. »Nein, alles gut. Weißt du, wo deine Schwester steckt? Ich dachte, ihr kommt zusammen?«

Lasse hob die Schultern. »Ich hab am Bus gewartet, sie ist nicht aufgetaucht. Ihre Freundinnen waren aber da.«

»Hast du sie nicht nach Jella gefragt?«

Er rollte mit den Augen. »Nee.«

Inga verzichtete auf weiteres Nachhaken. Es gab kaum etwas Komplizierteres als das Verhältnis zwischen Jungs und Mädchen in diesem Alter.

»Hat Jella Ärger?« Er blickte auf den Brief.

Es war schon immer schwer gewesen, Konflikte vor ihm zu verbergen.

»Hast du irgendwas über sie gehört? In der Schule?«, fragte sie zurück.

Er lehnte im Türrahmen, spielte den Lässigen, aber sie spürte, dass er auf der Hut war. »Nö. Wieso?«

Vermutlich log er. Um Jella zu schützen. Auch wenn sie ab und zu stritten, als Geschwister hielten sie zusammen.

»Schon gut.« Sie lächelte ihn an. »Räum bitte dein Zimmer auf. Und stellst du den Katzen noch Futter hin? Aber pass bitte auf …«

»Ja, ich weiß! Dass sie nicht ins Haus kommen.« Er polterte die Treppe hoch. Kurz darauf hörte Inga draußen den Kies knirschen. Mit zwei Schritten war sie beim Fenster. Jella. Im Haus gegenüber sah Inga Sophie hinter dem Vorhang im Schlafzimmer lauern.

Inga lief zur Tür und öffnete sie. »Da bist du ja endlich.« Sie zog ihre Tochter in den Flur, wo diese gleich die Treppe nach oben nehmen wollte.

»Komm erst mal mit in die Küche.«

Jella gehorchte und schlurfte voraus, den Blick auf den Boden gerichtet, sie hob kaum die Füße. Sie hielt sich sonst immer so aufrecht, Rücken gerade, Kopf hoch, der

Erfolg des Ballettunterrichts. Lief sie schon länger so gebeugt? Inga war sich plötzlich nicht mehr sicher.

Am Küchentisch zeigte Inga ihr den Brief. »Was bedeutet das?«

»Keine Ahnung.«

»Es muss doch irgendwas passiert sein. Kann ich wohl vor diesem Gespräch erfahren, worum es geht?«

Jella verschränkte die Arme und schwieg.

»Setz dich.«

»Mama. Ich hab Berge von Hausaufgaben. Und ein Referat in Geschichte.«

»Hat dich jemand provoziert? Gab es einen Streit?«

»Gar nichts ist passiert.«

Jella trat zum Kühlschrank, nahm eine Flasche Wasser heraus und verließ die Küche. Ohne ein weiteres Wort. So was hatte es noch nie gegeben. Inga folgte ihr nach oben, doch die Zimmertür fiel zu, vor ihrer Nase.

Inga stützte sich auf das Treppengeländer, ratlos, was sie tun sollte.

Unten ging die Haustür auf, Bodo hatte sein Versprechen, pünktlich Feierabend zu machen, eingehalten.

Er blickte ihr entgegen. »Was ist los? Hat sie geredet?«

Inga schüttelte den Kopf. »Ich komme nicht an sie ran. Und Ärger in der Schule gibt es offenbar auch noch.«

»Wieso? Was für Ärger?«

Bodos Stimme war zu laut, Inga zog ihn in die Küche, sie wollte nicht, dass die Kinder mithörten. Sie reichte ihm den Brief, und er überflog ihn.

»Sie spielt die Ahnungslose«, sagte Inga. »Warum will sie nicht mit uns reden?«

»Ich versuche es gleich auch noch mal.«

»Das kannst du dir sparen, so wie sie vorhin in ihr Zimmer geflüchtet ist. Sie hat mich hier stehen lassen, ohne ein Wort.«

»Ich will eine Aussage von ihr zu dieser Sache mit Aaron.«

»Aussage! Wir sind doch hier nicht auf der Wache. Sie braucht Zeit. Wir sollten das behutsam angehen.«

»Wir haben aber keine *Zeit*.« Bodo nahm sich ein Bier aus dem Kühlschrank. »Wenn es stimmt, was Mara gesagt hat, und Jella wirklich dabei war, als Aaron verunglückt ist, dann muss sie uns das erzählen. Das muss aufgeklärt werden. Das ist auch für Jella am besten.«

»Sie wird nicht mit dir reden. Sie will nur Mara.«

»Die gute Mara ist aber nicht aufzutreiben. Ich war eben an der Laube. Sie ist immer noch verschwunden.« Er sah sie an. »Wenn du glaubst, dass wir das nicht hinkriegen, dann lass mich die Kollegen einschalten. Wir haben speziell ausgebildete Beamte für die Vernehmung von Kindern.«

Inga fuhr zusammen. Das konnte er nicht ernst meinen. »Und wenn sie gesehen hat, wie Aaron ... Wenn er vor ihren Augen ertrunken ist? Sie ist traumatisiert! Sie *kann* darüber nicht sprechen. Und deshalb braucht sie professionelle Hilfe, aber nicht von der Polizei, sondern von einer Therapeutin.«

»Sie ist vermutlich Zeugin in einem ungeklärten Todesfall. Das darf ich nicht einfach ignorieren, das muss dir doch klar sein.« Bodo trat zu ihr an den Tisch. »Thies und Sophie wollen wissen, wie Aaron gestorben ist. Die werden keine Ruhe geben. Wenn wir aus Jella nichts herauskriegen und auch nicht die Kollegen einschalten, dann wird Thies zur Polizei gehen.«

Inga stand auf. »Ich lasse das nicht zu. Sie ist meine Tochter!«

»Du willst es nicht kapieren, oder?« Bodo umfasste ihre Schultern. Inga wollte nicht, dass er sie anfasste mit diesem Klammergriff, sie war wütend, sie fühlte sich ohnmächtig. Sie stieß mit beiden Händen gegen seine Brust. Erschrocken ließ er sie los. Dann verzerrte sich sein Gesicht vor Wut. »Guck doch aus dem Fenster!«, schrie er. »Die sind zu Hause. Die beobachten uns. Warten auf einen Moment, wo sie Jella allein erwischen. Und das sind unsere Freunde, unsere Nachbarn. Wir können das nicht einfach ignorieren.«

»Dann soll die Polizei mit Mara reden«, schrie Inga zurück. »Soll die doch sagen, was sie angeblich weiß!«

»Ich will das von meinem Kind selbst erfahren, nicht von irgendeiner Fremden.«

»Zu wem hältst du eigentlich? Nicht zu uns! Nicht zu deiner Familie!«

»Darum geht es überhaupt nicht! Ich kann deinen Mist nicht mehr hören!« Bodo wandte sich zum Gehen. Die Haustür ging auf und schlug hinter ihm zu.

Inga sank auf ihren Stuhl.

Der Wagen sprang an, er fuhr weg.

Inga starrte auf die Maserungen, die sich durch das Holz zogen. Ihr großer, schöner, robuster Tisch. Jella und Lasse sollten jetzt hier sitzen. Mit ihrem Vater. Sie aßen sonst um diese Zeit, alle zusammen. Die Kinder erzählten ihre Erlebnisse aus der Schule, aus dem Sportverein und dem Schulchor.

Die Stille im Haus erschlug sie fast.

SOPHIE

Am späten Nachmittag, als ihre Kopfschmerzen so stark wurden, dass die Zahlenreihen auf dem Bildschirm verschwammen, verließ sie das Labor. Vom Bahnhof aus radelte sie durch den Wald. Die Pfützen waren ausgetrocknet. Sie folgte dem staubigen Weg bis zur Laube.

Mara war nicht zu sehen. Sophie rief ihren Namen, blickte durchs Fenster hinein. Der Wohnraum war leer.

Als sie zurück nach Hause kam, hörte sie Schritte in der oberen Etage. Thies war da. Er ging nicht nach draußen, saß auch nicht mehr am Fluss. Mit ihm zusammen im Haus fühlte sie sich eingesperrt. Beide schlichen sie herum, rastlos wie hungrige Tiere im Käfig. Lauschten. Stritten. Seit zwei Tagen dieselben Fragen, die gleichen Diskussionen.

Sie zwang sich dazu, etwas Käse und eine Schale Oliven aus dem Kühlschrank zu nehmen. Sie hatte keinen Appetit.

Ein Auto fuhr auf den Hof, gleichzeitig betrat Thies die Küche. »Da ist Bodo. Ich gehe rüber.«

»Um dir eine Abfuhr zu holen, wie gestern? Wenn es etwas zu berichten gäbe, dann hätten sie sich doch gemeldet.«

»Ich möchte mal wissen, woher du dieses Vertrauen nimmst.«

Sophie dachte an den Feiertag im Hof, an das gemeinsame Essen, die schöne, entspannte Stimmung. Sie waren mit ihrer Freundschaft auf einem so guten neuen Weg gewesen. Sophie wusste, dass Inga das ebenso viel bedeutete wie ihr.

Sie sah hinüber zum Nachbarhaus. In der Küche bewegte sich jemand. Es war Bodo. Und Inga war auch da, sie saß am Tisch. Von den Kindern war nichts zu sehen. Thies folgte ihrem Blick.

»Irgendwas ist jedenfalls komisch«, sagte Sophie. »Sonst essen sie doch um die Zeit.«

»Wenn sich nicht bald etwas tut, gehe ich zur Polizei. Ganz einfach.«

Sophie schwieg. *Einfach* war daran gar nichts, und das wusste er auch. Es ging hier um ein dreizehnjähriges Mädchen, die Tochter ihrer engsten Freunde. Jella hatte nichts Böses getan, da war Sophie sicher.

Thies lief im Raum hin und her. Seine Unruhe steckte sie an. »Bodo behandelt uns wie …«

»Warte!«, unterbrach sie ihn. »Hörst du?«

Sie traten näher zum Küchenfenster, das gekippt war. Inga und Bodo stritten, ihre Stimmen drangen laut und erregt über den Hof. Eine Szene, die Sophie kannte, nur umgekehrt: Immer waren *sie* die verzweifelten, streitenden Eltern gewesen, und die Freunde hatten von drüben gelauscht.

Doch plötzlich schrie Inga. »Zu wem hältst du eigentlich? Nicht zu uns! Nicht zu deiner Familie!«

»Darum geht es überhaupt nicht! Ich kann deinen Mist nicht mehr hören!« Bodo brüllte noch lauter als sie. Die Haustür schlug zu. Er tauchte auf und ging, nein, rannte zum Wagen. Startete und trat aufs Gaspedal, dass der Kies wegspritzte.

Sophie sah, dass Inga am Tisch zusammensank. Allein in der Küche. Sie hätte Inga gern in den Arm genommen.

Früher war auch das andersherum gewesen. Sie hatte Ingas Trost gebraucht, und Inga war zu ihr gekommen. Aber immer öfter hatte sie die Freundin zurückgewiesen. Weil sie sich so unzulänglich und schlecht vorkam. Weil Inga jedes Mal die Starke war, die, die alles richtig machte. Die mit den klugen Ratschlägen. Es war nicht zu ertragen gewesen. Dabei hatte Inga nur Mitgefühl gehabt. Ihr helfen wollen.

Sollte sie zu Inga gehen? Ganz offensichtlich brauchte sie jetzt eine Freundin. Aber sie selbst litt ja auch. Diese Ungewissheit war so schwer auszuhalten.

In diesem Moment stand Inga auf. Das Gebeugte, Verzweifelte an ihrer Haltung war verschwunden. Mit schnellen Schritten verließ sie die Küche.

INGA

Im Flur war alles ruhig. Sie legte ein Ohr an Jellas Tür. Da war ein Geräusch. Ein Schluchzen? In diesem Moment drehte Lasse nebenan die Musik auf.

Inga klopfte und schob die Tür einen Spalt auf. Jella lag auf dem Bett, den Kopf im Kissen vergraben. Hatte sie den Streit zwischen Bodo und ihr mitangehört? Inga machte sich Vorwürfe: Wie hatten sie nur so die Kontrolle verlieren können?

Sie setzte sich auf die Bettkante und legte ihre Hand auf Jellas Schulter. »Hey ... meine Süße. Was ist nur los?«

Jetzt nahm sie den durchdringenden, fast beißenden Geruch im Zimmer wahr. Er musste vom Hamster in der Ecke kommen. Wie lange hatte sich Jella nicht um das Gehege gekümmert? Die Streu schien schon Klumpen zu bilden.

»Jella, sieh mich an.«

Ein wenig bewegte sich ihr Kopf, immerhin.

»Wann kommt Mara?«

Mara! Inga streichelte über den Rücken ihrer Tochter. Sie wollte ihre Wut nicht zeigen. Mara war seit dem Lagerfeuerabend nicht mehr aufgetaucht. Nicht nur, dass sie die schreckliche Sache mit Aaron wieder aufgerührt hatte, sie hatte Jella offenbar auch gegen sie und Bodo aufgewiegelt. Sie hatte alles durcheinandergebracht und ließ sie nun im Stich.

»Ich weiß nicht, wann sie kommt«, antwortete sie.

»Ruf sie an.«

»Sie hat kein Handy.«

»Ich will zu ihr.«

Inga verspürte plötzlich einen heftigen Drang, Jella zu erschrecken, sie aus ihrer Bockigkeit herauszureißen. »Vermutlich ist sie längst weg. Zurück nach Dänemark. Wir sehen sie nie wieder.«

Jella hob den Kopf aus dem Kissen, in ihren verweinten Augen glomm Wut auf. »Das stimmt nicht. Sie würde nie wegfahren, ohne sich von mir zu verabschieden.«

Inga schüttelte den Kopf. »Da wäre ich nicht so sicher.« Sie fasste ihre Tochter an den Schultern. Im gleichen Moment spürte sie, wie sich das anfühlte: Genauso hatte Bodo sie vorhin gepackt. Sie ließ trotzdem nicht los. Sie wollte zu Jella durchdringen. »Es geht so nicht weiter, das musst du doch verstehen.«

Jella blickte stur an ihr vorbei. Die Bässe von Lasses Musik wummerten durch die Wand.

»Jella, bitte. An dem Abend, als das mit Aaron passiert ist, warst du unterwegs. Du hast damals gesagt, bei Isabell. Das stimmt, oder?«

Jella kniff die Lippen zusammen.

»Vielleicht kannst du dich nicht erinnern? Das macht gar nichts. Ich könnte Isabells Mutter anrufen und sie fragen, ob sie es noch weiß. Dann hätten wir Klarheit.«

Jella schloss die Augen, und Inga schüttelte sie leicht. »Rede mit mir! Hast du mir die Wahrheit gesagt? Es ist wichtig, das musst du doch begreifen.«

Jellas Oberkörper hing zwischen Ingas Händen wie eine fadenlose Marionette. Inga rüttelte sie jetzt heftiger.

»Gib mir eine Antwort!« Plötzlich kam Spannung in Jellas Körper. Sie richtete sich auf, streckte den Rücken. »Du willst gar nichts von mir wissen. Ich soll die Tollste und die Schlauste und die Schönste sein. Das ist doch alles, was dich interessiert.«

Inga ließ sie los, und ihre Tocher fiel zurück aufs Bett, vergrub den Kopf in den Armen.

Wie kam Jella dazu? Hatte Mara ihr das eingeredet?

Nein, den Vorwurf hatte sie nicht verdient. Sie gehörte nicht zu diesen von Ehrgeiz zerfressen Müttern, die ihre Kinder zu Höchstleistungen anpeitschten. Natürlich freute sie sich über Jellas Erfolge. Genauso wie über Lasses. Die beiden waren fleißig und zielstrebig, weil sie so sein *wollten*. Nicht weil jemand sie dazu zwang. Inga sah ihre Tochter an, erkannte die Ablehnung in ihren Augen und wusste nicht weiter. Aber sie riss sich zusammen: Aufgeben war keine Option.

Sie stand auf, holte tief Luft. »Sag es mir, wenn du dich beruhigt hast. Ich bin für dich da.«

»Lass mich einfach in Ruhe!«

»Jella, ich will doch nur ...«

»Geh raus aus meinem Zimmer!«

Nebenan stoppte die Musik. Benommen vor Wut und Hilflosigkeit ging Inga hinaus. Die Tür fiel hinter ihr zu. Sie lehnte sich an die Verstrebungen des Treppengeländers. Wusste nicht weiter. Bis sie Geräusche hörte. Durch die Wand drang leises Weinen. Jellas klägliche Stimme.

»Mama.«

Inga lief zurück zu ihr. Ihre Plüschkatze an die Brust gedrückt, saß sie im Bett. Inga nahm sie in den Arm und hielt sie fest. »Schon gut ... ich bin ja da.«

Unterdrückte Schluchzer ließen Jellas Körper erbeben. Im Hamstergehege raschelte es leise.

»Mama.« Jella flüsterte in die dicke Wolle von Ingas Strickjacke. »Aaron war gemein zu mir.«

DREIZEHN MONATE ZUVOR

JELLA

Sie dachte, sie wäre zu früh, doch er wartete bereits auf sie. Als er sie sah, trat er zwischen den Büschen am Ufer hervor und begrüßte sie mit einem spöttischen Lachen.

Er riss sie am Handgelenk hinter den Ginster und die Brenndolden, hochgewachsen und dicht wie Wände. Er hob die Faust zum Schlag. Nie wusste sie vorher, wohin er treffen würde. Auf ihren Rücken, in den Magen, auf ihre Beine. Nie ins Gesicht, nicht auf den Hals, wo jemand die blauen Flecken hätte sehen können. Sie presste die freie Hand vor den Mund, damit sie nicht schrie. Er hatte es verboten. *Ein Mucks zu irgendwem, und du kriegst mein Messer zu spüren.* Er klopfte auf seine Hosentasche: *Hier drin ist es. Also mach mich nicht wütend.* Es steckte wirklich etwas unter dem Stoff seiner Jeans, sie konnte den Blick nicht abwenden. Da schlug die Faust zu, blitzschnell, in den Magen, es schnitt ihr den Atem ab, sie würgte.

Er hatte sie schnell da, wo er sie haben wollte: auf dem Boden, wo Disteln an ihren Haaren rissen. Breitbeinig stand er über ihr, sah auf sie herab, stieß Drohungen aus. Sie betete, lass es sein wie gestern. Lieber Gott. Lass es noch einmal gut gehen.

Sein Blick veränderte sich, fand den Fokus nicht mehr, das Flackern begann. Sie kannte ihn. Genau jetzt verlor er das Interesse. Das war das einzig Gute an ihm, dachte sie.

Dass ihn nichts lange fesseln konnte, nicht mal die panische Angst in ihren Augen.

Er zog die Mundwinkel nach unten. Spuckte aus. Die schleimige Blase blieb in dem Fächer einer Strandgerste hängen. Er kickte mit dem Fuß Steine weg und zertrat die Asseln und Schaben, die Regenwürmer, die sich auf der feuchten Erde wanden, ihrer dunklen Verstecke beraubt. Sie war nicht besser als so ein Wurm. Genauso ausgeliefert. Und sie wollte weinen vor Dankbarkeit, dass er seinen Hass an ihnen abreagierte. Für eine kurze Weile. Bis ihn auch die zerquetschten Körper zu langweilen begannen. Und ihm erneut einfiel, warum er wütend war. Auf sie.

Warum er sie zwang, herzukommen. Abend für Abend. Es würde nie wieder aufhören.

INGA

Jella lag zusammengekrümmt da, den Kopf in Ingas Schoß verborgen. Inga hatte die Arme um sie gelegt und hielt sie, bis ihre Schluchzer abebbten und die Atemzüge ruhiger wurden. Gleichmäßiger, dann kaum noch spürbar. Jella war eingeschlafen.

Inga deckte sie zu, berührte ihr Haar, das über ihre feucht glänzende Stirn und die geschlossenen Lider fiel, strich es zurück. Leise schloss sie die Zimmertür hinter sich. Im Haus war es dunkel und still. Auch durch den Spalt unter Lasses Tür drang kein Lichtschein. Sie spähte in sein Zimmer, er lag mit dem Gesicht zur Wand gedreht, die Bettdecke bis über die Ohren gezogen. Schlief er schon? Oder stellte er sich nur schlafend?

In der Küche setzte sie sich an den Tisch. Sie hatte das Abendessen vergessen. Lasse hatte sich nicht mal mehr ein Brot geschmiert. Er hinterließ sonst immer seine Spuren, und die Arbeitsfläche war leer und unberührt. Er war hungrig ins Bett gegangen.

Sie hatte das Gefühl für die Uhrzeit verloren, checkte ihr Handy. Schon zehn. Kein Anruf von Bodo, keine Nachricht. Inga trank ein Glas Wasser aus dem Hahn. Sie war erschöpft, und sie fror, aber es wäre sinnlos, ins Bett zu gehen. Sie war viel zu aufgewühlt. Jella hatte zunächst stockend erzählt, doch dann waren die Worte aus ihr herausgesprudelt. Was sie beschrieb, war ein Albtraum aus Angst und Gewalt, der wochenlang angedauert hatte.

Wo war Bodo? Inga musste ihm das erzählen.

Sie nahm das Handy und wählte seine Nummer. Er ging nicht dran. Sie schrieb eine Whatsapp: *Komm nach Hause.* Nur das, ohne einen Gruß.

Der Streit tat ihr leid, gleichzeitig war sie noch immer wütend. Es war keine Lösung, einfach ins Auto zu springen und wegzufahren. Und sich dann stundenlang nicht zu melden.

Außerdem fühlte sie sich im Recht. Noch mehr, seit sie erfahren hatte, was Aaron Jella angetan hatte. Was Jella jetzt brauchte, war Liebe, Vertrauen und Verständnis.

Mara hatte all diese Dinge gewusst.

Ingas Ärger über die neue Freundin war längst verflogen. Sie hatte recht gehabt mit ihren Vorwürfen: Inga hätte hinsehen, hinhören müssen, es war ihre Tochter, ihre Familie, ihre Aufgabe, sie zusammenzuhalten. Sie hatte versagt. Ab sofort würde sie es besser machen. Es war ja nicht zu spät. Jella hatte sich ihr endlich anvertraut. Was sie gerade erzählt hatte, war ein Teil der Geschichte, nicht alles, das war Inga schon klar. Aber es war nur eine Frage der Zeit, bis sie alles erzählen würde.

Ein Blick auf das Handy zeigte zwei blaue Häkchen unter ihrer Nachricht. Bodo musste sie gesehen haben, doch er antwortete nicht. Jetzt war sie froh darüber, denn es verschaffte ihr die Gelegenheit, nachzudenken. Sie brauchte eine Strategie.

Sie spürte den Drang, sich zu bewegen, sich aus der Starre zu befreien, in der sie sich gefangen fühlte. Sie zog Schuhe und Jeansjacke über und lief nach draußen. Es war viel kühler, als sie erwartet hatte, doch sie wollte nicht umkehren und eine wärmere Jacke holen. Vielleicht bog Bodo jeden Moment mit dem Wagen um die Ecke. Ein befremdlicher Gedanke: Sie ging, um Bodo nicht zu begegnen. Zum ersten Mal in ihrer Beziehung wich sie ihrem Mann bewusst aus.

Als sie den Hof überquerte, sprang der Bewegungsmelder an. Nur Sekunden später erlosch das Licht in Sophies und Thies' Schlafzimmer, der Vorhang bewegte sich. Sie hatte Zuschauer. Wie ein nächtlicher Gast in einem Theater, der heimlich die Bühne betrat und den plötzlich ein Scheinwerfer erfasste.

Sie sah zu dem Fenster der beiden hinauf, dann zurück zu ihrem Haus. Ihr Zuhause. Sie hatte sich hier mit der Sicherheit einer Schlafwandlerin bewegt, sie kannte jeden Stein und jeden Grashalm, sie wusste alles über Bodo, über Thies und Sophie. Und über sich selbst. Warum fühlte sie sich auf einmal wie eine Fremde?

Sie war doch Teil einer Gemeinschaft. Dieses Gefühl hatte ihr Leben bestimmt, ohne dass sie bewusst darüber nachgedacht hatte: Sie war im Einklang mit ihrer Welt gewesen, hatte sich auf ihrem Platz darin sicher und geborgen gefühlt. Jetzt war sie isoliert. Jeder von ihnen kämpfte für sich allein.

Sie floh vor diesen Gedanken auf den Pfad zum Fluss. Es tat gut, schnell zu laufen. Sie sog die kühle Luft in die Lunge und spürte einen leichten Schwindel.

Sie war nie wieder spät abends an der Elbe gewesen. Nicht seit der mondlosen Nacht, in der sie ausgeschwärmt waren, um Aaron zu suchen. Sie hatten sich aufgeteilt. Die Kinder hatten Bodo begleitet, doch Inga war allein unterwegs gewesen, auf genau diesem Weg, dem Uferabschnitt bis zum Fähranleger. Da war Aaron längst tot gewesen. Auf dem Grund der Elbe. Unter Wasser, die ganze Nacht. Selbstverständlich hatte Inga ihn gesucht. War dem fahlen, flackernden Strahl der Taschenlampe gefolgt. Aber sie hatte an alles Mögliche gedacht. Dass Jella und Lasse im Dunkeln herumliefen. Dass Lasse am nächsten Tag eine Deutscharbeit schrieb, dass er müde sein würde. Und abgelenkt von der Aufregung, die Aaron mal wieder verursacht hatte. Nicht eine Sekunde hatte sich Inga vorstellen können, dass Aaron ernsthaft etwas zugestoßen war. Was musste Sophie durchgemacht haben in dieser Nacht. Als sie zurückkamen, hatte Inga versucht, sie zu beruhigen, ihr Tee gekocht, sie im Arm gehalten. Aber sie hatte nicht mit ihr gefühlt. Weil Aarons Schicksal sie nicht berührte. Nicht im Herzen. Vielleicht war er entführt worden? Inga hatte eine diffuse Zufriedenheit bei der Vorstellung verspürt, dass er verschwunden bleiben würde, ganz kurz nur währte das Gefühl, doch am nächsten Tag hatte sie deshalb Schuldgefühle gehabt. Erst recht am übernächsten Tag, als sie ihn fanden.

Der Pfad endete am Fluss. Sie blieb stehen. Mondlos war auch dieser Abend, trotzdem lag ein matter Schimmer auf dem Wasser. Inga konnte die Strömung kaum noch sehen und schon gar nicht hören, doch sie spürte sie, wie einen Luftzug, ein sanftes Prickeln in ihrer Brust, in ihren Armen. Sie hatte viel zu lange einfach nur stillgehalten, hatte gedacht, dass Schuld und Scham sich irgendwann auflösen mussten, aber das war nicht geschehen. Sie hatte sich geschämt für ihre Gefühllosigkeit gegenüber Aaron. Erst jetzt fühlte sie etwas, wenn sie an ihn dachte. Diese brennende Wut. Wie hatte er Jella das antun können?

Sie lief weiter, am Ufer entlang, bis sich neben ihr Büsche erhoben, die lange Schatten warfen. Inga schaltete die Taschenlampe an ihrem Handy ein. War es hier gewesen? Da wuchsen Strandginster und Brenndolden. Jella hatte es genau so beschrieben.

Hatte Aaron sie hier geschlagen und gequält? Abend für Abend? Die Treffen mussten nach dem Abendessen stattgefunden haben. Während Inga gedacht hatte, dass Jella an ihrem Schreibtisch saß und Hausaufgaben machte. Sie musste sich durch den Keller rausgeschlichen haben. Und hinterher war sie wieder auf ihrem Zimmer verschwunden.

Jella hatte sich ihnen nicht anvertraut, so groß war ihre Angst gewesen, dass Aaron ihr etwas antun würde. Aber Inga hätte trotzdem merken müssen, wie sehr ihre Tochter litt. Sie war das wirklich, was Mara ihr vorgeworfen hatte: achtlos und gefühllos. Sie nahm nicht wahr, was um sie herum vorging. Das war das Schlimmste, was sie über sich selbst denken konnte.

Ihr Handy klingelte. Es war Bodo.

»Wo bist du?«, fragte sie.

»Beim Stammtisch im Ratskeller. Es ist Dienstag.« In seiner Stimme lag ein aggressiver Unterton.

»Warum ist es da so still?«

»Ich bin im Flur vor der Toilette.« Er verwischte die Konsonanten. Hatte er getrunken?

»Komm nach Hause. Dann können wir reden.«

»Wieso? Was ist mit Jella? Hattest du Erfolg mit deinen Samthandschuhen?«

Das Gespräch war ihr zu blöd, sie legte auf. Eigentlich wollte sie nicht, dass er zurückkam. Sie konnte sich lebhaft vorstellen, wie er reagierte. Bei ihm würde es kein behutsames Abwarten geben. Er würde Jella wecken und sie bedrängen. Wie, wo, wann, wie oft war sie Aaron begegnet? Bodo brauchte Fakten, Daten, Details.

Und wenn er die Frage stellte, warum Jella so lange geschwiegen hatte? Als Aaron noch lebte, stand sie unter dem Bann seiner Drohungen. Aber nach seinem Tod gab es doch keine Gefahr mehr für sie. Keinen Grund mehr, es nicht zu erzählen. Hatte sie etwas zu verheimlichen?

Konnte es sein, dass sie sich an Aaron gerächt hatte?

Der Gedanke war plötzlich einfach da.

Nein, das war vollkommen absurd. Aaron war der Täter, Jella das Opfer. Inga war sicher, dass sich die Rollen nicht vertauscht hatten. Jella hatte auch nach Aarons Tod geschwiegen, und den Grund dafür würde Inga herausfinden, aber niemals hatte ihr Kind Aaron etwas angetan. Inga würde sie beschützen und ihre Unschuld beweisen. Auf ihre Weise, mit absoluter Ehrlichkeit und notfalls gegen Bodos Willen. Es würde kompliziert werden mit ihm, und noch mehr mit Sophie und Thies.

In diesem Moment begriff Inga, dass Sophie und Thies es wissen mussten. Sie mussten erfahren, was Aaron getan hatte. Sie würden sich dagegen wehren: Hörte das denn nie auf mit seinen Sünden, nicht mal jetzt, wo er tot war? Inga wusste genau, was die beiden sich wünschten: eine Erklärung, warum er gestorben war. Sie wollten damit abschließen und all das Hässliche endlich hinter sich lassen. Sie sehnten sich nach einem Schlussstrich.

Dabei fing alles erst an.

Inga lief durch die wolkenverhangene Dämmerung zurück zum Hof, bis das Licht des Scheinwerfers sie erneut erfasste. Diesmal blieb sie stehen, mitten im Lichtkegel, direkt vor Sophies und Thies' Fenster. Die Zeitschaltuhr des Bewegungsmelders zählte die Sekunden herunter, bis es klackte.

Aus. Dunkel.

Die Haustür gegenüber öffnete sich. »Inga? Bist du das?« Sophie trat heraus und kam auf sie zu. Das Licht sprang wieder an.

THIES

»Im Hof steht Inga!«

Im Halbschlaf hörte Thies Sophies Stimme. Er bewegte sich nicht unter der Bettdecke, blinzelte mit halb offenen Lidern und sah seine Frau in ihrem Nachthemd am Fenster.

»Ich geh runter.« Sie zog sich eine Jogginghose und eine Strickjacke über und verließ den Raum.

Er richtete sich auf, plötzlich hellwach. Unten wurde die Haustür geöffnet und leise wieder ins Schloss gezogen. Schritte erklangen im Flur. Er stand auf und nahm seinen Bademantel.

Schon von der Treppe aus hörte er Stimmen in der Küche. Er trat ein, ohne anzuklopfen, Inga fuhr erschrocken zu ihm herum. Sophie saß reglos da, die Arme aufgestützt, das Gesicht in den Händen vergraben.

»Was ist los?«, fragte er.

Ingas Blick war angespannt. »Es geht um Jella. Sie hat mir etwas erzählt.«

»Über Aarons Tod?« Thies konnte seine Ungeduld nicht zügeln.

»Nein.« Inga sah ihn weiter an. »Jella hat gesagt, dass Aaron sie gequält hat. Das muss in den Wochen direkt vor … dem Unfall gewesen sein. Sie sagt, er hat sie gezwungen, zum Flussufer zu kommen. Abends. Immer um dieselbe Zeit, an dieselbe Stelle. Da hat er sie verprügelt.«

»Am Fluss? Aber das hätte doch jemand mitbekommen?«

Inga richtete sich auf. »Da ist eine Gruppe von Büschen und hohem Ginster. Er hat sie da versteckt. Ich habe mir den Platz vorhin angeschaut.«

Thies wich einen halben Schritt zurück, schüttelte den Kopf. Was war denn das für eine Geschichte? Warum hatte Jella das nicht früher erzählt? Warum rückte sie erst jetzt damit heraus?

Offenbar sah Inga ihm seine Gedanken an, sie verschränkte die Arme vor der Brust, als wappne sie sich gegen einen Angriff.

Sophies Stimme war kaum lauter als ein Flüstern. »Er hat sie bedroht, Thies. Hat ihr erzählt, er hätte ein Messer.«

Ein Wagen fuhr auf den Hof, eindeutig Bodos Diesel, er parkte, stieg aus, schlug die Fahrertür zu. Bestimmt entdeckte er sie durch das erleuchtete Fenster. Wie erwartet, klopfte er kurz darauf an die Haustür.

Thies öffnete ihm.

»Wie praktisch, alle beieinander«, sagte Bodo. »Es gibt nämlich Neuigkeiten.«

Thies fand ihn verändert, er sprach lauter, wirkte lockerer als sonst. Hatte er getrunken? Aber Bodo trank nie auch nur einen Tropfen, wenn er Auto fuhr.

Bodo ging ihm voraus in die Küche und ließ sich auf einen Stuhl fallen. »Die Tochter von Berthold Werninger hat im Ratskeller gesessen. Und die weiß gar nichts von einer Frau, die in der Waldhütte wohnt. Sie hat sie nicht vermietet. Mara hat uns belogen.« Sein Blick traf Thies. »Und mein Gefühl sagt mir, nicht nur in diesem Punkt.«

»Bodo, wir sprechen über etwas anderes …«, unterbrach Inga ihn.

Er überging sie. »Ich traue ihr nicht mehr über den Weg. Was will sie eigentlich von uns? Habt ihr euch das mal gefragt? Ihr merkwürdiges Verhalten beim Lagerfeuer. Sie war richtig feindselig. Wieso mischt sie sich ungefragt in unser Leben ein? Was will sie von Jella? Oder hatte sie nur Spaß daran, uns auseinanderzubringen?«

»Bodo! Hör mir jetzt zu.« Inga schlug einen schärferen Ton an.

Bodo fuhr zu ihr herum. »Ich höre doch zu!«

Und dann erzählte sie, was Jella gesagt hatte. Wie durch Watte hörte Thies ihre Stimme. Aaron und Jella. Jeden Abend am Ufer …

Gleichzeitig hallten Bodos Worte durch seinen Kopf. *Mara hat uns belogen. Nicht nur in diesem Punkt.*

Er wusste es ja. Mara verschwieg etwas. Er dachte an die Armbänder. Er musste es den anderen erzählen. Sofort. Doch er konnte nicht. Er konnte Mara nicht aufgeben.

»Also gut. Es ist wichtig, dass wir das nun wissen.« Bodo stand auf. »Ich rede mit ihr.«

Meinte er Mara? Nein, für Bodo war das Thema Mara schon erledigt. Sie war Vergangenheit. Er sprach natürlich über seine Tochter. Und übernahm jetzt das Ruder, ganz der versierte Kriminalbeamte, neutrale Stimme, als ginge es hier um fremde Leute, nicht um ihre eigenen Kinder, um Aaron und Jella. *Wir ermitteln in alle Richtungen.*

Aber Thies war ihm dankbar. Auf diese Weise konnten sie wenigstens etwas Distanz wahren, wurden nicht sofort wieder von dem altbekannten Strudel aus Emotionen und Vorwürfen mitgerissen.

»Zeig mir den Ort«, sagte Bodo zu Inga.

Thies begriff, dass er die besagte Stelle am Ufer meinte. Wo es Baumgruppen und Büsche gab, die Sichtschutz boten. Wie weit von seinem Findling entfernt hatte sich das alles abgespielt?

»Okay«, sagte Inga, dann sah sie Sophie und Bodo an. »Wir sollten morgen weiterreden.«

Sophie schloss hinter den beiden ab, kehrte zurück in die Küche. Sie schaltete das Deckenlicht aus und setzte sich zu Thies ins Halbdunkel. Nur die kleine Leuchte über dem Herd brannte. Beide blickten aus dem Fenster, zwei Beobachter in stummer Übereinkunft. Nur wenige Minuten vergingen, dann liefen Bodo und Inga in Steppjacken vorbei, er mit einer Stabtaschenlampe, auf dem Weg zum Fluss.

»Ich finde das ziemlich merkwürdig«, sagte Thies.

Als hätten sie eine geheime Verabredung getroffen, verharrten sie fast bewegungslos, bis die Freunde außer Sicht waren. Dann stand Thies auf und holte den Weißwein aus dem Kühlschrank. Er füllte zwei Gläser. Sie tranken, ohne miteinander zu sprechen.

Bis Thies sich räusperte. »Ich drehe eine Runde. Ich kann sowieso nicht schlafen.«

Sophie hob den Kopf. »Bitte. Geh nicht zur Hütte.«

Ihr rechter Arm lag auf dem Tisch. Thies griff nach ihrer Hand. Sie zuckte zusammen, zog sie jedoch nicht weg.

»Was findest du *ziemlich merkwürdig*?«, fragte sie dann, und er hörte den angriffslustigen Unterton. »Was Aaron getan hat? Was nun auf uns zukommt? Oder interessiert dich nur, was mit Mara los ist?«

Er atmete hörbar ein und aus. »Ich finde es merkwürdig, dass Jella jetzt damit rausrückt. Warum nicht direkt nach Aarons Tod? Er konnte ihr nichts mehr tun.« Es tat weh, so über ihn zu sprechen. Seinen eigenen Sohn.

»Das wird Bodo hoffentlich schnell herausfinden.«

»Aaron soll Jella also furchtbar gequält haben. Da frage ich mich«, hier begann gefährliches Terrain, aber er konnte nicht anders, »ob sie sich vielleicht irgendwann gewehrt hat?« Er suchte Sophies Blick, vermochte nicht einzuschätzen, was sie dachte. »Ich möchte endlich Gewissheit, wie mein Sohn gestorben ist.«

»Jella ist das Opfer, Aaron ist der Täter, das ist erst mal das, was wir wissen.« Sophies Stimme klang merkwürdig dünn. Sie schluckte. »Falls Jella die Wahrheit sagt.«

Thies sah sie überrascht an. Sie hing an dem Mädchen. Er hätte nicht gedacht, dass auch Sophie zu einem derartigen Verdacht in der Lage wäre.

Sie holte den Wein und schenkte ihnen nach.

Thies meinte zu spüren, wie sich der Raum ausfüllte, mit Gedanken, die nicht mehr zurückzunehmen waren, Gedanken, die die Atmosphäre aufluden wie Elektrizität.

Er blieb einfach sitzen, wusste, dass Sophie mit ihm ausharrte. So lange, bis Bodo und Inga vom Fluss zurückkommen würden. Erst dann würden Sophie und er ins Bett gehen und nebeneinander wach liegen. Vielleicht schliefen sie heute miteinander.

AM NÄCHSTEN MORGEN

SOPHIE

Eine Tasse Kaffee vor sich auf dem Küchentisch, den Blick auf das Haus gegenüber gerichtet, wappnete Sophie sich für den Tag. Thies war verschwunden. Am Abend hatte sie eine neue Verbundenheit zu ihm gefühlt. Sie spürten beide, dass nach Jellas Eröffnungen ein weiterer, schwerer Sturm aufzog. Sie würden sich gegenseitig brauchen. Im Bett hatte er sie an sich gezogen, sie im Arm gehalten. Doch als er sie küssen wollte, hatte sie sich abgewandt. Weil sie ihn und Mara vor sich sah.

Und jetzt war er unterwegs zur Waldhütte, da war sie sicher.

Was sich vor ihrem Fenster im Hof abspielte, wirkte wie normaler Familienalltag, aber nur für einen unwissenden Beobachter, der all die kleinen Zeichen von Stress und Unglück nicht erkannte. Jella trottete aus dem Haus, blass, das Haar strähnig, einen prall gefüllten Rucksack auf dem Rücken. Sie blieb vor dem Auto stehen, den Blick auf den Boden gerichtet, wie abwesend. Bodo an der Tür, ausgestreckter Arm mit dem Wagenöffner, lautes Ploppen, kurzes Aufblenden der Scheinwerfer. Lasse, in Sneakers und Trainingsjacke näher schlendernd, ein augenrollender Blick zu seiner Schwester. »Ist längst offen.« Bodo, im Gehen eine Jacke überstreifend, hektischer Ausdruck im Gesicht. Inga hinterher mit der Proviantttüte: »Mensch, warte doch!«

Inga trug ihre dicke Wolljacke, eine Stoffhose mit ausgebeulten Knien, Hauslatschen. Hatte sie freigenommen? Sich krankgemeldet?

Inga sah dem Wagen nach, der den Hof verließ. Als sie zum Haus zurückkehrte, drehte sie sich plötzlich um und blickte zu Sophie hinüber.

Sie weiß genau, dass ich hier sitze. Und dass ich allein bin. Sophie stellte die Kaffeetasse ab und zeigte sich am Fenster. Inga reagierte nicht, wandte sich ab und ging ins Haus, doch gleich darauf tauchte sie wieder auf, einen Schlüsselbund und ein Handy in der Hand. Sie kam über den Hof.

Sophie öffnete ihr. Sie umarmten sich spontan, das hatten sie schon sehr lange nicht mehr getan, hielten sich einen Moment aneinander fest. Sophie dachte daran, wie Mara sie vor Aarons Zimmer im Arm gehalten hatte.

»Kein Labor heute?«, fragte Inga.

Sophie deutete ein Kopfschütteln an.

»Ich bleib auch zu Hause.«

»Wie geht es Jella?« Sophie kam sich unehrlich vor bei der Frage, sie hatte ja sehen können, wie das Mädchen sich fühlte. Was sie eigentlich wissen wollte, war: Habt ihr mit ihr geredet? Hat sie noch mehr über Aaron erzählt?

»Ich habe angeboten, ihr eine Entschuldigung zu schreiben, doch sie wollte unbedingt zur Schule.«

Sie setzten sich an den Küchentisch, Sophie goss Inga Kaffee ein und rückte die Zuckerdose in ihre Nähe. Inga nahm zwei Stück.

»Weißt du noch, er hatte gerade das neue Mountainbike bekommen.« Sophie brauchte Aarons Namen nicht auszusprechen. »Die Gangschaltung ging kaputt, weil das

Getriebe voller Sand war. Ich habe gedacht, er fährt die Abhänge an der Grube herunter. Abends. Er hat doch immer das gemacht, was wir ihm verboten haben. Ich dachte, er sei dort.« Sie suchte ein Zeichen von Verständnis in Ingas Blick und fand es nicht. Ingas Gesicht war verschlossen.

»Aber am Ufer ist auch Sand«, brachte Sophie heraus. »Es tut mir so schrecklich leid.«

Inga blickte starr auf die Tischplatte, dann sah sie plötzlich auf, als habe sie eine Entscheidung getroffen. »Ich muss dich um Verzeihung bitten. Ich bin keine gute Freundin gewesen.«

»Das stimmt nicht. Du warst für mich da. Ich war schuld. Ich konnte deine Nähe nicht ertragen, weil du« – Sophie suchte nach Worten, die Inga nicht verletzen würden – »einfach immer perfekt warst. Und ich eine Versagerin.«

»So habe ich nie über dich gedacht!«

»Ich weiß. Aber es wäre mir fast lieber gewesen. Hättest du mir wenigstens einen winzigen Anlass gegeben, auf dich wütend zu sein. Wärst du nur einmal ungerecht und eitel gewesen, statt immerzu verständnisvoll, geduldig und warmherzig.«

Sophie würgte ein Lachen hinunter: Was sie da sagte, kam ihr plötzlich absurd komisch vor. Sie wurde wieder ernst, als sie Ingas Blick begegnete.

»Du hast ja keine Vorstellung, Sophie. Ich bin das Gegenteil von perfekt. Ich habe nichts gefühlt, als Aaron verschwunden ist. Meine Trauer über seinen Tod ... das war Heuchelei. Ich konnte ihn nicht ertragen, die Rücksichtslosigkeit, die Brutalität. Am liebsten hätte ich nichts mit euch gemeinsam gemacht, ich habe mir gewünscht, mit Jella und Lasse allein zum Fluss zu gehen und sie friedlich spielen zu sehen.« Inga stand auf, sie hatte ihren Kaffee nicht angerührt. »Du willst bestimmt, dass ich jetzt gehe. Aber das musste mal raus.«

Sophie kämpfte gegen die Gefühle an, die in ihr aufstiegen. Sie war damals so neidisch gewesen, so hilflos, so verzweifelt. »Denkst du, ich hätte das nicht gespürt?«, fragte sie. »Dass du ihn verabscheut hast?«

»Ich wusste nicht, wie ich damit umgehen soll. Es war ja nicht deine Schuld. Wir haben hier aufeinander gehockt, enge Freundinnen, die Kinder fast gleich alt. Es sollte verdammt noch mal eine Idylle sein. Ich wollte diesen Traum nicht aufgeben. Und ich wollte auch dich nicht verlieren. Aber trotzdem ist es so gekommen.«

Sophie musste wider Willen lächeln. »Wie klug wir jetzt sind. Wären wir nur schon damals ehrlicher zueinander gewesen.«

Inga kam einen Schritt auf sie zu. »Es tut mir alles sehr leid. Ich wünsche mir, dass es wieder so wird wie vorher. Aber das ist wohl nicht möglich.«

Sophie wusste, welche Zeit Inga meinte, wenn sie von *vorher* sprach: die Jahre ihrer Freundschaft, bevor es Aaron gab. Und sie hörte das kleine Fragezeichen, das nach Ingas letztem Satz in der Luft schwebte. Das neue Hoffnung in ihr weckte.

THIES

Er war immer wieder bewusst falsch abgebogen, endlose Umwege durch den Wald gelaufen. Nun ging er doch auf die Hütte zu.

Er sehnte sich danach, Mara zu sehen, zu berühren. Ihr zu vertrauen. Aber gleichzeitig fürchtete er sich davor, ihr zu begegnen. Sie kam nicht mehr zu ihm. Sie hatte nicht die Wahrheit gesagt. Und wollte er die überhaupt wissen? Was tat er, wenn Maras Wahrheiten noch schwerer zu verkraften waren als ihre Lügen?

Er näherte sich der Rückseite der Laube, nahm den Fußpfad zwischen den Buchen, deren zartgrünes Blätterdach über ihm im Sonnenlicht funkelte. Doch das Grundstück betrat er nicht durch eines der Löcher im Zaun, sondern auf dem offiziellen Weg, durch das Tor.

Er klopfte an die Holztür. Wenn sie da war, hatte sie ihn längst gesehen. Er hoffte, dass sie herauskam, mit einem Lächeln. *Ich habe auf dich gewartet, Thies.*

Die Hütte lag still und schäbig vor ihm. Kein Laut, keine Bewegung. Dann hörte er doch etwas. Das Scharren eines Stuhls auf dem Boden? Er klopfte erneut. Schließlich Schritte, sie näherten sich der Tür. Ihr Gesicht war ausdruckslos, als sie öffnete. Sie nickte.

Dieses Nicken machte ihn nervös. Es sagte: Ich hatte mit dir gerechnet. Ich bin vorbereitet. Es hieß nicht: Ich hatte Sehnsucht nach dir.

»Kann ich reinkommen?«

»Klar.«

Sie ließ die Tür offen, ging voraus durch den Wohnraum in die Abstellkammer. Er folgte ihr wie bei dem ersten Besuch. Auf der Matratze lagen gefaltete Shirts und Unterwäsche. Der Schlafsack war aufgerollt und stand neben ihrem Rucksack.

»Du packst?«

Sie erwiderte seinen Blick und schwieg.

»Weil du hier aufgeflogen bist?«

»Was soll die Frage, Thies?«

»Was sollte die Lüge denn? Dass du die Hütte gemietet hast?«

Sie lächelte selbstbewusst. »Leute wie ihr brauchen doch solche Erklärungen.«

»Ah so.« Thies zog die Augenbrauen hoch. *Leute wie ihr.*

»In Christiania ist niemand Besitzer von irgendwas. Diese Hütte steht leer, kein Mensch braucht sie, warum sollte ich nicht hier wohnen?«

»Du hättest fragen können.«

»Ist das dein Problem?«

»Bodo hat es herausgefunden.«

»Oh je, dann rückt bald die Polizei an, ja? Bekomme ich zuerst einen Räumungsbescheid?«

Das war wieder eine neue Seite an ihr: So kurz angebunden und patzig hatte er sie bisher nicht erlebt. Sie wollte ihn als Spießer dastehen lassen, aber eigentlich war sie es, die nicht souverän wirkte. Thies gefiel die Richtung gar nicht, die das Gespräch gerade nahm.

»Entschuldige. So sollte es nicht rüberkommen. Mir persönlich ist es gleichgültig, ob du legal hier wohnst oder nicht.« Noch sanfter fügte er hinzu: »Hauptsache, ich weiß, wo du bist.«

Sie kam zu ihm, berührte seine Wange, fuhr mit den Fingerspitzen über den Dreitagebart. »Seit wann rasierst du dich nicht mehr? Steht dir.«

»Ich habe dich vermisst.« Er umfasste ihr Handgelenk, legte den anderen Arm um ihre Taille und zog sie in seine Arme. Sie ließ es zu, doch er spürte Widerstand. Er wollte von ihr wahrgenommen werden, körperlich und seelisch. Vor einem Jahr hatte er aufgehört, sich selbst zu spüren. Seit Aarons Tod wusste er nicht mehr, wer er war. Wer er vorher gewesen sein sollte. Das Selbstvertrauen, mit dem er früher durchs Leben gegangen war, als Sophies Partner und auch im Beruf, war so selbstverständlich gewesen. Er hatte nie darüber nachgedacht. Erst, als diese Sicherheit verschwunden war. Mara konnte die Leere füllen, die sich in ihm ausgebreitet hatte. Wenn sie ihn gut fand, ihn begehrte. Gleichzeitig wusste er, wie gefährlich es war, sich ihr auszuliefern. Er kannte sie nicht. Bodo hatte recht mit seinem Misstrauen: Was wollte sie von ihnen?

Aber wo sollte die Gefahr liegen? Er fühlte sich sowieso am Tiefpunkt, was konnte sie ihm denn antun?

Sie konnte abreisen. Einfach verschwinden.

Warum fühlte er sich so abhängig von ihr? Sie nutzte ihre Überlegenheit nicht einmal aus. Ihre Passivität erregte ihn. Obwohl ihn zuerst ihre Stärke angezogen hatte. Er presste seine Erektion gegen ihren Körper. Spürte keinen Widerstand mehr. Sie schloss die Augen. Was auch immer er nun tat, sie würde es zulassen. Sie schien sich ihm hinzugeben. Oder einfach abzuwarten?

Auf einmal ahnte er, dass dies ein Abschied war. Sie

überließ ihm die Entscheidung, wie sie auseinandergehen würden. Als Liebespaar … als Freunde … als Fremde … Sie nahm es hin, weil es für sie keine Bedeutung mehr hatte.

Er küsste sie. Berührte mit der Zungenspitze ihre Lippen, die sich öffneten. Ihre Zunge erwiderte seine Zärtlichkeiten.

Er ließ sie los.

»Was ist?«, fragte sie leise. »Was brauchst du?«

Er könnte mit ihr schlafen, dieses eine Mal. Aber sie begehrte ihn nicht, war nicht einmal wirklich anwesend.

»Du musst mir keinen Gefallen tun.«

Sie war ihm noch immer so nah, dass er nur den Arm hätte ausstrecken müssen, um sie wieder zu berühren, doch in ihren Augen sah er, dass sie bereits weit entfernt war. Er wandte sich ab.

»Ich mag dich sehr, Thies«, sagte sie. »Euch alle.«

Draußen pochte ein Specht, ein schnelles Hämmern wie kleine Gewehrsalven, drängend.

Sie ging in den Wohnraum, die Tür fiel hinter ihr zu. Er hörte, wie sie herumkramte, offenbar Möbel verschob.

Er betrachtete ihren Rucksack. Er war nur bis zur halben Höhe gepackt. Der Schmuck lag nirgendwo im Zimmer, er musste darin sein. Thies hob die Abdeckung, zog die Hand wieder zurück. Nein, das durfte er nicht. Aber es fiel ihm so schwer, sie zu konfrontieren. Zuerst musste er Klarheit haben. Er griff hinein. Seine Finger tasteten durch mehrere Lagen von Stoff, bis er kleine, kugelige Gegenstände fühlte. Sie waren im Inneren eines Beutels. Er zog ihn heraus, kippte den kompletten Inhalt auf die Matratze. Vor sich spürte er eine Bewegung und sah auf: Mara stand in der Tür.

»Was machst du?«

»Wie ist Aaron an so ein Armband gekommen?«

»Das frage ich mich genauso wie du.« Sie wich ihm nicht aus. »Woher weißt du davon?«

»Ich bin dir gefolgt. An dem Morgen in Lüneburg.«

»Auf den Kunsthandwerksmarkt?« Sie zögerte. »Hast du jemandem davon erzählt?«

Er deutete ein Kopfschütteln an.

»Warum nicht?«

Er antwortete nicht. Kam sich jetzt dumm und schwach vor, dass er sich von den Gefühlen für sie hatte verleiten lassen. Er hätte Bodo einweihen müssen.

»Ich weiß es, seit mir Sophie von Aarons Armband erzählt hat«, sagte sie. »Ich hab es mir angesehen, heimlich, bei euch im Wohnzimmer.«

»Was hast du mit Aaron zu tun gehabt?«

»Überhaupt nichts. Was denkst du denn?«

»Es muss eine Erklärung dafür geben.«

Sie richtete sich auf, wirkte plötzlich entschlossen. »Ja. Und ich ahne auch, von wem ich sie bekomme.«

»Mara. Du musst mir sagen, was du weißt.«

»Kann ich nicht.«

»Ich bitte dich.«

»Nein.«

»Jella hat angefangen, mit Inga zu reden. Aber wir wissen nicht, was sie beobachtet hat an dem Abend, als Aaron verschwunden ist.«

Mara wandte den Blick ab, das letzte Gefühl der Nähe schwand.

»Dann mach doch, was du willst«, sagte Thies. »Ich brauche deine Hilfe nicht.« Er ging an ihr vorbei aus der

Laube, ohne sie noch mal anzusehen, steuerte auf ein Loch im Zaun zu.

»Thies, warte!«

Es kostete ihn Kraft, sich umzudrehen.

»Sprich mit Edith«, stieß sie hervor.

Er kam einen Schritt näher. »Wieso Edith? Weiß sie etwas?«

»Frag nicht *mich.*«

Er nickte: Das war's. Mara hatte ihm ein Bröckchen hingeworfen, mehr würde er von ihr nicht bekommen. *Was brauchst du?* Es war ihr gleichgültig, was in ihm vorging.

Während sie stehen blieb wie eingefroren, entfernte er sich, blickte nicht mehr zurück. Der Wald hüllte ihn ein mit flirrendem Grün, verwirrend schnell wechselten Licht und Schatten.

Edith war damals vernommen worden. Wie sie alle. Wo war sie gewesen an dem Abend, als Aaron nicht nach Hause kam? *Meine Mutter hat nichts gesehen, sie hatte ganz pünktlich Feierabend gemacht*, hatte Inga ihnen erzählt. Weder Sophie noch er hatten das hinterfragt.

Anfang April war Aaron verschwunden, die Dämmerung hatte irgendwann gegen acht Uhr abends eingesetzt. Es stimmte, um die Zeit lag Ediths Boot längst vertäut am Anleger. Normalerweise. Aber hatte sie etwas verschwiegen?

Oder war das Ganze wieder eines von Maras Ablenkungsmanövern?

Er musste sich jetzt auf Edith konzentrieren. Nur nicht mehr an Mara denken.

SOPHIE

Der alte Findling ruhte an seinem Platz am Ufer. Thies' Lieblingsplatz. Wie lange mochte der Stein schon da liegen? Sophie strich über die raue Oberfläche, die von Moos und weißen Flechtenblüten überzogen war. Die pilzigen Rosetten zerbröselten unter ihren Fingerspitzen.

Ihr Blick folgte dem Fluss. Der Wasserstand war gefallen. Dürre Zweige eines noch überfluteten Strauchs ragten aus dem Wasser und stemmten sich gegen die Kraft der Strömung. Genau wie sich Sophie gegen die Bilder ihrer Erinnerung wehrte. Ein aufgedunsener Körper mit nur einem Schuh. Sie konzentrierte sich auf die Fähre, auf den weißen Fleck am Ufer gegenüber. Edith fuhr nach Bedarf, sie würde zurückkommen, sobald Fahrgäste an Bord gingen. Oder auf dieser Seite welche auf sie warteten.

Sophie war kein Passagier. Sie hatte überlegt, ob sie einen Grund erfinden sollte, um mit Edith über den Fluss zu fahren, aber damit würde sie nur ihr Misstrauen wecken. Sophie hatte drüben nichts zu tun, und wenn es anders wäre, würde sie die Autofähre weiter nördlich nehmen.

Thies hatte sie dazu gedrängt, mit Edith zu sprechen. Frag sie, ob sie nicht doch etwas gesehen hat. Aaron ist am Fluss gewesen. Was hat er da gemacht? War jemand bei ihm? Wo war Jella?

Thies und Edith pflegten ihre Abneigung zueinander wie eine lieb gewonnene schlechte Angewohnheit. Die

Aversion stammte aus alten Zeiten, als Inga und Bodo zu Thies in die Studenten-WG in der Schanze gezogen waren. Thies war Edith von Anfang an ein Dorn im Auge gewesen. Er war so schrecklich aufsässig und politisch. Sie befürchtete, dass er der Antifa nahestand. Die Hamburger WG war ein Drecksloch. Thies bestimmt drogensüchtig. Natürlich ließen sich Bodo und Inga von ihm verführen. Zwei anständige junge Leute vom Land, die in der Großstadt verdorben wurden, so stellte sich das für Edith dar. Dass Thies ebenfalls ein Junge vom Land war, aus Gartow stammte, das hier um die Ecke lag, blendete Edith aus. Ihrer Meinung nach vernachlässigte Inga seinetwegen ihr Studium. Besuchte die Eltern nur noch selten. Und kam sie doch mal vorbei, stritt sie mit ihrem Vater, der früher selbst in Gorleben demonstriert hatte und dem sie vorwarf, er läge jetzt *auf der faulen Haut*.

Sophie musste lächeln. Sie erinnerte sich gut an Ingas Schimpftiraden auf Edith und Ulrich, wenn sie von diesen Besuchen zurückkehrte.

Sie selbst war erst später in die WG gezogen, und anfangs hatte sie sich fremd gefühlt. Die drei waren bereits enge Freunde gewesen, sie alle stammten aus eher bescheidenen Verhältnissen und aus der Provinz. Thies musste sein Studium selbst finanzieren, seine Eltern konnten nichts beisteuern. Sein Vater führte einen altmodischen Reinigungsbetrieb, der damals schon auf dem Weg in die Pleite war. Heute unterstützte Thies die Eltern mit Geld.

Sie hingegen war in einer schneeweißen Villa in Othmarschen aufgewachsen, mit Kindermädchen, Köchin und Gärtnern. Sie liebte ihre Eltern, respektierte sie bis heute, aber für sich selbst wollte sie ein anderes Leben.

Sie wollte unabhängig sein. Die paar Kilometer zwischen Othmarschen und dem Schanzenviertel waren in Wirklichkeit eine Reise in eine andere Welt. Sie hatte sich sehr schnell in Thies verliebt. In den großgewachsenen, hageren Thies, der das Essen vergaß und einen dunkelblauen Seemannspullover aus verfilzter Wolle trug. Der Reden hielt. Der andere aufrütteln und mitreißen konnte. Durch Thies war auch Bodo in der Bürgerinitiative Umweltschutz aktiv geworden, dem Zentrum des Widerstands gegen den Atomstandort Gorleben. Thies war ein Aufrührer gewesen, und Edith hatte ihm das nicht verziehen. Denn die Aktionen wurden Bodo und Thies um ein Haar zum Verhängnis, als sie später in den Staatsdienst eintreten wollten, Thies als Lehrer, Bodo bei der Kripo. Sie hatten jahrelang unter Beobachtung des Verfassungsschutzes gestanden. Inga und Bodo waren da längst ein Paar gewesen, sie wollten Kinder, und durch Thies' Schuld wäre Bodo beinahe nicht in der Lage gewesen, seine Familie zu ernähren. So sah Edith die Sache.

Sophie hatte lange nicht an diese Zeit zurückgedacht.

Vor ihr glitzerten Lichttupfer auf dem Fluss, die Sonne wärmte ihr Gesicht. Sie schloss die Augen. In der Erinnerung kamen ihr die Jahre so unbeschwert und glücklich vor. Wie sehr hatten sie sich alle verändert. Wann hatten sie diese Leichtigkeit verloren und wann die Energie, den Willen, die Welt zu einem besseren Ort zu machen?

Sophie hörte das Tuckern des Motors und öffnete die Augen. Die Fähre fuhr auf sie zu.

Ob Edith von Jellas Geständnis wusste? Ob sie von den neu aufgedeckten Untaten Aarons schon gehört hatte?

Sophie winkte Edith zu und schlenderte zum Anlegeplatz. Die Rampe klappte herunter, Edith öffnete die Schranke, und die üblichen Elberadwegtouristen, zwei wind- und wetterfest gekleidete ältere Paare, rollten ihre Fahrräder auf die Straße in den Ort. Neue Passagiere waren nicht in Sicht.

Die Hündin lief auf ihren gichtigen Beinen am Ufer entlang und verrichtete ihr Geschäft. Sie hob in Zeitlupe den Kopf und orientierte sich.

»Joschi!«, brüllte Edith so laut, dass Sophie zusammenfuhr. Die Hündin stakste herbei.

Edith gab Sophie die Hand. »Entschuldige, sie hört und sieht kaum noch was.«

Sophie streichelte über Joschis Fell, vermied es dabei, die haarlosen Stellen zu berühren. »Arme alte Joschi.«

»Ach was, der geht's gut«, meinte Edith. »Was machst du hier?«

Sophie lächelte. »Ich feiere Überstunden ab. Und der Tag ist so schön ...«

»Stimmt.« Edith kniff die Augen gegen die Sonne zusammen und inspizierte die andere Uferseite. Keine Kundschaft zu sehen.

»Kann ich dich was fragen?«, begann Sophie.

Edith zog ihre Wollmütze herunter und wandte sich Sophie zu. Ihr Haar klebte grau und fettig am Kopf, sie färbte es schon lange nicht mehr. Ihre Haut war unnatürlich gerötet, vielleicht von der Sonne und dem Wind, tiefe Falten durchzogen ihr Gesicht. Wie sehr sie sich in der letzten Zeit verändert hatte. Sie musste Mitte sechzig sein, wirkte aber viel älter.

»Es geht um Jella. Um das, was vor einem Jahr passiert ist.«

Ediths Augen wurden schmaler. »Wieso?«

»Jella hat uns gesagt, dass sie sich mit Aaron am Fluss getroffen hat. Hast du davon gehört?«

»Nein.«

»In den Wochen, bevor er …« Sie holte Luft. »Er ist am fünften April gefunden worden, da war er zwei Tage tot. Die Treffen haben wohl hier irgendwo in der Nähe stattgefunden. Regelmäßig abends, so zwischen acht und neun, in der Dämmerung. Und vielleicht ja auch an diesem dritten April.«

Ediths Gesicht wirkte wie ein verwitterter alter Stein. Regungslos.

»Wir fragen uns, also Thies und ich, ob vielleicht doch jemandem etwas aufgefallen ist. Ob irgendwer was beobachtet hat.«

Edith blickte sie an. »Du meinst mich?«

Sophie nickte. Sie kam sich furchtbar ungeschickt vor, aber es gab keinen anderen Weg, als Edith direkt zu fragen.

»Ich arbeite bis sieben. Ganz selten länger.«

»Das weiß ich«, gab Sophie zurück. »Vielleicht war an dem Tag etwas Besonderes? Erinnerst du dich? Die Elbe hatte fast Hochwasser. Ähnlich wie jetzt.«

»Du meine Güte. Wenn du es sagst? Dieser Fluss ist ein Chamäleon. Sieht jeden Tag anders aus. Bei Wind. Bei Flaute. Aber selbst wenn er glatt wie ein Spiegel daliegt, tückisch ist er immer. Und bei hohem Wasserstand erst recht.« Sie schwieg, ihr Blick folgte einer Krickente, die sich von der Strömung vorbeitragen ließ. Es war ein Erpel mit kastanienbraunem Kopf, den ein leuchtender grüner, bogenförmiger Streifen zierte. »Ich habe deinen Sohn nicht gesehen. Schon gar nicht zusammen mit Jella.«

»Ich weiß, dass du Aaron nicht mochtest.«

Niemand mochte ihn.

Edith hob die Schultern. »Ihr hättet vermutlich strenger mit ihm sein müssen. Er war zu verwöhnt.«

Der alte Schmerz drückte auf Sophies Brust. Sie hatten Aaron nie verwöhnt.

»Aber … na ja. Es steht mir nicht zu, jemanden zu verurteilen.« Edith gab Joschi einen sanften Stoß und lief zur Fähre zurück. Sophie folgte ihr unschlüssig. Das Gerede mit ihr brachte nichts.

Edith inspizierte die Reling, die an der Rampe endete, fuhr mit dem Finger über Stellen, an denen der Lack abgeplatzt war. »Die Polizei hat mich das ja auch gefragt. Ob mir was aufgefallen ist. Was soll ich denn sagen. Ich kann ja nicht etwas erfinden, nur damit alle zufrieden sind.«

Ihr Handy klingelte. »Ja?« Sie nestelte mit den Fingerspitzen an ihrem Schal herum, während sie zuhörte. Sophie sah ihre Hände, rot, mit schorfigen Stellen.

»Wie kann das sein? … Gut, ich komme.«

Sophie sah sie fragend an, bekam jedoch keine Erklärung. Edith beachtete sie gar nicht mehr. Sie steckte das Handy weg, zog die Hündin am Halsband auf die Fähre, schob sie ins Führerhaus und schloss die Tür ab. Dann vertäute sie das Boot an den Eisenringen, die in den Betonplatten am Ufer verankert waren. Einen Moment lang verharrte sie, fasste sich mit der Hand an die Stirn. Sophie sah, dass sie schwankte.

»Edith … Ist alles okay?«

»Natürlich«, gab Edith zurück, doch ihre Augen erzählten das Gegenteil, Sophie erkannte Angst darin. Edith ließ sie stehen und ging über den gepflasterten Weg in Richtung des Ortes. Ein Jaulen kam von der Fähre, wo Joschi eingesperrt war.

Sophie zog ihr Handy heraus, um Inga anzurufen. Vielleicht gab es Komplikationen bei ihrem Vater? Doch sie zögerte. Inga sollte nicht wissen, dass sie Edith Fragen gestellt hatte. Hinter Ingas Rücken. Inga würde das als Vertrauensbruch auffassen. Sie hatten gerade erst wieder ein wenig zueinandergefunden.

Sophie steckte das Handy ein. Wenn etwas mit Ulrich war, würde jemand aus dem Krankenhaus Inga informieren. Oder Edith selbst.

THIES

Der wochenlange Regen hatte die Nährstoffe aus dem Boden gewaschen, und statt Salaten, Petersilie und Zucchini eroberten wilde Kräuter die Gemüsebeete.

Thies trieb den Spaten in den Grund, hob Erde aus, immer im Zickzackmuster. Schweiß sammelte sich zwischen seinen Schulterblättern, aber die anstrengende, monotone Arbeit half ihm, die Anspannung im Zaum zu halten.

Sophie tauchte in der Ferne auf, sie kam vom Fluss zurück. Thies sah schon an ihrer Körperhaltung, dass sie nichts erreicht hatte. Sie lief zu langsam, hatte ihre Schultern hochgezogen, die Hände in den Taschen. Sie schien in Gedanken versunken. Er rief sie nicht, und so entdeckte sie ihn erst, als sie den Schuppen passiert hatte. Sie schüttelte nur den Kopf, ging dann an ihm vorbei ins Haus.

Thies hatte nicht wirklich geglaubt, dass Edith ihnen helfen konnte. Sie war eine verbitterte Frau, die so sehr damit beschäftigt war, sich selbst zu bemitleiden, dass sie kaum etwas um sich herum wahrnahm. Und falls doch, es aus Bosheit verschwieg. So sah er das.

Trotzdem hatten sie es versuchen müssen.

Er trieb den Spaten wieder in den Boden, trat mit seinem Stiefel auf die Kante. Modriger Geruch stieg aus der feuchten Erde auf. Zwischen den Schollen reckten Regenwürmer orientierungslos ihre Köpfchen ins Licht, krümmten sich auf der Suche nach Schutz. Thies achtete darauf, keines der filigranen Tierchen zu verletzen.

Inga kam ins Freie und entdeckte ihn. »Du Held! Ich bringe dir Dünger vom Kompost. Ich habe auch Kaffeesatz gesammelt.«

Sie holte die Schubkarre aus dem Schuppen und verschwand hinter dem Haus. Gleichzeitig bog Bodo mit seinem Wagen um die Ecke. Er parkte und kam auf Thies zu.

»Was machst du denn hier, mitten am Tag?«, fragte Thies.

Bodo zögerte. »Ich war in der Nähe unterwegs.«

Thies stützte sich auf den Spaten, forschte in Bodos Gesicht. Irgendetwas kam jetzt, das spürte er.

Aber zunächst kam nur Inga, sie rumpelte mit der Schubkarre, gefüllt mit Kompost, über die Pflastersteine, stellte sie neben dem Beet ab. Auch sie blickte Bodo überrascht an. »Wolltest du was essen? Ich hatte so früh nicht mit dir gerechnet.«

»Es gibt keine Mara Seland. Die Kollegen haben das überprüft.«

Thies sah einem Wurm zu, der die Steilkante eines Erdbrockens erklomm und kurz vor dem Ziel abrutschte. Er selbst suchte Halt am Griff des Spatens. Er wollte nicht, dass ihn jemand ansah oder ihn etwas fragte.

»Na ja. Sie lebt in Christiania«, meinte Inga, »da sind bestimmt so einige Leute nicht behördlich gemeldet.«

Thies' Gedanken überschlugen sich. Er hatte sich in eine Frau verliebt, die unter einem falschen Namen unterwegs war. Er hatte Halt bei ihr gefunden. Bei einer Frau, die ihn, die sie alle offensichtlich täuschte. Bodo hatte das nicht erfunden.

Oder?

War es nicht erstaunlich, dass er andauernd mit neuen Enthüllungen über Mara auftauchte? Warum beschäftigte er sich ständig mit ihr?

Weil Bodo etwas gegen sie hatte. Weil er sie als Gefahr für den Frieden hier betrachtete.

Bodo war seit bald fünfundzwanzig Jahren sein engster Freund. Er war der geradlinigste Mensch, den Thies kannte. Sie hatten zusammengewohnt. Sich gegenseitig die Brötchen bezahlt, wenn einer pleite war. Hatten an Bahnschienen gekettet nebeneinander gekauert, bis die Bullen mit den Wasserwerfern abgezogen waren. Bei dem Gedanken, ihm nicht mehr vertrauen zu können, spürte Thies einen schmerzhaften Druck auf der Brust.

»Thies. Ist alles in Ordnung?« Inga fasste ihn am Arm. »Thies?« Er hörte ihre Stimme wie aus der Ferne. »Komm mit rein. Ich mach uns einen Kaffee.«

Wenig später saßen sie alle vier um den großen Tisch in Ingas Küche. Sophie war sehr still, seit sie die Neuigkeit gehört hatte. Wer war Mara? Eine Betrügerin?

Wo war sie jetzt? Thies dachte an den Moment im Garten an der Laube. Als er gegangen war. Voller Enttäuschung und Wut.

»Eine Weile habe ich wirklich gehofft, dass sie bei uns bleibt«, sagte Inga. »Sie hat uns so gutgetan. Uns allen.« Sie unterbrach sich, als die Haustür ging. Jella steckte den Kopf in die Küche.

»Hallo Schatz.«

»Erdkunde ist ausgefallen.« Sie grüßte nicht und verschwand ohne ein Lächeln.

Inga lächelte entschuldigend und seufzte. »Ist gerade nicht so einfach mit ihr.«

Niemand entgegnete etwas.

»Ich verstehe nicht, was los ist.« Inga verzog verärgert das Gesicht. »Was hat Mara für ein Problem? Warum ist sie auf einmal nicht mehr hergekommen? Was haben wir ihr getan?«

»Vielleicht hat sie es nicht ausgehalten. Das ganze Verheimlichen.« Es war das Erste, was Sophie sagte, seit sie hereingekommen war.

»Im Ernst?« Bodos Stimme war ruhig, doch darunter lag ein gefährlicher Ton. »Sie selbst verheimlicht am meisten.«

»Trotzdem. Ich meine uns. Wie wir miteinander umgehen.«

»Hör bloß auf. Ich muss mir keinen Vorwurf machen.« Bodo schüttelte den Kopf. »Mara ist aus dem Nichts hier aufgetaucht. Sie hat uns aufgemischt. Und als es kompliziert wurde, hat sie die Biege gemacht. Für sie ist es ein Spiel gewesen. Ein Unterhaltungsprogramm. Die Spießerseifenoper. Das ist ihr nun langweilig geworden. Weil sie meint, dass sie uns durchschaut hat. Dass sie alles über uns weiß.«

Thies fühlte Wut in sich aufsteigen. »Du kennst sie doch gar nicht.«

»Nicht so gut wie du, das stimmt allerdings.« Bodo verschränkte die Arme. »Ich war von Anfang an misstrauisch, das gebe ich zu. Und wie sich zeigt: zu Recht. Jedenfalls knöpfe ich sie mir jetzt vor. Sie ist hier ein und aus gegangen. Sie hat meine Tochter um den Finger gewickelt. Ich werde rauskriegen, wer sie ist und was sie wirklich will.«

Thies hörte ein Geräusch aus dem Flur. Ein unterdrücktes Husten? Inga hatte es auch gehört. Sie ging zur Küchentür und öffnete sie. »Jella!«

Lauschte sie schon länger hinter der Tür? Ihre Wangen waren gerötet, auf ihren Augen lag ein glasiger Schimmer, als habe sie Fieber. »Was ist los?«

»Lasst Mara in Ruhe!« Sie verbarg das Gesicht in den Händen. »Ich will, dass sie wiederkommt!«

Bodo trat zu ihr. Umfasste ihre Schultern. »Jella, du …« Weiter kam er nicht. Sie riss sich los und polterte die Treppe hoch in ihr Zimmer.

Ein Handy auf dem Tisch klingelte, es war Ingas. Sie blickte auf das Display. »Das Heim.« Sie meldete sich, hörte für einige Sekunden zu. »Danke, dass Sie mir Bescheid sagen. Ich komme sofort.«

Sie sah Bodo an. »Die wollen Papa vielleicht ins Krankenhaus verlegen. Sein Zustand hat sich verschlechtert. Seit heute Morgen schon.« Sie stand auf.

Bodo sah auf die Uhr. »Ich muss zurück ins Büro. Aber ich fahre dich hin.«

»Das kann ich auch machen«, bot Sophie an.

Inga sammelte die benutzten Kaffeetassen ein und stellte sie in die Spülmaschine. Anschließend fuhr sie mit einem feuchten Tuch über die Tischplatte und wischte Kekskrümel auf.

Sie kann nicht aus ihrer Haut, dachte Thies, sie muss immer perfekt sein. Doch dann sah er Ingas hilflosen Blick. Sie stand an der Spüle, wirkte wie neben sich, den giftgrünen Lappen noch in den Fingern. »Lasse«, sagte sie. »Er kommt gleich. Er braucht etwas zu essen vor dem Training.«

Thies legte Inga eine Hand auf die Schulter. »Ich mache ihm was, ein Spiegelei oder so.«

»Und Jella?«

»Mach dir keine Sorgen.« Thies sah Ingas Blick und seufzte. »Wir essen nur zusammen. Ich stelle ihr keine Fragen. Versprochen.«

SOPHIE

Ingas Vater lag vor ihr im Bett, seine Augen waren eingesunken in schattigen Höhlen, die Lider geschlossen. Sie betrachtete seinen Arm. Aus dem Handrücken, lila verfärbt von Blutergüssen, hing ein Schlauch, der zu einem Tropf führte.

Sie atmete so flach, wie sie konnte, es schien kaum Sauerstoff in dem Raum zu sein. Es roch nach Körperausdünstungen und Desinfektionsmittel.

Sophie war Ulrich seit dem Beginn der Chemo nicht begegnet. Wenn sie an ihn gedacht hatte, dann hatte sie ihn im Führerstand der Fähre vor sich gesehen, in seinem Norwegerpullover, eine dunkelblaue Kapitänsmütze auf dem Kopf.

Inga beugte sich über ihren Vater, berührte seinen Arm. »Papa?« Sie wandte sich zu Sophie um. »Er reagiert nicht. Was ist denn jetzt mit ihm?«

Sophie trat neben sie und starrte auf Ulrichs Brustkorb unter der Decke: Er hob und senkte sich, aber fast unmerklich.

Eine Pflegerin kam herein, etwa in ihrer beider Alter, mit einem herzförmigen Gesicht und Fältchen um Augen und Mund.

»Ihr Vater hat ein Beruhigungsmittel bekommen, er wird noch einige Stunden schlafen«, erklärte sie Inga. »Hat Ihnen das meine Kollegin nicht gesagt?«

»Nein«, gab Inga zurück. »Was ist denn eigentlich los?«

»Er hatte eine Tachykardie, also akutes Herzrasen. Er hat hyperventiliert. Zum Glück war der Hausarzt gerade im Gebäude, er hat ihn versorgt und kommt heute Abend wieder vorbei. Wir haben ihn erst mal in das Einzelzimmer verlegt. So hat er mehr Ruhe. Und das Schwesternzimmer ist gleich nebenan.«

»Ich bleibe bei ihm«, sagte Inga. »Hätten Sie mich nur früher angerufen.«

Die Schwester blickte überrascht auf. »Ihre Mutter war ja hier.« Sie überprüfte den Tropf. »Es war alles ganz normal, bis er heute morgen den Besuch von dieser Frau bekam. Die Begegnung muss ihn sehr aufgeregt haben. Wir dachten zuerst, es sei ein Herzinfarkt, aber das hat sich zum Glück nicht bestätigt.«

Inga hob den Kopf. »Was für ein Besuch?«

»Ich selber hatte erst später Dienstbeginn. Meine Kollegin meinte, es war eine Frau, so Ende vierzig. Und dass sie sie noch nie gesehen hat.«

»Kann denn jeder hier einfach reinspazieren?«, fragte Sophie.

»Selbstverständlich nicht«, antwortete die Pflegerin, freundlich wie zuvor. »Man muss sich am Empfang anmelden. Und bei fremden Personen fragen wir vorher nach. Sie wäre also nicht zu Ihrem Vater gelassen worden, wenn er dem Besuch nicht zugestimmt hätte.« Sie inspizierte Ulrichs Kanüle im Handrücken und wandte sich zum Gehen. »Falls etwas sein sollte, klingeln Sie bitte.«

Die Tür schloss sich hinter ihr mit einem schmatzenden, gummigedämpften Geräusch.

Inga und Sophie wechselten einen Blick.

»Glaubst du …«, brachte Inga hervor.

Sophie hob die Schultern.

»Was soll das? Was will sie bei meinem Vater?«

»Frag beim Empfang nach dem Namen«, sagte Sophie.

Inga ging zur Tür, drehte sich noch einmal um. »Sophie. Du musst nicht hierbleiben.«

»Geh nur, ich warte auf dich.«

Sophie setzte sich und lehnte den Kopf an die Wand. Stille kroch aus den Ecken, kein Laut kam von Ulrich, nicht mal ein leises Atmen. Draußen im Park, in den Bäumen, sangen Vögel.

Inga kam zurück, sank auf den zweiten Stuhl. »Mara Thielmann. Unter dem Namen hat sie sich angemeldet. Und noch was: Sie hat gesagt, sie sei mit meinem Vater verwandt.«

EDITH

Auf dieser Seite des Ortes war sie lange nicht gewesen. Wozu auch? Ein paar verstreute Häuser, das Neubauviertel, wo sie niemanden kannte, ein Stück Straße, und dann begann der Wald. Früher war sie hier mit Ulrich spazieren gegangen. Sie spürte manchmal eine diffuse Sehnsucht, wieder in diese Schattenwelt aus Grüntönen einzutauchen, den weichen Waldboden unter den Füßen zu spüren. Aber dafür war keine Zeit mehr. Nicht, seit sie die Fähre übernommen hatte.

Bertholds Hütte ... Sie parkte das Auto am Holzzaun und legte eine Hand auf ihre Brust. Spürte, wie ihr Herz schlug. Hier hatte sie getanzt und gelacht. In einem anderen Leben. Wann hatte es geendet? Wann war sie so alt geworden? So allein?

Berthold war gestorben. Ulrich todkrank. Die Freundinnen von damals? Sie traf sie nicht mehr. Sie saßen in ihren längst abbezahlten Häusern, beschnitten ihre Rosen, die Enkel schaukelten im Garten. Edith schämte sich vor ihnen. Für ihre Armut, ihre Ehe, die schon vor Ulrichs Krankheit gescheitert war. Sie stand morgens auf, ohne Vorfreude auf den Tag, erfüllte ihre Pflicht, bis sie abends ins Bett fiel. Selten gönnte sie sich kleine Belohnungen. Ein Glas Spätburgunder. Ein heißes Bad mit einer Sprudeltablette, Tannennadelduft. Abendessen bei Inga und den Kindern. Inga war eine gute Tochter. War immer lieb zu ihr. Doch Edith fühlte sich nicht mehr wohl dort. Nicht, seit die Sache mit Jella passiert war.

Nicht daran denken. Edith versuchte, die schmerzvollen Erinnerungen wegzudrängen. Aber es gelang ihr nicht. Jella hatte ihren Eltern etwas erzählt. Prompt tauchte Sophie auf und stellte Fragen. Die Dinge kamen ans Licht. Edith hatte ja gewusst, dass es irgendwann so weit sein würde. Und dass es sich nun nicht mehr stoppen ließ. Jella war ein Kind. Sie hatte kein altes, erfrorenes Herz wie Edith, in dessen ewigem Eis man Geheimnisse für immer vor der Welt verbergen konnte. Jellas Herz war ein zuckender, blutdurchströmter Muskel, der Glück und Liebe fühlen sollte.

Edith machte den Motor aus und schritt auf die Hütte zu. Sie sah das Brombeergestrüpp wuchern, die zersplitterten Latten im Zaun, die morschen Wände, die Verwahrlosung. Doch in ihr stiegen die anderen Bilder auf, die Gerüche und Geräusche von damals. Sie in ihrem gelben Sommerkleid, das Haar hochgesteckt. Lampions in den Bäumen, der Duft von Fleisch, Rosmarin und Holzkohle, Jethro Tull aus dem Ghettoblaster, die Stimmen, das Lachen ihrer Freunde.

Edith, komm her! Ulrich mit einer pinkfarbenen Schürze um den Bauch, ein Bier und die Grillzange in der Hand. *Richie* hatten ihn die anderen genannt. Für Edith war er immer Ulrich gewesen.

Edith, komm her und probier mal!

Sie blieb stehen. Blinzelte. Die Realität kehrte zurück. Es tat weh, die Waldhütte in diesem Zustand zu sehen. Sie berührte mit der Fingerspitze die abblätternde Farbe an der Tür.

Nun war die Fremde hier. Mara. Sie hatte die Vergangenheit aufgerührt. Von Anfang an war das ihr Plan gewesen. Doch jetzt war sie zu weit gegangen.

Edith schlug mit der Faust an die Tür. Noch einmal, heftiger.

Nichts, kein Geräusch aus dem Inneren. Edith drückte die Klinke herunter. Es war nicht abgeschlossen.

»Hallo?«

Keine Antwort.

Sie machte einen Schritt hinein. Etwas legte sich klebrig auf ihr Gesicht, sie zuckte zurück. Sie war in ein Spinnennetz gelaufen, sah noch die braunschwarze, langbeinige Bewohnerin in eine Spalte zwischen den Holzbalken flüchten. Edith schüttelte den Ekel ab und ging weiter in den Wohnraum hinein. Er war fast leer. Die Möbel von damals, der Tisch, die Campingstühle, waren verschwunden. Durch die schmutzigen Fensterscheiben fiel diffuses Licht herein. Staubkörnchen tanzten in der Luft. Edith spürte es: Dieser Ort war nicht verlassen. Mara war noch hier.

Sie öffnete die Tür zur Abstellkammer, trat in den winzigen Raum. Eine fleckige Matratze. Maras Rucksack, prall gepackt, auf dem Boden. Die Reisetasche. Edith war noch rechtzeitig gekommen.

Etwas traf sie hart am Rücken. Sie stöhnte auf. Die Tür zum Garten war plötzlich aufgegangen und das Türblatt gegen sie geprallt. Mara stand vor ihr, ebenso erschrocken wie sie selbst.

»Was machen Sie hier?«, brachte sie heraus.

»Was machen Sie bei meinem Mann im Pflegeheim?«, gab Edith mit kalter Stimme zurück.

Mara fuhr sich über die Stirn. Zögerte. »Inga hatte von ihrem Vater erzählt. Ich wollte ihn besuchen.«

»Ingas Vater.« Edith verschränkte die Arme. »Einfach so, ja?«

Mara nickte.

Wie sie sich verändert hat, dachte Edith. Seit dem Morgen auf der Fähre, als sie aus dem Nebel aufgetaucht war. Sie hatte so stolz gewirkt, so selbstsicher. Sie hatte Edith in die Augen gesehen.

Sie sollten etwas tun, was Ihnen mehr Freude macht.

Bei der zweiten Begegnung, dem Abendessen in Ingas Küche, war Edith überrascht gewesen, sie dort zu treffen, im Haus ihrer Tochter. Um dann den Namen zu erfahren, auf den sie schon früher gestoßen war, in Ulrichs geheimem Versteck. *Mara.* Da hatte Edith gewusst, dass es sich nicht um einen Zufall handeln konnte. Sie war zu keiner Reaktion fähig gewesen. Hatte die Flucht angetreten und Mara das Feld überlassen.

Doch von Maras Selbstbewusstsein war nicht mehr viel zu spüren. Sie wirkte verstört, schaffte es kaum, Ediths Blick standzuhalten. Edith musste ihren Moment der Stärke nutzen.

»Ich weiß, wer Sie sind«, sagte sie. »Und ich kann mir denken, was Sie wollen. Aber ich lasse das nicht zu.«

Mara schwieg.

»Er ist schwer krank«, sagte Edith eisig. »Und nach Ihrem Besuch ist er völlig zusammengebrochen.«

»Das war nicht meine Absicht. Ich wollte ihn nicht aufregen. Bitte, glaub mir.«

Edith fand es befremdlich, dass Mara sie duzte. Als würden sie sich nahestehen.

»Es geht um Geld, ja?«, fragte sie. »Haben Sie versucht, ihn zu erpressen?«

»Nein!«

Ihre Überraschung wirkte echt. Die entscheidende Frage. Edith musste sie ihr jetzt stellen. »Weiß Inga, wer Sie sind?«

»Niemand weiß es, außer ihm. Und dir«, sagte Mara. »Hat er dir von mir erzählt?« In ihrem Ton schwang leise etwas mit. Hoffnung?

Edith lachte kurz und bitter auf. Wie wenig diese Frau Ulrich kannte. Sie hatte keine Ahnung, wie feige er war.

»Also gut.« Sie sah Mara herausfordernd an. »Wenn Sie Geld wollen, dann können wir beide das regeln. Ich gebe Ihnen, was ich habe. Die Bedingung ist: Sie verschwinden von hier. Kein Wort zu Inga. Es würde ihr Verhältnis zu ihrem Vater zerstören.«

»Er ist auch mein Vater.«

Edith lächelte. »Das ist Ihnen ja früh eingefallen.«

»Ich wusste nichts von ihm.«

»Dafür können Sie sich bei Ihrer Mutter bedanken.«

»Komm, ich zeig dir was.« Mara lief in den Wohnraum. »Komm!«

Edith folgte ihr widerstrebend. »Was soll das?«

»In diesem Raum war Johanna mit Richie zusammen. Mit *Ulrich*, sollte ich wohl besser sagen. Genau da war es.« Sie zeigte auf das durchgesessene Sofa.

Eine Stimme in Ediths Kopf zischte warnend. *Lass sie nicht erzählen. Hör ihr nicht zu.*

»Ich war sieben Jahre alt, und ich stand dort.« Maras Zeigefinger wies auf die Tür zur Abstellkammer.

Sieben? Wie viel älter war diese Mara als ihre Inga? Die

Frage begann in ihr zu brennen, und sie spürte sofort, dass sie eine Antwort brauchte, weil es sie sonst für immer verfolgen würde. »Wann war das genau?«

»1979.«

Inga war zwei Jahre alt gewesen. Die glücklichste Zeit in Ediths Leben.

»Ich habe die beiden belauscht. Meine Mutter hat ihn um Hilfe gebeten. Sie war so verzweifelt, dass sie ihn ...«

»Es reicht!«, stoppte Edith sie. »Ich will nichts davon wissen.«

Eine Wut ergriff sie, die sie kaum kontrollieren konnte, Wut auf diese Frau da vor ihr, die alles durcheinandergebracht hatte. Und nicht damit aufhörte. Aber noch stärker die Wut über ihr ganzes unglückliches und verpfuschtes Leben. Ulrich hatte sie belogen und betrogen. Er trug die Schuld daran, dass Mara hier aufgetaucht war. Dass sie sie nun vertreiben musste. Bevor sie ihre Familie zerstörte.

Aber gleichzeitig stieg ein anderes Gefühl in ihr auf, eine merkwürdige Kälte, die ihre Wut und ihre Angst betäubte. Es lag eine Chance darin. Sie konnte sich der Wahrheit stellen. Der ganzen Wahrheit.

»Ich musste ihn finden.« Mara starrte das Sofa an, als wäre sie ganz in ihrer Erinnerung versunken. »Ich musste einfach wissen, ob er das Schwein ist, für das ich ihn seit dieser Nacht gehalten hatte. Ich habe ihn heute im Pflegeheim besucht. Er war so hilflos. Zuerst hat er mich nur angestarrt. Dann hat er angefangen zu reden. Ich konnte ihn kaum verstehen, seine Stimme klang fremd. Wie ein heiseres Röcheln. *Mara.* Er sagte meinen Namen. Immer wieder.

Mara. Meine Tochter. Meine Große.«

MARA

Es war die erste Reise ins Ausland, auf die Johanna sie mitnahm. Zuerst hatte sie erzählt, es sei das Geschenk zu Maras siebtem Geburtstag, später hieß es: Wir fahren als Abgesandte der Anti-Atomkraftbewegung von Christiania, um die AKW-Gegner in Deutschland zu unterstützen. Als sie das sagte, hatte Johanna sehr stolz geklungen.

Es fühlte sich dann auch nicht an wie ein Geburtstagsgeschenk.

Zusammengepfercht saßen sie auf der Rückbank eines klapprigen Diesels, der bereits auf der ersten Etappe der Fahrt, bis zur Fähre nach Gedser, mehrfach streikte. Außer Johanna und ihr waren noch drei Männer dabei, Mara kannte sie: Daan aus Amsterdam, er arbeitete in der Backstube und hatte ihr schon ab und zu etwas Süßes oder ein Brötchen zugesteckt, die anderen beiden spielten mit Johanna in der Theatergruppe. Alle hatten lange Haare und rochen nach Zigarettenrauch. Es war sehr kalt im Wagen, die Heizung war kaputt, und Mara trug zwei Jacken übereinander. Das Schiff erreichten sie knapp, und Mara durfte an Bord nicht draußen herumlaufen. Wenigstens war es warm im Inneren.

In Rostock angekommen, saßen sie in einer endlosen Schlange von Autos fest, die kaum vom Fleck kam. Das sei die Grenzkontrolle, erklärte Johanna ihr, das Land sei geteilt und sie müssten ein Stück auf der Transitstrecke durch die DDR fahren.

Als sie endlich den Grenzposten erreicht hatten und an der Reihe waren, verlangte ein Beamter ihre Ausweise. Mara hatte Angst vor dem Mann, denn sie spürte Daans und Johannas Anspannung. Der Beamte reichte Daan ein Blatt Papier. Sie durften weiterfahren. Daan fuhr jetzt langsamer, obwohl die Autobahn leer war. Mara blickte aus dem Fenster, doch es gab nichts Interessantes zu sehen.

Als sie an einer Tankstelle hielten, brach ein Streit aus, alle diskutierten wild durcheinander. »If I don't get more, we won't reach Hanover!« Mara verstand kein Englisch, aber sie hörte, wie aufgebracht Daan war. Als die anderen murrend in den Taschen kramten, begriff sie. Er wollte mehr Geld.

»Just a minute.« Johanna verschwand in Richtung der Raststätte. Sie warteten, jeder rauchend bis auf Mara, an die Karosserie des Wagens gelehnt.

Johanna kam nicht.

»Go. Hol deine Mom«, forderte Daan Mara auf.

Sie sagte nie ›Mom‹ oder ›Mama‹, in Christiania nannten alle Kinder, die sie kannte, ihre Eltern bei den Vornamen. Sie lief zu den Toilettenräumen.

»Johanna?«, rief sie in den gekachelten Raum mit den Kabinen.

Ihre Mutter kam aus einer davon hervor, sie war sehr blass und hatte rot umränderte Augen.

»Die warten auf dich«, sagte Mara. »Ich glaube, Daan ist sauer.«

Johanna sagte nichts.

»Hast du kein Geld?«

Sie liefen langsam zurück zum Wagen. »Hey, was …? What are you doing!«, schrie Johanna auf einmal und rannte los. Die Männer hatten den Kofferraum geöffnet und kramten in einem Rucksack. Es war ihrer.

Daan hielt inne und drehte sich zu ihr um. »Ten D-Mark. Zehn. Oder du gehst. With your daughter.«

»Wir können nicht zurück. Nicht auf der Transitstrecke, das weißt du genau.«

Daan und Johanna stritten auf Englisch, Mara hörte immer wieder das Wort »Fuck«. Ein böses Wort, das wusste sie.

Johanna knöpfte ihre Jeans auf. Sie trug ein flaches Lederetui an einem Gurt um den Bauch. Sie zog einen Geldschein heraus. Daan schnappte ihn sich, legte den Arm um Johannas Taille und zog sie zu sich. »Danke, Baby.« Sie ließ sich von ihm küssen. Die anderen grinsten.

»Steig ein«, sagte er zu Mara. Sie musste wieder in die Mitte, weil sie die kürzesten Beine hatte. Sie fuhren schweigend. Irgendwann schlief sie ein, den Kopf an Johannas Schulter gelehnt. Und erwachte von einer fremden, aufgeregten Stimme. Sie kam aus dem Radio. Mara konnte Deutsch gut verstehen, Johanna redete immer in ihrer Muttersprache mit ihr, während sie in der Schule und mit ihren Freunden Dänisch sprach.

»Das gibt es nicht!«, rief Johanna aus. »Diese Schweine!«

»What's up?«, wollten die anderen wissen.

»Die bringen uns alle um! They're gonna kill us!«

»Der Reaktorunfall im amerikanischen Harrisburg konnte laut der zuständigen Behörden noch nicht unter Kontrolle gebracht werden«, sagte der Radiosprecher. Johanna übersetzte, zuerst auf Englisch für Daan, dann auf Dänisch. Mara wusste nicht, was ein Reaktor war, begriff nicht, um was es ging. Johanna warf mit komischen Namen um sich. Harrisburg. Three Miles. Sie fuchtelte aufgeregt mit den Armen herum, wiederholte deutsche Wörter, die der Radiomann benutzt hatte. Störfall. Kernschmelze. Kühlwasser. Radioaktives Gas. »Radioactivity, you understand? A horrible accident!«

Die Männer fluchten.

»Was ist denn passiert?«, fragte Mara.

»In einem Atomkraftwerk hat es einen Unfall gegeben, eine teilweise Kernschmelze«, erklärte Johanna.

»Ist der Reaktor jetzt kaputt?«

»Er ist weit weg, in Amerika. Du musst keine Angst haben. Aber genau deshalb protestieren wir. Weil so was auch bei uns passieren könnte.« Sie nahm Mara in den Arm und küsste sie auf die Stirn.

Sie fuhren. Der Motor röhrte gleichmäßig. Mara lehnte den Kopf nach hinten, ihre Lider wurden bleischwer.

»Mara! Wach doch auf. Wir sind da!« Johannas Stimme kam aus weiter Ferne. Mara blinzelte und sah aus dem Seitenfenster. Sie überholten eine Reihe aus unzähligen Traktoren mit Anhängern, an denen Bettlaken mit Parolen hingen. Die Frontscheiben waren mit Tulpen und Osterglocken geschmückt. Zwischen den Treckern liefen Leute herum, mit gelben Regenmänteln, manche mit Regenschirmen, bunte gestrickte Wollmützen auf dem Kopf. Genauso eine hatte sie selbst auch.

Bald waren sie komplett von Fußgängern eingeschlossen und fuhren nur noch im Schritttempo. Daan steuerte den Wagen an den Straßenrand und hielt. Sie stiegen aus.

Mara fühlte sich ganz steif, vom langen Sitzen, aber am meisten von der Kälte. Es regnete ununterbrochen. Sie hatte so etwas noch nie gesehen, so einen Strom von Menschen, und alle liefen in dieselbe Richtung. Sie reihten sich ein, wurden mitgezogen, mitgeschoben. Der Wind zerrte an Plakaten und Transparenten, die über die Köpfe gehalten wurden, die an den Balkonen der Häuser und an den Fahrzeugen hingen. Mara konnte die deutschen Wörter darauf nicht lesen, aber sie kannte das Zeichen, das auf den meisten zu sehen war und das die Leute auch auf kleinen runden Ansteckern an den Mänteln trugen: ein gelber Kreis und darin eine orangen lächelnde Sonne. Die Leute sangen und tanzten, manche hatten weiß geschminkte Gesichter und sahen aus wie die Toten aus Johannas letztem Theaterstück. »Albrecht, wir kommen!« Das wurde gerufen, immer wieder, manchmal lachend, manchmal wütend skandiert.

Johanna lachte, tanzte und stimmte in die Parolen ein. »It's great!«, schrie sie zu Daan hinüber. »This is the Gorleben-Treck! Wir sind dabei!«

»Wer ist Albrecht?« Mara sah zu Johanna auf, doch die hatte sie nicht gehört.

Sie erreichten einen riesigen Platz. Aus allen Straßen kamen die Menschen aus dem Zug hier zusammen. Mara klammerte sich an Johannas Hand, sie durfte sie nicht verlieren. Einmal nahm Daan sie auf die Schultern, und sie erblickte weit und breit keinen Fleck, auf dem sich nicht Menschen drängten. Reden wurden gehalten, von denen sie nichts verstand. Daan setzte sie wieder auf den Boden. Sie wurde gedrängt, gestoßen.

»Wahnsinn, oder?«, rief Johanna. »Wahnsinn!« Sie sah

ganz fremd aus, ihre Augen leuchteten, sie lachte und sprach mit wildfremden Leuten. Daan und die anderen waren verschwunden, sie waren allein in der Menschenmasse. Mara hatte plötzlich Angst.

Sie wusste nicht, wie viel Zeit vergangen war, als sich der Platz irgendwann leerte. Johanna zog an ihrer Hand. »Komm. Hier entlang.«

Mara war durchnässt und fror, die Brote, die sie mitgenommen hatten, waren längst aufgegessen. »Fahren wir jetzt zurück?«, fragte sie. »Wo ist das Auto?«

»Wir bleiben noch. Sonst hätte sich der weite Weg doch gar nicht gelohnt.« Johanna ließ Maras Hand los, sie ging schnell, und Mara musste fast rennen, um Schritt mit ihr zu halten.

»Los. Geh da rein.« Johanna öffnete eine Tür, Lärm und Qualm schlugen Mara entgegen, Rauch biss in ihre Augen. Aber die Luft war warm. Sogar sehr warm. Es war eine Kneipe, zum Bersten gefüllt, hauptsächlich mit Männern, die Bier tranken und rauchten.

»Warte auf mich«, befahl ihr Johanna.

Und Mara quetschte sich an eine mit Holz vertäfelte Wand. Sie versuchte, ihre Mutter nicht aus dem Blick zu verlieren.

Kurze Zeit später hatte die eine Zigarette und ein Bier in der Hand. Zwei Männer sprachen gleichzeitig auf sie ein. Sie lachte und warf ihre Haare zurück. In ihren Augen funkelte es. Mara kannte das Funkeln.

Später landeten sie in der Wohnung dieser Männer, bekamen eine Matratze zugewiesen. Mara ließ sich in ihren Kleidern darauf fallen und rollte sich in eine Decke. Sie wollte weinen, doch das würde nur Kraft kosten. Sie sah noch, dass Johanna den Raum verließ und die Tür zuzog, dann fielen ihre Augen zu. Als Mara aufwachte, lag ihre Mutter nicht neben ihr.

Nachdem sie den Vormittag wieder auf der Demo verbracht hatten, durften Johanna und sie auf einem Traktor von der Protestkundgebung nach Hause mitfahren. Ins Wendland. Da wollte Johanna als Nächstes hin. Anfangs fand Mara es aufregend, sie thronten so hoch über der Straße, aber dann ging es nur langsam vorwärts, der Motor dröhnte, und es wurde wieder kalt. Johannas Augen funkelten für den Bauern auf dem Fahrersitz. Mara blieb still auf ihrem Platz. Sie wusste aus Erfahrung, dass Johanna nie etwas planlos tat. Sie würde für sie beide sorgen. Am besten kam sie ihr dabei nicht in die Quere.

Irgendwann fuhren sie eine schnurgerade Straße durch einen Wald, der Mara endlos erschien, dann schnaufte der Trecker einen Hügel bergauf, und Mara blickte in eine weite Ebene. Sie wurde von einem Fluss geteilt, der sich in die Ferne schlängelte, so weit sie blicken konnte.

»Die Elbe!«, rief Johanna. »Schau, Mara, an dem Fluss bin ich geboren worden.«

Häuser tauchten auf, der Traktor erreichte einen Ort, hielt auf einem kleinen Platz mit einem Brunnen.

»Am besten, ihr wartet hier«, sagte der Fahrer. »Ich sag ihm Bescheid.«

Sie stiegen ab und setzten sich auf den Brunnenrand. Die Gebäude ringsum sahen alt und gemütlich aus, weiß gestrichen, mit schwarzen Holzbalken. Mara schielte zu den Geschäften, besonders zu einer Bäckerei hinüber. Warmes Licht schien im Inneren, und sie bildete sich ein, dass es bis zu ihr nach Brot und Kuchen duftete. Die Schatten der Häuser wuchsen, fielen über sie. Die Geschäftsleute verließen die Läden, schlossen die Türen ab. Nur sie und Johanna blieben zurück auf dem Platz.

»Er muss kommen«, murmelte Johanna.

Mara war zu müde, um sie zu fragen, auf wen sie eigentlich warteten. Ihr war furchtbar kalt.

▲▼▲

Scheinwerfer tauchten auf, zwei grelle Lichtpunkte, die sich schnell näherten und direkt auf sie zuhielten. Mara erschrak und war gleichzeitig froh, dass endlich etwas passierte. Und wirklich, das Auto hielt vor ihnen! Ein Mann stieg aus, er hatte dunkelbraunes Haar und trug einen warmen Mantel mit Hornknöpfen, genau so einen, wie Mara ihn sich wünschte, aber nicht bekam, weil Johanna kein Geld dafür hatte.

»Hallo Richie«, sagte Johanna, ohne sich zu bewegen.

Wie auf der Hut. Freute sie sich nicht, diesen alten Freund wiederzutreffen? Ihre Mutter war sonst nie so zurückhaltend. Ihre Stimme klang, als müsse sie erst einmal etwas Sperriges herunterschlucken.

Dieser Richie blieb stumm, irgendwie bekam auch er die Zähne nicht auseinander, er starrte Johanna nur an. Und dann Mara. Immer abwechselnd.

Mara wartete ab und schwieg. Erwachsene verhielten sich oft komisch. Langsam wurde sie jedoch ungeduldig, weil nichts passierte. Ihr Magen tat weh vor Hunger. Aber besser war es, den Mund zu halten. Denn irgendwas stimmte nicht mit ihrer Mutter und diesem Mann.

Plötzlich riss der Mann Johanna an sich und umarmte sie.

Auch das dauerte. Als er sie wieder losgelassen hatte, kam er zu Mara. Streckte ihr die Hand entgegen. Als sie etwas zögerlich ihre hineinlegte, zog er sie ebenfalls in die Arme. Sie wurde gegen seine Brust gedrückt, bekam kaum Luft, aber die Umarmung fühlte sich trotzdem gut an. Ihr wurde ganz warm.

Richie brachte sie mit dem Auto zu einer Hütte aus Holz. Die lag im Wald und hatte ein Plumpsklo im Garten. Ein bisschen war es wie zu Hause, nur vollkommen einsam. Im Inneren gab es zwei Räume. In dem größeren standen Gartenmöbel mit dicken, geblümten Sitzkissen darauf. Und ein Sofa mit einer Wolldecke. Richie ging in den zweiten, kleineren Raum, in dem sich Gartengeräte, ein Grill und allerhand Krimskrams stapelten. Er schleppte eine Matratze heran.

»Lass sie doch nebenan liegen, dann kann Mara gleich schlafen gehen«, meinte Johanna.

Richie hatte Bier mitgebracht, Brot und Aufschnitt. Aus einem Schrank holte er eine Flasche Korn. Johanna lehnte ab, sie wolle keinen Alkohol und nichts zu essen. Aber Mara machte sich zwei Brote, und er sah ihr zu, wie sie gierig kaute. Johanna redete ununterbrochen, erzählte von dem Platz in Hannover, von der Kundgebung. Mara hörte nicht richtig zu, erst als ihre Mutter plötzlich eine Pause einlegte und hörbar einatmete, blickte sie auf.

»Ich bin wegen dir hingefahren«, sagte Johanna zu Richie.

Er verzog den Mund. »In den Nachrichten haben sie gesagt, wir waren hunderttausend Atomkraftgegner. Die bisher größte Protestveranstaltung in der Bundesrepublik. Und du dachtest, du könntest mich da treffen?« Es klang nicht nett. Als würde er nicht viel von Johanna halten. Er war nicht gern bei ihnen in der Hütte, das spürte Mara. Er rutschte auf dem Gartenstuhl herum, hatte nicht mal die Jacke ausgezogen. Und er sah heimlich auf die Uhr.

»Und was nun?«, fragte er.

Johanna antwortete ihm nicht. Sie sah kurz zu Mara und ganz schnell wieder weg.

Richie betrachtete seine Hände auf dem Tisch. Er trommelte mit den Zeigefingern einen Rhythmus.

Mara tat, als müsse sie gähnen. Sie rieb ihre Augen. »Kann ich ins Bett gehen?«

Johanna führte sie in die Kammer, wo schon der Rucksack stand. Sie wartete, bis Mara sich hingelegt hatte, deckte sie zu. Dann nahm sie Maras Kopf sanft in beide Hände und gab ihr einen Kuss. »Meine Große. Schlaf gut.«

Sie schloss die Tür.

Schlagartig war es stockdunkel. Mara zog die Wolldecke bis über ihre Ohren. Sie kratzte und roch wie etwas Öliges aus einer Werkstatt. Doch es war besser, sie zu haben, als frieren zu müssen. Von nebenan hörte sie den Gartenstuhl quietschen. War Richie aufgestanden? Ging er jetzt? Dann konnte sie bestimmt zu Johanna in den warmen, großen Raum umziehen.

»Weiß sie es?« Das war seine Stimme, gedämpft, aber zu verstehen.

»Schsch«, machte Johanna. »Warte.«

Mara schob die Decke von den Ohren herunter und lauschte. Es blieb eine ganze Weile still. Draußen rief ein Käuzchen. Eine Nachteule. Sie war ja mitten in einem riesigen Wald. Bestimmt schlichen Tiere um die Hütte herum. Füchse. Vielleicht ein Wolf. Mara machte sich klein, rollte sich zusammen, schloss die Augen. Sie sah sich durch dunkles Dickicht laufen. Alle Geräusche um sie verstummten, das lag an ihr. Sie musste leiser sein. Sie lief auf Zehenspitzen, das Moos gab unter ihr nach. Noch leiser ... Gemurmel drang in ihr Bewusstsein. Stimmen. Schschsch ... Die Tiere krochen in ihre Höhlen. Versteckten sich.

Plötzlich fiel ein Lichtschein über das Bett, die Tür war aufgegangen. Mara blinzelte, kniff die Augen schnell wieder zu.

»Sie schläft«, sagte Johanna, und das Licht verschwand, als sie die Tür schloss.

»Du kannst doch nicht urplötzlich hier auftauchen.« Das war Richies Stimme. »Du hast dich jahrelang nicht gemeldet.«

»Hast du Kontakt zu den anderen auf St. Pauli?«, fragte Johanna. »Sind die noch in den besetzten Häusern?«

»Schon lange nicht mehr. Und ich war ewig nicht in Hamburg.«

»Was machst du denn so?«

»Ach, Johanna, was soll das? Ich habe keine Lust, mich von dir ausfragen zu lassen. Ich muss jetzt los.«

Wieder quietschte der Stuhl. Und noch ein zweiter.

»Es tut mir leid. Ich wäre ja nicht hergekommen, aber ich brauche ... *Wir* brauchen deine Hilfe.«

»Auf einmal?«

Johanna sagte nichts.

»Und wie stellst du dir das vor?«

»Ich dachte« – eine längere Pause entstand – »vielleicht können wir hierbleiben.«

»Auf keinen Fall.«

»Richie. Bitte. Warum denn nicht?«

»Ich habe mich selbstständig gemacht. Mit einem Schlosserbetrieb und ...«

»Das ist doch toll!«, unterbrach Johanna ihn. »Ich könnte dir helfen. Ich schreibe die Rechnungen für die Kunden. Gehe ans Telefon, mache Termine aus oder so ...«

»Johanna, ich bin verheiratet. Wir haben eine Tochter. Inga. Sie ist zwei Jahre alt.«

Stille. Niemand sagte mehr etwas. Eine lange Zeit.

Mara schob die Wolldecke weg und setzte sich auf. Was sollte das? Warum kam ihre Mutter auf die Idee, zu diesem Typen ziehen zu wollen? Mara wollte nach Hause, nach Christiania. Zu ihren Freunden, zu Ebba und Lykke. Zu den Hundewelpen, die keinem gehörten und sich von ihnen füttern und streicheln ließen.

»Du musst zurückfahren«, sagte Richie. »Gleich morgen früh.«

»Kannst du uns etwas Geld geben?«

»Ja, sicher ... Warte.«

Mara hörte Richies Schritte.

»Hier.«

»Nein, ich meine ... monatlich. Nur vorübergehend.«

Von ihm kam keine Antwort.

»Im Sommer wird es besser. Ich mache Schmuck und verkaufe ihn in der Pusher Street. Die Touristen kommen erst ab Juni. Wenn ich allein wäre, käme ich klar. Aber nicht mit Mara ... Sie ist auch deine Tochter.«

»Die nicht mal von mir weiß. Tut mir leid, Johanna. Damals habe ich dich angefleht, hierzubleiben. Du wolltest unbedingt die große Freiheit. Hier war dir alles zu spießig.

Ich war dir zu spießig, mit meiner Wohnung in Harlingerwedel. Mit meiner Lehrstelle. Arbeit von sieben bis vier.« Seine schweren Schritte hallten durch den Raum. »Ich habe mir hier etwas aufgebaut. Und das riskiere ich nicht für eine Frau, die vor acht Jahren aus meinem Leben verschwunden ist. Ich muss wirklich los. Edith fragt sich sicher schon, wo ich bin.«

Mara warf die Decke endgültig von sich und stand auf. Sie fror. Gleichzeitig war ihr heiß.

Der Mann war ihr Vater.

Sie drückte die Klinke der Tür herunter, ganz langsam, ohne ein Geräusch zu machen. Sie schob sie einen Spalt auf. *Ihr Vater.* Sie wollte ihn sehen.

Johanna stand vor ihm, mit dem Rücken zu Mara. Sie strich mit der Hand über seine Wange, ließ sie in seinem Nacken liegen. »Ich habe dich vermisst«, flüsterte sie.

Er packte ihr Handgelenk und zog ihren Arm herunter. »Lass es, Johanna. Das zieht nicht mehr.«

Johanna lehnte sich gegen seine Brust, eine ihrer Hände verschwand zwischen ihnen. Mara sah nur Richies Augen, die auf das Gesicht ihrer Mutter gerichtet waren.

»Erinnerst du dich?«, fragte Johanna. »Das hast du gemocht.«

Beide atmeten heftiger.

»Nein. Hör auf«, er wich einen Schritt zurück. Sah Johanna aber immer noch an.

Sie griff nach seiner Jacke und zog sie ihm aus. Ließ sie auf den Boden fallen. Sie öffnete sein Hemd und streifte es von seinem Körper. Sie küsste ihn in die Halsbeuge. Das alles ging wie in Zeitlupe vor sich.

Mara konnte den Blick nicht abwenden. Sie war sich

bewusst, dass sie leicht zu entdecken war. Aber ihre Mutter und Richie waren zu beschäftigt, um in ihre Richtung zu sehen. Und es war Mara auf einmal egal. Hitze und Kälte kämpften unerbittlich in ihrem Körper, sie spürte, dass sie Fieber hatte. Sie biss die Zähne fest aufeinander.

Johanna zog ihren Wollpullover aus. Mara sah ihren schmalen Rücken im Unterhemd.

»Fass mich an.«

Richie berührte Johanna. Er keuchte.

Mara konnte sich nicht bewegen. Sie wollte das nicht sehen, es war peinlich, und sie ekelte sich. Und gleichzeitig fühlte sie sich genauso wie an dem Tag, an dem die Verkäuferin in Kopenhagen sie beim Klauen erwischt hatte und sie in einem Raum eingesperrt warten musste, bis Johanna sie abholen kam: Sie schämte sich. Und sie fühlte sich schuldig.

Wenn ich allein wäre, käme ich klar. Aber nicht mit Mara. Sie ist auch deine Tochter.

Richie umfasste Johannas Schultern und drängte sie zu dem Sofa, wo er ihr das Unterhemd auszog. Sie trug keinen BH. Als sie vor ihm lag, streifte er die Hose ab und legte sich auf sie.

Mara sah seinen nackten Rücken, der sich auf und ab bewegte. Auch sein Kopf war in ständiger Bewegung, er küsste Johannas Brüste, ihren Hals, näherte sich ihrem Mund. Dabei stöhnte er. Von Johanna kam kein Laut, doch sie drehte sich zur Seite, wich seinen Küssen aus.

Mara sah ihr Gesicht. Es war nass von Tränen. Aber noch viel schlimmer waren ihre Augen. Ihr Blick wie festgefroren. Dieser Mann tat ihr weh. Und dann, auf einmal, traf der schreckliche ausgelöschte Blick sie. Mara erstarrte, erwiderte ihn stumm. Sie weinte nicht. Sie half Johanna nicht. Sie wartete, dass das Stöhnen aufhörte. Das Aufklatschen von Haut auf nackter Haut.

Und es hörte auf.

Richie blieb auf Johanna liegen, er verdeckte sie mit seinem Körper, sie schloss die Augen.

Mara ließ den Türspalt offen und kroch unter die Decke auf der Matratze. Heiße Wellen durchfluteten sie, während ihre Zähne unkontrollierbar aufeinanderschlugen. Sie sehnte sich nach dem kühlen, stillen Wald, doch ein Regenbogen aus allen Farben leuchtete hinter ihren schmerzenden, pochenden Schläfen, dann zerbarst er in bunte Dreiecke, Vierecke, Kreise. Und die zerstoben weiter in einzelne leuchtende Punkte wie ein Feuerwerk.

Irgendwann spürte sie eine Berührung auf ihrer Stirn. Es war Johannas Hand. Sie war eiskalt.

EDITH

Mara hatte aufgehört zu erzählen, doch sie schien den Blick nicht von dem Sofa lösen zu können.

Auch Edith schwieg. Es war, als sähe sie es noch, in der Dunkelheit hinter dem Türspalt. Das fiebernde Kind.

Edith erinnerte sich an den ersten Treck nach Hannover. Hunderte Bauern aus dem Wendland waren damals mit ihren Traktoren aufgebrochen. Auch Ulrich war mitgefahren. Sie hatte ihm nichts angemerkt in diesen Tagen.

Lüg doch nicht wieder. Du kannst dich sehr genau erinnern an den Abend.

Er war spät nach Hause gekommen, und er war aufgewühlt gewesen. Sie hatte sich mit einem ›Was soll los sein?‹ von ihm zufriedengegeben. Am nächsten Tag in der Bäckerei war sie gefragt worden, ob Verwandtschaft zu Besuch sei? Weil Ulrich eine Frau mit einem Kind am Brunnen abgeholt hatte? Der Ort hatte tausend Augen und tausend Ohren. Sie hätte der Sache auf den Grund gehen können. Stattdessen hatte sie freundlich geantwortet: ›Ja, eine Großcousine von Ulrich mit ihrer Tochter‹, hatte abgewartet, ihn beobachtet und war recht bald zur Tagesordnung übergegangen. Sie hatte nichts davon wissen wollen.

»Was hat deine Mutter dann gemacht?«, fragte sie.

Mara wandte sich zu ihr um, wie in Zeitlupe, als sei sie noch immer in den Erinnerungen gefangen. »Wir sind zurückgefahren nach Christiania. Ich bin lange krank gewesen. Johanna hat weitergekämpft. Sie hat verschiedene Jobs angenommen. Aber wir kamen nicht gut klar.«

»Ulrich hat sich also nicht um euch gekümmert?«

»Johanna hat mir gesagt, dass er sich nicht für uns interessieren würde. Ulrich war mit dir zusammen. Er hat uns weggestoßen.« Sie hob den Kopf und lachte auf. »Das war die Version, die Johanna mir verkauft hat, jahrelang. Und so habe ich ihm die Schuld gegeben. Wenn er uns damals geholfen hätte, wäre unser Leben anders verlaufen. Johanna wäre vielleicht nicht drogenabhängig geworden. Sie hat sich vor ihm erniedrigt. Er hätte merken müssen, warum sie sich ihm anbietet. Ganz bestimmt nicht, weil sie ihn so sehr begehrte! Das kann ich ihm am wenigsten verzeihen. Er hat die Situation ausgenutzt, es war demütigend und würdelos.

Meine Mutter ist langsam abgedriftet in ihre eigene Welt, sie hat viel getrunken und gekifft. Ich half mir damit, ihre Schmuckvorräte zu verkaufen, von irgendetwas mussten wir ja leben, dann habe ich selbst Makramee und Nähen gelernt. Sie war mal hier, mal da, hatte verschiedene Jobs, wechselnde Männer. Ich habe ihr immer wieder Geld gegeben. Ein paarmal habe ich versucht, woanders hinzugehen, auch ins Ausland, aber es hat nicht funktioniert. Wenn ich zurückkam, nahm sie es kaum zur Kenntnis. Ich schien ihr egal zu sein, so wie ihr alles zunehmend gleichgültig wurde. Irgendwann hat sie dann mit dem Heroin angefangen. Sie wollte sich nur noch zerstören.«

»Wie geht es ihr jetzt?«

Mara blickte überrascht auf. »Sie ist tot, schon seit vielen Jahren. Eine Überdosis.«

»Warst du bei ihr? Am Schluss?«

»Wir hatten kaum noch Kontakt. Ich konnte das alles nicht mehr mitansehen.«

»Das muss schwer für dich gewesen sein.«

Mara zuckte die Schultern. »Meine Mutter glaubte, sie habe viel Pech gehabt. Vor allem mit Männern. Aber inzwischen denke ich, es lag an ihr selbst. Sie konnte die Nähe nicht ertragen. Sie wollte keine Verantwortung übernehmen, weder für sich noch für jemand anderen.«

«Und heute? Kannst du ihr verzeihen?«

»Ich konnte es lange nicht. Wie anders hätte meine Kindheit sein können, in einer echten Familie, mit einem Vater. Inzwischen verstehe ich sie besser. Manchmal habe ich Angst, dass ich genauso bin wie sie.«

»Wieso bist du hierhergekommen? Ausgerechnet jetzt?« Edith hatte Mara nun auch geduzt. Es fühlte sich auf einmal richtig an.

»Vor ein paar Wochen sprach mich jemand an, in Christiania. Ein Engländer, der in ein Zimmer in der großen Kaserne eingezogen ist, das Johanna früher mal bewohnt hatte. Sie hatte persönliche Dinge dort gelassen, in einem Schrank. Ballast abwerfen, nannte sie das. ›Lass es hinter dir, geh weg und fang neu an.‹ Das war ihr Credo. Jedenfalls hat dieser Typ mir einen Karton gebracht. Da drin waren Briefe von Ulrich. Er hatte ihr nach dem Vorfall hier in der Hütte geschrieben. Sie um Verzeihung gebeten. Er wollte Verantwortung übernehmen. Er würde eine Lösung finden, wie wir zusammen sein könnten.« Mara sah Edith an. »Er hatte vor, *dir* alles zu sagen. Ich vermute, Johanna hat ihm nicht mehr geantwortet. Offenbar hatte sie sich alles längst wieder anders überlegt. Aber sie hätte sein Geld nehmen können. Für mich.«

»Er hat nie mit mir über euch gesprochen«, sagte Edith.

»Es ist nicht schwer, ein paar Briefe zu schreiben. Er hat es sich viel zu leicht gemacht. Er ist mein Vater. Er hätte zu uns kommen müssen.« Sie stand auf. »Und dann habe ich ihn heute früh da liegen sehen, so hilflos. Er hat geweint, als er mich sah. Aber ich kann ihm nicht vergeben.«

Und ich war genauso feige wie er, dachte Edith.

Mara hatte nicht gefragt, woher Edith überhaupt von ihrer Existenz gewusst hatte. Und sie würde sich lieber die Zunge abbeißen, als mit Mara darüber zu sprechen.

Sie sah den prall gefüllten Rucksack und die Reisetasche. Mara hatte gepackt. Obwohl sie nicht fertig war mit Ulrich. Nicht klarkam mit ihren Gefühlen. Mara litt weiter. Die Bilder von dem, was auf diesem Sofa geschehen war, ließen sie nicht los.

»Du willst zurück?«, fragte Edith.

Mara nickte.

»Wartet jemand auf dich?«

Sie schwieg.

Edith trat zu ihr. »Ich möchte nicht, dass du fährst.«

»Wieso nicht?«

»Ich ... Ach, was weiß ich.« Edith merkte, wie schroff ihre Stimme klang. »Aber wenn niemand auf dich wartet, kannst du ja auch bleiben. Ich nehme dich mit zu mir.«

Mara schien zu zögern. Ihr Blick flackerte zu ihrem Gepäck.

Edith sah sich um. »Hier ist es zu kalt. Und man denkt nur an früher.« Sie griff nach Maras Reisetasche. »Du fährst erst mal mit. Dann sehen wir weiter.«

Sanfter fügte sie hinzu. »Es würde mich freuen.«

INGA

Die Fähre lag am Ufer vertäut. Die letzten hundert Meter bis zum Anleger legten sie zu Fuß zurück, Sophie war bei ihr geblieben, und Inga war ihr dankbar dafür.

Nun war sie nah genug, um zu sehen, dass Edith nicht an Bord war.

»Komisch«, sagte Inga. »Es ist mitten in ihrer Schicht.«

»Vielleicht wollte sie noch mal nach deinem Vater schauen?« Sophie zögerte. »Aber warum hat sie dann nicht eine Vertretung angerufen?«

»Das würde sie nur im absoluten Notfall machen.«

»Warte mal.« Sophie hob den Kopf. »Hörst du das?«

Ein Geräusch kam von der Fähre. Ein Jaulen.

»Das ist Joschi.«

Sie liefen auf die Rampe, stiegen über die kniehohe Schranke und blickten ins Innere des Führerhauses. Joschi lag zwischen der Wand und dem Sockel des Bootsführerstuhls. Sie hatte sie nicht bemerkt, ließ den Kopf hängen. Inga sah eine Lache neben der Hündin. »Ach je, sie hat … Sie muss schon länger da drin sein.«

»Kannst du sie rausholen?«

»Ich habe keinen Schlüssel.«

»Fahren wir zu deiner Mutter nach Hause. Wenn sie da nicht ist, noch mal ins Krankenhaus.«

»Aber sie würde Joschi nie …«

»Inga, es nützt doch nichts. Wir müssen sie einfach nur finden.«

Inga war dankbar, dass Sophie die Regie übernahm. Sie parkten vor Ediths Haus. Am Küchenfenster bewegte sich die Gardine, eine Hand war kurz zu sehen.

»Siehst du«, sagte Sophie.

»Ich rede am besten allein mit ihr.«

Sie stieg aus. Sophie wendete und winkte ihr im Wegfahren zu. Inga erreichte die Haustür und klopfte. Als sich nichts rührte, klingelte sie. Im Haus blieb es still. Inga öffnete die Tür mit ihrem Ersatzschlüssel und ging hinein.

»Mama? ... Ich bin's!«

Sie war auf dem Weg in die Küche, als ihr jemand in den Weg trat. Mara!

Inga blieb wie angewurzelt stehen. »Was machst du hier?«

»Deine Mutter hat mich hergebracht.«

»Wo ist sie?«

Mara antwortete nicht. Inga konnte ihren Gesichtsausdruck nicht erkennen, es war zu dunkel in dem schmalen, fensterlosen Flur.

»Wo ist meine Mutter?«

»Ich glaube ...«, Mara zögerte. »Ich glaube, sie wollte zu dir.«

Inga drängte sich an ihr vorbei in die Küche. Irgendwie hatte sie die Vorstellung, Edith würde auf ihrem Lieblingsstuhl am Fenster sitzen und auf sie warten. Ihr alles erklären. Aber der Raum war leer. Draußen ging ein Sturzregen nieder.

»Inga.« Mara war ihr gefolgt. »Was sie dir sagen will, ist, dass ich deine Halbschwester bin.«

Inga sah die Rezeptionistin im Pflegeheim vor sich. *Sie hat angegeben, sie sei mit ihm verwandt.*

»Du bist Ulrichs Tochter.« Inga heftete den Blick an die zerkratzte Resopalplatte des Tisches. »Mara Thielmann ist dein richtiger Name? Der, den du im Krankenhaus angegeben hast?«

Mara nickte. »Meine Mutter wurde in Geesthacht geboren. Sie hat Ulrich in Hamburg kennengelernt. Ich kannte nur seinen Spitznamen: Richie. Und deinen Namen, Inga. Aus einem Brief von ihm.«

»Wie bist du dahintergekommen, dass *er* es ist?«

»Als ich dich kennenlernte, war es nicht mehr als ein vager Verdacht. Doch dann habe ich bei Sophie dieses Armband gesehen. Das, was Aaron getragen hatte. Es stammt aus der Schmuckwerkstatt meiner Mutter. Da war ich mir sicher, dass ich auf der richtigen Spur bin.«

Inga sank auf einen Stuhl. »Warum hast du es mir nicht gesagt?«

»Ich wollte zuerst Klarheit haben.« Mara zögerte. »Und ich hatte das Gefühl, in deinem Leben schon genug durcheinandergebracht zu haben.«

»Du meinst durch die Gespräche mit Jella.«

Mara sah sie an. »Bei dem Lagerfeuer ... Ich war so wütend an dem Abend. Wütend auf deine ach so heile, perfekte Welt. Ich war neidisch. Auf deine Familie. Auf deine Ehe. Auf die Freundschaft mit Sophie und Thies. Ich hatte Lust, Öl ins Feuer zu gießen. Dir zu zeigen, dass das alles nicht selbstverständlich ist. Ich wollte, dass du kapierst: Nichts ist sicher. Das Eis ist dünner, als du denkst. Immer.«

Inga wandte sich ab. Sie empfand dieselbe Wut wie an

dem Abend. Wie selbstgerecht war das? Glaubte Mara allen Ernstes, sie hätte die Weisheit gepachtet? Wie kam sie dazu, über Ingas Welt zu urteilen? Sie hatte ja nicht mal eine Familie. Sie hatte keine Ahnung, wovon sie sprach. Wie schwer es war, immer alles zusammenzuhalten.

»Du bist noch sauer auf mich. Das kann ich verstehen.«

Inga schwieg.

Mara kam zu ihr an den Tisch. Sehr zögerlich und vorsichtig. »Jetzt tut mir leid, was ich gesagt habe. Dass du dich nicht gut um Jella kümmerst. Das war falsch und ungerecht.«

Inga schüttelte den Kopf. »Du hattest recht. Mit allem.«

Mara setzte sich. »Meinst du das ernst?«

»Durch dich haben wir erst erkannt, was Jella die ganze Zeit durchgemacht hat. Wir kümmern uns jetzt um sie. Sie hat sich schon ein wenig geöffnet. Auch Sophie und ich, wir halten wieder zusammen. Das haben wir dir zu verdanken.«

Maras Gesichtsausdruck blieb unverändert, ernst und traurig.

Inga betrachtete sie. Ihre große Schwester. Das Wort klang noch fremd. Abstrakt. Inga hatte Mara von Anfang an ins Herz geschlossen gehabt. Sie sogar bewundert. Dann hatte sie sich von ihr zurückgewiesen gefühlt. War wütend gewesen. Bis das Misstrauen wegen Maras Geheimnissen alles überlagert hatte. Jetzt sollten sie sich plötzlich ganz nah sein. Das ging alles viel zu schnell.

Sie versuchte, Mara mit neuen Augen zu sehen. Sie hatten keine Ähnlichkeit miteinander. Mara war schlank und hochgewachsen, mit dunklen Haaren, wie ihr Vater. Ihre eigene Figur war weiblicher, sie hatte Ediths Statur und blonde Haarfarbe geerbt. Auch Maras Gesicht war anders geschnitten. Schmal. Markant. Mit ausgeprägten Wangenknochen.

»Edith möchte, dass ich hierbleibe«, sagte Mara sehr leise.

»Und du? Willst du das auch?«

Mara antwortete nicht.

Inga sah sie vor sich, alle gemeinsam um eine lange gedeckte Tafel im Hof. Es war ein Bild wie ein sommerliches Stillleben, mit warmen kräftigen Farben gemalt. Sie konnte sich Mara an diesem Tisch vorstellen.

Nur einen sah sie nicht in der Runde. Ihren Vater.

So weit war sie nicht. Noch lange nicht.

Sie stand auf. »Ich muss mit meiner Mutter sprechen.«

Mara nickte nur.

SOPHIE

Die Scheibenwischer flogen hin und her, kämpften gegen die Regenflut, die auf sie niederging. Sophie sah nur wenige Meter weit. Sie hielt am Straßenrand an.

Seit Mara verschwunden war, fehlte sie ihr. Sie hoffte immer noch, sie wiederzusehen. Genau wie Thies hatte Sophie die ersten Begegnungen mit Mara für glückliche Zufälle gehalten. Spontane Zuneigung. Gegenseitige Sympathie. Vielleicht traf das sogar zu. Anfangs. Doch was war dann geschehen? War alles nur ein großes Täuschungsmanöver gewesen? Wer war Mara?

Sophie schaltete den Motor aus und ließ den Regen über die Scheibe strömen. Der Waldrand und die Straße verschwammen in einem Meer von Tropfen. Sämtliche Umrisse, die schwarzen Baumstämme, das glänzende Grau des Asphalts lösten sich auf. So fühlt es sich an, dachte Sophie: mein Leben. Ich kann nicht mehr klar sehen.

Sie schaltete die Scheibenwischer wieder ein, fuhr weiter, parkte schließlich auf dem Hof.

Als sie auf ihre Haustüre zuschritt, sah sie Thies durch das Küchenfenster. Sie blieb trotz des Regens einen Moment stehen. Er befand sich am Herd, bereitete offenbar etwas zu essen zu, und er war nicht allein. Jella und Lasse saßen am Tisch. Thies drehte sich ständig zu den Kindern um, sie debattierten irgendetwas. Sophie hörte sie durcheinanderrufen, ohne Genaues zu verstehen. Jetzt stand

Jella auf, lief zu Thies und sah zu, wie er mit einer Pfanne hantierte. Er lachte.

Sophie trat ins Haus, hängte den Mantel auf, zog die Stiefel aus. Es roch verführerisch, nach süßem Teig, der gebacken wurde. Erinnerungen an die Kindheit stiegen in ihr auf. An die Adventssonntage, an denen ihre Mutter höchstpersönlich die Küche betreten hatte. Die Köchin hatte freigehabt, trotzdem zog der Duft von Vanillekipferln oder Bratäpfeln durch das Haus. Sophie war jedes Mal erstaunt über die Fähigkeiten ihrer Mutter gewesen.

»Hey, hey! Unentschieden!«, rief Thies in diesem Moment hinter der geschlossenen Küchentür und holte Sophie in die Gegenwart zurück. Der feine Geruch und der Klang seiner Stimme zogen sie magisch an, sie fröstelte in dem kühlen Flur, trotzdem blieb sie stehen. Lauschte.

»Ihr könnt ja die Zeit stoppen. Warte, Lasse, noch nicht! Okay, Teig ist in der Pfanne. Ich leg die Apfelspalten drauf. So, ab ... jetzt!«

»Darf ich ihn gleich hochwerfen? Also, ich meine: wenden?« Das war Jella.

»Ja, diesmal bist du dran.«

Niemand hatte Sophies Ankunft bemerkt, weder den Wagen gehört noch das Geräusch der zufallenden Tür. Wieder war sie unsichtbar. Gast im Haus einer anderen, fremden Sophie. Einer, die das Leben lebte, das sie selbst sich erträumt hatte. Thies und sie. Und zwei Kinder.

So hätte es auch sein können.

Sie wollte nicht hineinplatzen und sehen, wie die Illusion vor ihren Augen zerstob, deshalb rief sie laut »Hallo, ich bin zurück!«, bevor sie eintrat.

»Wo ist denn Mama?«, fragte Jella sofort.

Sophie spürte, dass die Atmosphäre keineswegs so entspannt und heimelig war, wie sie gedacht hatte. Oder hatte sie sich im Moment ihres Eintretens gewandelt? Auch Thies fixierte sie mit einem angespannten Gesichtsausdruck.

»Sie kommt bestimmt gleich. Sie ist noch kurz bei deiner Oma zu Hause.«

»Was ist denn mit Opa?«, fragte Lasse.

»Er muss viel schlafen, aber es geht ihm schon besser«, beruhigte Sophie die Kinder. Von Maras Besuch bei Ulrich sagte sie nichts. Es würde Jella nur aufregen. Und Thies? Ihn sicher auch.

Weder er noch Bodo wussten von Maras Auftauchen im Pflegeheim. Von dem Verdacht, dass Mara Ulrichs Tochter war. Sophie konnte es nicht ansprechen. Nicht vor Jella und Lasse. Es war Ingas Sache, es ihrem Mann und ihren Kindern zu erzählen. Sie selbst würde mit Thies sprechen, wenn sie allein waren. Sie sehnte sich nach Ruhe. Auch sie musste ihre aufgewühlten Gedanken sortieren.

Ein verbrannter Geruch zog durch die Küche.

»Mist!«, Thies fuhr herum zum Herd, »der ist zu dunkel geworden. Jella, schnell, dreh ihn um.«

Jemand klopfte von außen an die Scheibe. Bodo stand vor dem Fenster. Sophie winkte ihn herein. Sie hoffte, dass er die Kinder nun mit nach Hause nahm.

»Na, ihr zwei habt es ja gut!« Er lächelte Jella und Lasse an, die vor ihren Eierkuchen saßen, aber seine Augen waren ernst.

»Ich war bei der Hütte«, sagte er. »Mara ist endgültig weg.«

Jellas Gabel fiel aus ihrer Hand auf den Tisch. Sie starrte ihren Vater an.

»Endgültig? Wie meinst du das?«, fragte Thies.

»Zurück in ihre Hippiekommune, nehme ich an. Ihre Sachen sind nicht mehr da.«

»Bodo.« Sophie nickte unauffällig mit dem Kopf in Jellas Richtung. Wie konnte er so unsensibel sein? »Können wir kurz reden? Nebenan?«

»Ja, gleich.« Bodo fixierte Thies mit einem Blick. »Hast du Kontakt zu ihr? Wenn du weißt, wo sie ist, was sie vorhat, dann sag es mir jetzt.«

Thies nahm den Pfannenwender und hob den letzten Pfannkuchen hoch. »Wer will noch?«

Die Kinder reagierten nicht. Thies legte einen Deckel auf die Pfanne und drehte den Herd aus. Seine Bewegungen wirkten merkwürdig eckig, wie ferngesteuert. Er lehnte sich an die Arbeitsplatte. Sein Blick schweifte aus dem Fenster.

Sophie kannte ihn in diesem Zustand. Er war in seinen Gedanken gefangen.

»Thies.« Bodo trat zu ihm. »Hör auf zu träumen. Sie ist gegangen! Was auch immer du für sie empfindest, es beruht nicht auf Gegenseitigkeit.«

»Das weiß ich, danke.« Thies' Blick kam aus der Ferne zurück. Er wirkte plötzlich hellwach. Und aggressiv. »Dann sag ich auch mal was. Mara stellt Schmuck her und verkauft ihn. Armbänder. So welche, wie das von Aaron. Geflochten, mit blauen Lapislazuli-Steinen.«

Alle Augen im Raum richteten sich auf ihn.

»Was?«, brachte Sophie heraus.

»Du hast diese Armbänder gesehen?«, fragte Bodo.

Thies verschränkte die Arme. »Ich habe Mara neulich in Lüneburg getroffen. Sie ist zu einem Kunsthandwerksmarkt gegangen und hat da solchen Schmuck angeboten.«

»Aaron hat ein Armband von Mara getragen?« Bodos Gesicht rötete sich vor Erregung. »Das hättest du mir sagen …«

Bodo brach ab, als Sophie abrupt aufstand. Sie ertrug es nicht länger, in Thies' Nähe zu sein. Sie hatte damit umgehen können, dass er sich in Mara verliebt hatte. Dass er sich noch mehr von ihr, seiner Frau, entfernt hatte. Aber ihr diese Sache zu verschweigen, das war zu viel. Das hätte er nicht tun dürfen.

»Glaub ja nicht, dass du sie weiter schützen kannst.« Bodo bedachte Thies mit einem kalten Blick. »Wir werden sie mitsamt ihren Armbändern finden.«

Er legte die Hand auf Jellas Schulter. »Los, ihr beide. Wir gehen rüber. Mama kommt bestimmt gleich.«

Jella stieß ihn mit einer jähen Bewegung weg und sprang auf. »Mara kann nichts dafür! Das Armband war gar nicht von Aaron. Es war von mir.«

VOR 13 MONATEN

JELLA

Früher hatte sie die Fähre geliebt. Wenn sie einmal mit der Schule fertig war, würde sie Oma Ediths Job übernehmen, das war ihr Plan gewesen. Edith hatte sie sogar manchmal ans Steuer gelassen, aber nie, ohne in der Nähe zu bleiben. Man musste gut aufpassen. *Die Strömung ist tückisch, Jella.*

An diesem Nachmittag hatte der Himmel ein so müdes, mutloses Grau, als wollte er Jellas Seelenzustand abbilden. Vom Wasser aus sah sie die Stelle am Ufer. Die drei Büsche, die eng zusammenstanden und deren Blätter im Wind raschelten, als würden sie sich Botschaften zuflüstern, wie alte Hexen, die miteinander tuschelten. Das Gebüsch und der Strandginster. Unberechenbare, böse Geister.

Jeder Tag war nun gleich für Jella. Ab dem Morgen, wenn sie aufwachte, zerrannen die Stunden, und die Zeit raste auf den Moment zu, wo sie zum Fluss gehen musste.

Der Wind blies zu kalt für Anfang April. Jella fror. Am liebsten wäre sie nach der ersten Tour von Bord gegangen. Doch sie hatte ihrer Oma versprochen, ihr zu helfen. Oma hatte so viel Arbeit. Alles musste zum Beginn der Saison wieder in Schuss gebracht werden.

Jetzt tuckerten sie über die Elbe, Kurs auf den Anleger gegenüber. Ins *Zonenrandgebiet*, wie Oma es manchmal noch nannte. *Nur ein Scherz*, sagte sie dann, aber sie klang dabei nicht lustig. Oma klang sowieso nie lustig.

Früher hatte Opa Ulrich Touristen mit seinem Ausflugsboot auf dem Fluss herumgefahren, viele Jahre lang. Auf der östlichen Elbseite patrouillierten die Wachboote der DDR, am gegenüberliegenden Ufer sah man die Grenzanlagen mit Beobachtungstürmen. Ein Anblick, der Neugierige aus dem ganzen Land anlockte.

Oma hatte ihr auch erzählt, wie es gewesen war, als Opa die Fähre übernahm und zum ersten Mal nach drüben durfte, die Mauer war gefallen, die DDR bald Geschichte. »Opa brachte die Leute aus dem Osten hier rüber. Es waren Hunderte, und es wurde ein großes Fest der Wiedervereinigung gefeiert.« Als Oma davon erzählte, hatte sie Tränen in den Augen gehabt, und sie hatte stolz auf Opa geklungen. Aber wenn Jella sie heute darauf ansprach, wollte sie nicht mehr darüber reden.

»Kind, bitte sieh mal nach, ob die Schwimmwesten vollständig sind. Das müssten zwanzig Stück sein.«

Jella lief zu den Holzbänken, die für die Fahrgäste vorgesehen waren. In Harlingerwedel war niemand an Bord gekommen, aber drüben warteten Menschen. Die Sitzfläche einer ehemals weiß lackierten und jetzt verwitterten Bank ließ sich hochklappen, und in der Kiste darunter leuchteten ihr die orangen Rettungswesten entgegen. Jella holte Weste für Weste heraus und legte sie vor sich auf den Boden. Die mit Styropor gefüllten Kissen rochen muffig, und bei einigen Exemplaren war der Kunststoffbezug mit grau-schwarzen Punkten übersät.

»Und? Hast du gezählt?«, rief Edith vom Steuerstand aus.

»Es sind alle da. Aber bei manchen ist ganz viel Schimmel drauf!«

Sie hatten das Ufer fast schon erreicht, und Jella räumte die Westen wieder ein. Sie wusste, dass die Fahrgäste gleich den Platz brauchten. Die beschädigten Exemplare legte sie obenauf.

Zurück auf der heimischen Seite sah ihre Oma selbst nach dem Rechten. »Diese drei sortieren wir aus«, meinte sie, »da muss ich wohl Neue kaufen.« Sie zögerte. »Oder, warte mal. Im Keller müssten noch Ersatzwesten sein.«

Jella staunte. »Im Keller?«

»Da drin.« Edith zeigte auf eine Bodenklappe in der Mitte der Fähre. »Du bist klein und gelenkig, versuch mal, hineinzuklettern.«

Edith hob den Deckel so weit an, dass Jella hineinkriechen konnte. Der ›Keller‹ war ein lichtloser Raum, in dem sie sich nicht einmal aufrichten konnte. »Ich seh nichts!«, rief sie. Edith reichte ihr eine Taschenlampe nach unten.

»Entschuldigung?«, erklang draußen eine fremde Stimme. Jella hörte die Schritte ihrer Oma über ihrem Kopf auf dem Deck. Edith ging von Bord, sprach mit irgendjemandem.

Jella leuchtete umher, Westen waren hier nicht zu sehen, eigentlich gar nichts in leuchtenden Farben. An den Wänden reihten sich Behälter verschiedener Größe auf. In einem lagen Taue, ordentlich aufgeklart, im nächsten Werkzeug, in einem weiteren schmutzig gelbe Öljacken und schwere Wetterkleidung, steif von Wachs und trotzdem feucht. Es stank tranig aus dieser Kiste. Jella zwang sich dennoch, darin zu wühlen. Vielleicht waren ja Westen unter dem muffigen Zeug begraben. Jella hob eine speckige Regenhose heraus und leuchtete den Grund des Behälters ab. Etwas schimmerte dort hellgrau. Eine flache

Metallbox. Jella nahm sie in die Hand. Papa hatte so eine ähnliche, in der die Spiralbohrer für seine alte Black & Decker aufbewahrt wurden. Doch diese Box hier war für Werkzeug viel zu leicht. Jella öffnete den Schnappverschluss. Zwei Briefumschläge fielen ihr entgegen. Jemand hatte sie aufgeschlitzt, und Jella erkannte, dass in einem davon neben mehreren Briefbögen auch Fotos steckten. Sie zog eines heraus. Eine Frau mit langen blonden Haaren und einem Perlenstirnband. Sie sah aus wie eine wunderschöne Prinzessin, fand Jella. Und sie hatte ein Kind auf dem Arm, ein kleines Mädchen mit ähnlich dichter Haarpracht, aber in dunkelbraun. Während die Frau in die Kamera lächelte, blickte das Kind ernst, ein Fäustchen ans Auge gedrückt, als habe es gerade eine Träne weggewischt. Jella kannte sie beide nicht. Sie schob das Foto zurück, betrachtete ein weiteres: wieder dieselben zwei Personen. Unter den Briefen lag ein Täschchen aus Samt, mit einem Band zusammengehalten. Jella zog die Schleife auf, und ein Armband fiel heraus. Es bestand aus winzigen aneinander gereihten Knoten, Jella kannte diese Knüpftechnik aus der Schule, das war Makramee. Es bildete eine Art Ornament, in dessen geschwungene Linien blaue und goldene Perlen eingewebt waren. In der Mitte prangte ein blauer Stein, etwas größer als Jellas Daumennagel. Das musste ein Edelstein sein. Im Strahl der Lampe sah sie helle Maserungen und Punkte in dem Blau, sie funkelten wie Sterne und die Milchstraße im Nachthimmel. Jella hatte noch nie ein so schönes Schmuckstück gesehen. Sie legte es um ihr Handgelenk. Viel zu weit. Aber dann entdeckte sie, dass sich der Verschluss verschieben ließ.

Über ihr erbebte das Deck unter Ediths Schritten. »Jella?«

Jella kroch zur Luke, streckte den Oberkörper hinaus und hielt ihrer Oma das Armband hin.

»Was hast du da?«

»Das war in einer der Kisten. Ich glaube, es ist wertvoll. Das ist nämlich ein Edelstein. Und die Perlen sind aus Gold.«

Edith nahm ihre Brille ab und betrachtete das Schmuckstück aus der Nähe. »Das ist kein Gold, sondern Messing. Aber der Stein ist sicher echt.«

»Es war in dieser komischen Schatulle hier.«

Edith griff nach der Blechschachtel und inspizierte den Inhalt. Sie setzte sich auf die Sitzbank der Passagiere und entfaltete die Briefe. Auch sie betrachtete einige der Fotografien, legte sie dann neben sich auf die Bank, runzelte die Stirn und begann zu lesen.

Jella wartete. Endlich passierte mal etwas Spannendes. Sie hatte einen Schatz gefunden!

Edith las beide Briefe, die jeweils aus mehreren Bögen bestanden. Ihr Gesichtsausdruck war so konzentriert und abweisend, dass Jella sich nicht traute, sie zu unterbrechen, obwohl sie vor lauter Neugier kaum stillhalten konnte. Ediths Atem wurde von Seite zu Seite schneller und heftiger, bis sie die Papiere unsanft in die Umschläge quetschte und diese gemeinsam mit dem Armband zurück in die Box stopfte.

»Was ist denn, Oma?«

Edith wandte sich um und sah Jella an, aber sie spürte, dass ihre Oma sie nicht wahrnahm. Im Kopf war sie woanders.

»Von wem sind die Briefe?«

»Das ist eine Sache« – Edith schloss für einen Moment die Augen –, »die geht uns nichts an.« Sie stand auf und schwankte, setzte sich wieder.

»Hallo? Können wir an Bord kommen?« Zwei Fahrradtouristen schoben ihre Räder auf die Rampe.

»Moment!«

Die Radler hielten erschrocken inne, so aggressiv hatte Ediths Stimme geklungen, und rollten zurück an Land.

Edith verschloss die Blechbox und gab sie Jella. »Schnell. Lass das Zeug verschwinden. Genau da, wo du es gefunden hast.«

Jella wusste, dass man gut daran tat, Oma zu gehorchen, vor allem, wenn sie wütend war.

Ihr Kopf war schon ein paar Schritte voraus, zurück in der Luke, bei der stinkenden Kiste, aber ihr Körper stand auf der Stelle wie angewurzelt. »Oma?«, hörte sie sich sagen, obwohl sie ahnte, dass das keine gute Idee war. »Das Armband ...«

»Was ist damit?«, bellte Edith, die gerade vor der Nase der Fahrgäste die Schranke herunterklappte.

»Kann ich es vielleicht behalten?«

»Nein. Es gehört Opa. Pack es weg.«

Jella fand die Vorstellung unerträglich, diesen wunderschönen Sternenhimmelstein zurück in die Kiste mit dem stinkenden Ölzeug zu verbannen. Es erschien ihr vollkommen sinnlos. »Darf ich ... Darf ich Opa selbst mal fragen?«

»Entschuldigung?« Einer der Radtouristen hatte sich wieder auf die Rampe vorgewagt. »Fahren Sie denn demnächst rüber?«

»Es ist Feierabend für heute.« Ediths Stimme bebte.

»Feierabend!« Die Radfahrer wechselten einen hilflosen Blick, wichen zurück und zogen ihre Handys heraus.

Edith packte die Hündin am Halsband. »Auf, Joschi. Beweg dich. Runter hier.«

Jella kroch in die Luke und legte die Blechschachtel wieder an ihren Platz.

»Mach schnell, Jella!«

Als sie herausgeklettert war, ließ ihre Oma die Bodenabdeckung mit einem donnernden Geräusch zufallen. Schweigend vertäuten sie das Boot. Jella wagte keine Frage mehr zu stellen.

»Geh nach Hause, Kind«, sagte Edith, es klang versöhnlicher. »Danke, dass du mir geholfen hast.«

Jella gab ihr zum Abschied einen Kuss auf die Wange, wie sie es immer tat, und lief los, auf dem Pfad am Ufer. Nach etwa fünfzig Metern wandte sie sich um. Edith verschloss gerade die Tür zum Führerstand, der dicke Schlüsselbund in ihrer Hand klimperte. Die Hündin stand an der Rampe, bewegungslos und grau wie eine Steinskulptur. Edith ging von Bord, an den Touristen vorbei, die Straße entlang, Joschi trabte mit gesenktem Kopf hinterher.

Auch Jella lief weiter. Doch beim nächsten Gebüsch blieb sie wieder stehen, duckte sich dahinter. Die Touristen fuhren in Richtung des Ortes. Edith war nicht mehr zu sehen. Aus der Ferne wehten die Befehle herbei, mit dennen sie die Hündin zur Eile antrieb. Dann wurde es still.

Jella kroch hinter dem Busch hervor und kehrte um. Zum Boot.

JELLA

Wenn die Dämmerung einsetzte, steigerte sich die Angst. Sie lauerte schon den ganzen Tag auf Jella, wie ein Marder in seiner Höhle, der nun hervorkroch, sich anschlich und die Zähne in sein Opfer schlug.

Es war so weit. Sie durfte nicht zu spät kommen.

Auf dem Weg am Ufer entlang versuchte sie, an etwas anderes zu denken, sich abzulenken. Egal, woran sie dachte, alles war frustrierend. In der Schule gab sie sich Mühe wie immer, die guten Noten waren ihr jedoch gleichgültig. Isabell und Annalena fragten schon gar nicht mehr, ob sie sich nachmittags treffen wollten. Jella gehörte noch zur Clique, aber die Gespräche über Frisuren, Pferde, Annalenas neues Meerschweinchen interessierten sie nicht. Sie trottete teilnahmslos hinter den Freundinnen her. Wenn sie gefragt wurde, was los sei, zuckte sie mit den Schultern.

Jella fühlte, wie die kühlen Perlen gegen ihr Handgelenk drückten. Es war lange her, dass etwas sie derart in seinen Bann gezogen hatte. Sie schob den Ärmel ihrer Jacke hoch und tauchte mit den Augen ein in die blaue Tiefe des Steins. Ihr Himmelsstein und ihr Meeresstein. Nun, im Dämmerlicht sah sie in ihm einen Ozean mit Fischschwärmen und Korallen.

Sie würde das Armband nur tragen, wenn sie allein war. In der Schule und zu Hause würde sie es zwar bei sich haben, aber in der Hosentasche verstecken.

Eine Silbermöwe schwebte über ihr, getragen von dem kalten Wind, die Flügel weit gespannt, sie korrigierte die Flugbahn nur durch winzige Bewegungen einzelner Federn. Plötzlich stieß der Vogel Schreie aus. Jella erschrak. Sie war schon ganz nah bei Aaron. Bei den Büschen, hinter denen er kauerte wie der Marder.

Aber heute war es anders.

Sie konnte ihn sehen, er versteckte sich nicht wie sonst. Er hockte auf den Fersen und hatte die Arme um die Knie geschlungen. Jetzt hörte sie, dass er Geräusche machte. Merkwürdige Geräusche.

Jella blieb stehen. War das ein Schluchzen? Weinte er?

Er hatte sie noch nicht entdeckt. Heute lauerte er nicht in stiller Vorfreude darauf, ihr wehzutun. Er war mit sich selbst beschäftigt.

Sie konnte weglaufen. Wegschleichen.

Aber wenn er es merkte? Und sie morgen um so härter bestrafte, weil sie nicht gekommen war?

Sie vermochte den Blick nicht von ihm abzuwenden. Was war los mit ihm? Die einzigen Gefühle, die er ihr zeigte, waren Wut und Hass, Häme und Triumph. Jella hatte ihn nie glücklich erlebt. Nie traurig oder verzweifelt.

Sie hatte nie darüber nachgedacht. Auch nicht darüber, wie merkwürdig das war. Er hatte doch allen Grund, zu weinen. Er war immer allein. Niemand mochte ihn. Die Kinder machten sich aus dem Staub, wenn er kam. Ihre Furcht schien ihn noch mehr in Rage zu bringen.

Jella sah ihn zum ersten Mal verletzlich. Sie hörte ihn schniefen. Er war nicht wachsam, achtete nicht auf seine Deckung. Er hatte sie vergessen!

Vielleicht war der Albtraum nun endlich zu Ende. Die

Angst jeden Tag. Vielleicht musste sie nicht mehr zum Fluss kommen.

Die Möwe schoss schreiend über Aaron hinweg. Er fuhr zusammen, riss den Kopf in den Nacken. Erwachte aus seinen Gefühlen. Und dann traf sein Blick sie.

Jella wagte es nicht, sich zu bewegen. Jetzt wurde alles noch schlimmer. Sie hatte ihn weinen gesehen, und dafür würde sie bezahlen.

Sein Gesicht verzog sich zu einem Grinsen. Eine hässliche Grimasse. Er stand auf, hob die Hand und winkte sie herbei, lässig, mit zwei Fingern. Jella machte ein paar zögerliche Schritte. Und dann schoss der Gedanke in ihren Kopf wie ein Stromschlag. *Das Armband! Sie hatte es noch um!*

Ohne Aaron aus den Augen zu lassen, nahm sie in Zeitlupe die Arme hinter den Rücken, schob den linken Arm zum rechten und nestelte an dem Verschluss. Das Armband saß fest. Dabei ging sie weiter auf Aaron zu. Sie durfte ihn nicht reizen. Endlich gelang es ihr, das Band zu lockern. Sie streifte es ab und bewegte den Arm millimeterweise vor und dann nach oben, um die Finger, die das Schmuckstück umschlossen, in ihre Jackentasche gleiten zu lassen. Sie steckte auch die andere Hand in die Tasche, wie um sie vor dem kühlen Wind zu wärmen.

Aaron beobachtete sie mit unbewegter Miene. Er sah aus wie immer, da war keine Spur von Tränen mehr zu sehen, seine Augen waren hellgrün und ohne jeden Glanz, wie matte Quarzsteine.

Als sie ihn erreicht hatte, schlug er zu. Die Faust in ihren Magen. Jella krümmte sich, fiel nach vorn auf die Knie. Der Schmerz explodierte in den Kniescheiben, die von den Prellungen schon grün und blau waren. Sie presste ihre Hand auf den Mund. Nicht schreien! Nicht weinen, nicht mal wimmern! Das hatte sie schnell gelernt: Jeder Laut von ihr steigerte nur seine Raserei. Aaron stand über sie gebeugt. Der nächste Hieb würde ihren Rücken treffen. Jella hielt die Luft an.

Der Schlag kam nicht.

»Was hast du gerade versteckt?«, fragte er, keine Spur Häme in der Stimme, nur aufrichtige Neugier.

Jella versuchte es mit einem unschuldigen Augenaufschlag, der bei ihren Eltern meist gut funktionierte. »Gar nichts?«

Er schnaubte. »Ich hab's doch gesehen. In deiner Tasche.«

»Ich weiß nicht, was du meinst.« Sie war selbst erstaunt, wie ruhig und selbstbewusst sie klang.

»Na gut.« Er steckte die Hände in seine Hosentaschen. Er wirkte entspannter als sonst, wippte locker mit einem Fuß. »Dachte ja nur.«

Kein neuer Faustschlag?

Aaron wandte sich um und blickte über die Elbe.

Jella konnte dort nichts Besonderes entdecken. Ihr Blick schwenkte nach rechts zur Fähre, die weiß hervorstach im Graublau des Flusses und des Himmels. Und da sah sie es: Da war Licht! Die Lampe im Führerhaus brannte. War das Oma? Aber die musste doch längst zu Hause sein.

Und wenn sie zurückgekommen war? Und Jellas Diebstahl entdeckt hatte?

Aarons Stoß erwischte Jella kalt, sie flog und prallte dann mit der Schulter auf den harten Boden. Sie schrie vor Schmerz auf. Aaron beugte sich über sie, bohrte seine Knie in ihre Rippen. Jella wagte nicht, sich zu wehren. Er war stärker, sie hatte keine Chance. Er riss ihre Arme nach hinten, griff in ihre Taschen, wühlte darin, zog das Armband hervor.

Seine Brust hob und senkte sich gleichmäßig, während er es betrachtete. »Woher hast du das?«

»Geschenkt bekommen.«

»Von wem denn?«

Jella zögerte. »Von meinen Eltern.«

Aaron lachte auf. »Für deine tollen Noten, ja?«

Jella schwieg. *Bitte, gib es mir wieder.*

»Warum versteckst du es dann?«

Sie hob die Schultern.

»Los, sag schon. Warum versteckst du es?«

Jella lag einfach da. *Reize ihn nicht. Sag das Richtige.* Doch die Gedanken wirbelten in ihrem Kopf durcheinander. Sie hatte geglaubt, ihn gut zu kennen. Die Situation war neu. Aaron war anders. Nicht berechenbar wie sonst.

»Bitte gib es mir zurück«, sagte sie, so gefasst sie konnte, und streckte die Hand aus.

Aaron legte seine Faust mit dem Armband auf ihre Handfläche. Ganz vorsichtig. Sanft. Noch hielt er es fest. »Irgendwas ist damit«, murmelte er, wie zu sich selbst.

Jella konzentrierte sich auf ihren Atem. *Ruhig. Ruhig.*

Dann zog er die Faust zurück. »Ich behalte es.«

»Nein!«

Er lächelte. Was willst du dagegen machen?, hieß das. Er kam auf die Beine, drehte sich um und schlenderte zum Ufer.

Jella wusste, dass dies ihre Chance war, ihm zu entkommen. Wenigstens für heute. Er war mit der Beute beschäftigt, mit seinem Triumph. Wenn sie jetzt wegrannte, würde er sie gehen lassen. Aber sie wollte ihr Armband wiederhaben.

Sie erreichte ihn mit wenigen Schritten, packte seine Hand, versuchte, ihm das Schmuckstück zu entwinden. »Gib es her!«

Er war überrumpelt von ihrem Angriff, geriet aus dem Gleichgewicht und stolperte zur Seite. Doch seine Finger waren wie Schraubzwingen, sie ließen es nicht los.

»Hau ab!« Mit der freien Hand stieß er sie weg. Sie taumelte, fing sich wieder. Er hielt den Arm mit dem Armband hoch über sich und begann zu lachen. »Na, was ist? Hol es dir! Hol es dir doch!«

Er wich vor ihr zurück, wedelte mit dem Arm in der Luft. »Oh, jetzt hab ich aber Angst! Komm mir nicht zu nahe!«

Jella folgte ihm, ohne den Abstand zu verringern. Aaron war nur noch einen halben Meter vom Fluss entfernt. Machte zwei weitere Schritte rückwärts. Patschte ins Wasser, eine Welle schwappte über den Rand seines Turnschuhs. »Verdammter Mist!« Sofort war ihm das Missgeschick peinlich, es heizte seine Wut an. »Na, was ist? Blöde Kuh, komm her!«

Jella näherte sich ihm, während Möwen kreischend über ihnen kreisten. Sie sah nicht nach oben, sie wusste auch nicht, was sie gerade tat. Ihre Füße machten Schritt um Schritt, ihr Arm streckte sich Aaron entgegen. »Gib es mir wieder!«

Aaron trat mit dem zweiten Fuß ins Wasser. »Huh, das ist eisig!« Er lachte auf. Ging weiter rückwärts, der Fluss umströmte seine kräftigen Beine. Er streifte das Armband über das Handgelenk, zeigte es ihr. »Hol's dir doch!«

Sie durften nicht in der Elbe baden. Auch die Erwachsenen schwammen hier nicht. Es gab tiefe Stellen, wie aus dem Nichts. Eine plötzliche Strömung über dem Grund. Jella lief ins Wasser, widerlich kalt füllten sich ihre Stiefeletten, saugte der Stoff ihrer Jeans sich voll. Aaron spielte nicht mehr den Ängstlichen und Flüchtenden. In seinem Gesicht zeigte sich Erstaunen. Ganz sicher hatte er nicht damit gerechnet, dass sie ihm in den Fluss folgte. Ganz sicher wusste er nicht, was sie vorhatte. Jella hätte es sich selbst nicht beantworten können. Sie wusste nur, dass sie das Armband nicht aufgeben würde. Auch *sein* Angriff kam überraschend, und sie schrie auf. Er griff in ihren Nacken und drückte sie hinunter, ins Wasser. Jella schlug nach ihm, er wich geschickt aus. Sie zielte auf seinen Hals, auf sein Gesicht. Schlug und kratzte. Erwischte ihn. Er ließ sie abrupt los, und sie sah Blut auf seiner Wange. Es ging nicht mehr um das Armband. Es ging darum, Aaron wehzutun. Doch er traf sie auch. Seine Hand prallte hart auf ihre Brust. Alles um sie herum wurde schlagartig schwarz, und eine Welle der Übelkeit überflutete sie. Jella schnappte nach Luft. Aaron war nur noch ein Schatten vor ihren Augen. Sie stolperte Richtung Ufer, hörte ihn hinter sich lachen. Als sie wieder atmen konnte, lag sie auf dem harten Sand. Durch den nassen Stoff ihrer Jeans spürte sie die kleinen Steine, mit denen sie früher gespielt hatten. Lasse und sie. Und Aaron. Dekoration für ihre Sandburgen.

Gehetzt ging ihr Blick zurück zur Elbe. War er ihr gefolgt? Wie nah war er?

Er war nicht da.

Sie stand auf. In der Dämmerung verschwammen Fluss und Himmel vor ihren Augen.

Aaron war nicht mehr da.

Renn. So schnell du kannst.

Die Angst ließ sie erstarren. Vielleicht lauerte er hinter den Büschen? Wenn sie weglief, und er sie erwischte … In ihrem Kopf hämmerte ein einziger Gedanke: Wo ist er? Wo ist er?

»Aaron!« Ihre Stimme klang hohl. Als Antwort schrie eine Möwe über ihr. Er zeigte sich nicht.

Jella drehte sich um und rannte den Uferweg entlang, rannte wie nie zuvor in ihrem Leben. Bog ab auf den Pfad zum Hof. Sie wandte sich nicht um, aber sie spürte schon, wie er näher kam, nach ihr griff, sie zu Boden zerrte. Diesmal würde er das Messer benutzen.

Sie versteckte sich in der Scheune, bis ihr Atem sich beruhigt hatte. Ging zur Haustür, zog Schuhe und Strümpfe aus. Die Stiefeletten waren zum Glück dunkelblau, die Nässe des Leders fiel nicht auf. Sie verbarg sie trotzdem hinter Lasses Sneakers. Die Küchentür war geschlossen, die anderen saßen beim Essen, der Geruch von gebratenen Zwiebeln zog durchs Haus. Jellas Magen rebellierte. Sie schlich durch den Flur hoch in ihr Zimmer. Sie musste die nassen Kleider loswerden. Sie suchte eine Hose und ein frisches Sweatshirt heraus. Dann ging sie nach unten.

»Wo kommst du denn her?«, fragte Inga. »Wir haben auf dich gewartet.«

»Entschuldigung.« Jella setzte sich auf ihren Platz neben Lasse. »Ich war bei Isabell und hab nicht auf die Uhr geschaut. Und ich habe da schon was gegessen.«

SOPHIE

Jella saß zusammengesunken am Tisch, sie umklammerte mit den Fingern die Tischplatte. Was sie erzählt hatte, stand wie eine Gewitterwolke im Raum, niemand schien reagieren zu können.

Sophie betrachtete Jellas Schultern. Wie sie zitterte. Sie glaubte ihr jedes Wort. Sie war unschuldig an Aarons Tod. Sophie verstand nun, wie sehr das Mädchen litt, ohne dass sie es hatte aussprechen müssen: Auch sie musste mit der Ungewissheit leben.

Bodo fand als Erster die Worte wieder. »Es ist gut, dass du uns alles erzählt hast. Du musst dir keine Vorwürfe machen, Jella.« Er trat zu seiner Tochter. »Diese Briefe auf der Fähre, von wem stammten die denn? Hast du sie gelesen?« Als sie nicht antwortete, legte er eine Hand auf ihren Rücken. Sie zuckte zusammen. »Jella? Was für eine Frau und was für ein Kind waren das auf den Fotos? Kannte Edith die?«

Jella hielt den Blick gesenkt. »Ich weiß nicht. Oma hat die Briefe gelesen, und dann war sie sehr … traurig. Und wütend.«

»Du bist später allein zurückgegangen und hast das Armband aus dieser Dose geholt?«

Jella begann lautlos zu weinen. »Ich wollte es nicht stehlen. Ich hatte vor, es wieder zurückzubringen. Bitte, sag es nicht Oma. Bitte nicht.«

»Das kann ich dir nicht versprechen. Die Briefe und die Fotos hast du aber dort gelassen?«

Jella nickte gequält.

Sophie sah Bodo an. »Lass sie. Das reicht doch jetzt.« Sie fasste Jella sanft unter den Arm. Jella ließ sich von ihr hochziehen, willenlos wie eine Marionette.

Lasse stand ebenfalls auf und legte den Arm um seine Schwester. »Komm, wir gehen rüber.«

Bodo folgte den beiden.

»Ich muss zur Chorprobe«, sagte Jella im Hinausgehen.

Sophie hörte Bodos aufgebrachte Stimme aus dem Flur. »Vergiss es, du gehst heute nirgendwo mehr hin.« Dann fiel die Tür hinter ihnen zu.

Sophie sah aus dem Fenster, wie Bodo und Jella vor dem Haus diskutierten. Sie gingen hinein, kamen aber kurz darauf wieder und stiegen ins Auto. Bodo ließ die Fahrertür laut zuknallen und fuhr vom Hof. Lasse schloss die Haustür ab und verschwand mit seinem Rad ebenfalls in Richtung der Straße.

Nun waren sie allein. Thies und sie.

Sie würden nicht erfahren, wie Aaron gestorben war. Nicht von Jella.

Sophie hatte die längste Zeit auf eine Erklärung gehofft, die sie ihre Seelenruhe wiederfinden ließ: Sogar in den letzten Minuten von Aarons Leben war es um Hass und Aggression gegangen. Er hatte sich selbst in diese gefährliche Situation hineinmanövriert. Nur um Jella zu quälen. Um ihr das Armband wegzunehmen. Wenigstens hatte sich nun aufgeklärt, wieso er den Schmuck am Handgelenk trug.

Sophie fühlte sich wie nach einem Marathonlauf, ausgelaugt und schwach. Sie drehte sich vom Fenster weg. Thies stand noch immer regungslos da. Als er ihren Blick bemerkte, begann er, am Herd zu hantieren. Wie ein Roboter, den man per Fernbedienung aktiviert hatte, dachte Sophie. Er öffnete den Mülleimer, warf den kalten Teigrest hinein, rieb die Pfanne mit Küchenkrepp aus.

Sie ging zur Tür.

»Sophie, bitte. Geh nicht weg.«

Sie verschränkte die Arme. Blieb stehen.

»Es tut weh«, sagte er, »aber wir müssen darüber reden.«

»Ach ja? Auf einmal willst du reden?«

Sophie verließ den Raum. Sie wollte keine Antwort mehr von ihm hören.

INGA

Ein paar Minuten allein. Ein kurzes Stück Weg, um die Neuigkeit zu verarbeiten. Inga lief die Strecke von ihrer Mutter nach Hause. Der Regen hatte nachgelassen, und sie spürte die winzigen Tropfen wie einen nassen Schleier auf dem Gesicht.

Sie hatte eine Halbschwester! Inga hatte sich immer Geschwister gewünscht. Sie hatte Bodo um seine zwei jüngeren Brüder und die ältere Schwester beneidet.

Zwischen Maras und ihrem eigenen Leben schien es kaum Parallelen zu geben. Und sie wusste fast nichts über Mara. Aber sie würden sich kennenlernen.

Ihr Handy klingelte. Es war Bodo. Sie hatte ein paarmal versucht, ihn zu erreichen, doch es war nur die Mailbox angesprungen. Sie musste ihm sagen, wer Mara war.

Inga musste lächeln. Sie wusste nicht, woher ihre Zuversicht kam, aber sie spürte es: Alles würde sich klären. Sie nahm das Gespräch an. »Bodo, endlich …«

»Wo bist du?«

»Auf dem Weg nach Hause. Und du?«

»Hör zu«, unterbrach er erneut, »Jella hat alles erzählt.«

»Wie meinst du das, alles?«

»Was mit Aaron passiert ist.«

»Was hat sie gesagt?« Inga blieb stehen, lehnte sich an den nächsten Baumstamm.

Er redete schnell, die Informationen drangen auf sie ein. Was sie bedeuteten, vermochte sie noch gar nicht zu erfassen.

»Inga, hörst zu mir zu?«

»Ja, natürlich.«

»Wir reden später darüber. Kannst du Jella vom Chor abholen?«

»Was? Wie konntest du sie aus dem Haus lassen?«

Sie hörte, wie er einatmete, es klang genervt. »Sie wollte unbedingt hin. Und dann habe ich gedacht: Besser, sie ist da, als allein zu Hause.«

Inga lief nun weiter, das Handy am Ohr. »Und wo bist *du?*«

»Im Büro. Ich komme hier so bald nicht weg.«

»Gut, ich hole sie.«

Inga beendete das Gespräch und beschleunigte ihre Schritte. Sie erreichte den Hof, sah niemanden und stieg ins Auto. Wenige Minuten später parkte sie vor dem Schulgebäude. Die Chorprobe war offenbar noch nicht zu Ende, die Tür war geschlossen, der Hof leer.

Inga lehnte sich zurück und schloss die Augen. Von ihrer Zuversicht war nur noch eine vage Hoffnung zurückgeblieben. Eines war klar: Sie musste sich jetzt um ihre Tochter kümmern. Mara musste erst einmal warten.

Als jemand an ihr Fenster klopfte, schreckte Inga aus ihren Gedanken hoch. Es war Jellas Musiklehrerin, die auch den Chor leitete. Inga stieg aus. Grüppchen von Schülerinnen und Schülern liefen nun über den Hof. Jella war nicht dabei. Frau Bergmanns sonst so strahlendes Gesicht, wenn sie die Mutter ihrer begabtesten Schülerin erblickte, erschien Inga heute ernst. Sie ahnte, dass sie nun unangenehme Dinge zu hören bekommen würde, und wappnete sich gegen die neuerdings übliche Tirade: Jella war wie ausgewechselt. Unaufmerksam, abwesend. Wenn sie sich bedrängt fühlte, wurde sie aggressiv. Wie die Klassenlehrerin Inga berichtet hatte, hatte Jella einem anderen Mädchen einen Rucksack aus der Hand gerissen und auf den Boden geschleudert.

Was war nun wieder vorgefallen?

»Wir studieren ja gerade ›Hallelujah‹ von Leonard Cohen ein. Ich habe es neu arrangiert, für Chor und einen Solopart. Ich will es den Kindern erst nächste Woche sagen, aber Sie sollen schon Bescheid wissen: Jella soll das Solo singen. Sie ist wirklich außergewöhnlich begabt. Haben Sie mal überlegt, sie in professionellen Gesangsunterricht zu geben?«

Inga sah die Lehrerin erstaunt an. »Nein, bisher nicht. Sie nimmt ja schon die Geigenstunden und …« Sie zögerte. »Im Moment hat Jella ein paar Schwierigkeiten.«

»Oh ja, die Pubertät rückt näher.« Frau Bergmann lächelte. »Denken Sie in Ruhe darüber nach. Sprechen Sie mit Ihrem Mann. Und mit Jella. Das, was sie an Förderung bräuchte, kann ich ihr im Chor und im Musikunterricht nicht geben.« Sie blickte zur Schultür. »Da kommt sie ja.«

Inga sah zuerst nur Isabell und ein zweites Mädchen, deren Name ihr nicht einfiel. In die Mitte hatten sie Emma genommen, ebenfalls seit der ersten Klasse eine Freundin von Jella. Jella folgte ihnen, allein, mit diesem schlurfenden Gang, den sie sich immer mehr angewöhnte. Sie hielt den Blick gesenkt und hatte das Auto ihrer Mutter nicht entdeckt.

»Die Mädchen konnten sich kaum konzentrieren heute. Emmas Oma ist verstorben. Es ist sehr lieb, wie sich alle um sie kümmern.«

»Jella!«, rief Inga.

Während ihre Tochter auf sie zukam, verabschiedete sie sich von der Chorleiterin.

Jella stieg auf der Beifahrerseite ein, und Inga setzte sich neben sie. »Hey, alles okay?«

Nur ein angedeutetes Kopfnicken.

»Wie war die Probe?«

»Gut.«

»Das freut mich.« Inga legte ihre Hand auf die ihrer Tochter. »Papa hat mir vorhin erzählt, dass du …«

Jella kniff die Lippen zusammen und wandte den Kopf ab. Inga brach ab. Sie musste das vorsichtiger angehen.

»Lass uns erst mal nach Hause fahren«, sagte sie. »Du hast bestimmt ziemlichen Hunger, oder?«

Jella blieb abgewandt. Inga startete den Wagen und fuhr los. Auf dem Bürgersteig waren Chorkinder unterwegs, manche riefen etwas und winkten. Jella schien sie gar nicht wahrzunehmen.

Der Regen hatte aufgehört, und der fast stürmische Wind trieb die Wolken nach Norden. Flecken von blauem Himmel leuchteten auf. Die frisch austreibenden Kopfweiden, die die Allee säumten, spiegelten sich auf der nassen Landstraße.

»Mama, wenn jemand gestorben ist, was passiert dann mit diesem Menschen?«

Inga warf ihr einen kurzen Blick zu. »Na ja, weißt du doch, der Leichnam wird auf dem Friedhof in ein Grab gelegt.«

Jella starrte nach vorn durch die Windschutzscheibe. »Emmas Oma ist gestorben.«

»Ja, Frau Bergmann hat es mir eben erzählt. Emma ist bestimmt sehr traurig.«

»Die Toten bleiben auf der Welt. Sie haben keinen Körper mehr. Aber trotzdem sind sie ganz nah bei uns. Das hat Emmas Mutter gesagt.«

Der Wagen hinter Inga fuhr dicht auf, hupte und startete ein Überholmanöver. Da sich auf der Gegenfahrbahn ein PKW näherte, scherte er wieder ein. Inga blickte auf den Tacho, Hundert war erlaubt, doch sie war immer langsamer geworden, ohne es zu bemerken. Sie trat aufs Gaspedal.

»Glaubst du, das stimmt, Mama?«

Inga wollte so schnell wie möglich ankommen, es gefiel ihr gar nicht, ausgerechnet jetzt mit Jella ein Gespräch über den Tod zu führen, während sie sich eigentlich auf den Verkehr konzentrieren musste.

»Es tut sehr weh, wenn ein Mensch, den man liebt, plötzlich nicht mehr da ist. Ich glaube, für Emma und ihre Mutter ist es ein Trost, sich vorzustellen, dass die Oma in ihrer Nähe ist.«

Inga beschleunigte wieder auf Hundert. Am Straßenrand lag ein totes Tier, nur noch ein Haufen aus blutigem Fell und Knochen. Es war nicht zu erkennen, was es einmal gewesen war.

»Ich glaube, Aaron ist auch da.«

Inga blickte ihre Tochter an. Jellas Gesicht war verkrampft, ihr Kinn zitterte.

Inga wollte anhalten, doch hier gab keine Gelegenheit. Sie fuhr noch schneller, bis eine Parkbucht auftauchte.

Endlich stoppte sie.

»Jella, hör mir zu …« Keine Reaktion. »Du musst dich vor Aaron nicht mehr fürchten. Glaub mir bitte. Er ist nicht mehr da. Und er kommt auch nicht zurück.« Sie wollte Jella in den Arm nehmen, doch die blieb mit steifem Oberkörper sitzen.

Jella war nicht mit auf Aarons Beerdigung gewesen. Sie hatte eine starke Migräne gehabt und zwei Tage lang in ihrem abgedunkelten Zimmer fast durchgehend geschlafen. Edith war an dem Vormittag bei ihr geblieben, und Inga war ziemlich sicher gewesen, dass ihre Mutter froh war, nicht zum Friedhof mitgehen zu müssen.

Inga traf eine Entscheidung. Sie wartete ab, bis die Straße einen Moment frei war, und wendete.

»Mama, was machst du?«

»Ich will dir was zeigen.«

Sie fuhr dieselbe Strecke zurück, an der Schule vorbei, bis zu dem schmiedeeisernen Tor in der weiß gekalkten Mauer.

»Komm mit.«

Jella stieg nur widerstrebend aus, doch Inga war sicher, das Richtige zu tun. Sie legte den Arm um Jellas Schultern und führte sie durch die Pforte, über den menschenleeren Friedhof. Unzählige Vögel zwitscherten in den Baumkronen. Sie erreichten die schlichte Granitplatte mit der roten Maserung. Darauf der Name, hell eingraviert: Aaron Buchholz. Auf dem Grab wuchsen keine Blumen. Inga wusste nicht, ob Thies oder Sophie hierherkamen. Aber jemand hatte das kleine Rechteck mit Thymian und Efeu bepflanzt.

»Da ist Aaron«, sagte Inga. »Da unter der Erde.«

Jella starrte den Grabstein an. Ihr Brustkorb hob und senkte sich schnell. »Ich hab mich nicht umgedreht. Ich wusste, jeden Moment greift er nach mir.« Sie sah Inga mit einem erstaunten Ausdruck an. »Aber er war nicht mehr da. Vorher hat er im Wasser gestanden, und dann«, sie stockte, »war er … hinter den Büschen. Ich hab gedacht, gleich kommt er raus. Ich bin gerannt. Bis zum Schuppen.«

»Jella.«

»Ich hab ihn nicht gesehen. Er war nicht im Fluss.«

Inga berührte Jellas Schulter. »Du bist nicht schuld daran, was mit Aaron passiert ist. Verstehst du? Du kannst nichts dafür.«

»Vielleicht, wenn ich um Hilfe gerufen hätte. Vielleicht wäre er nicht ertrunken.«

Inga schüttelte den Kopf. »Wer hätte dich denn hören sollen?«

Jella wandte sich langsam zu ihr um, und Inga sah die Qual in ihren Augen. »Auf der Fähre war jemand. Da war ein Licht.«

EDITH

Es war das erste Mal seit Ulrichs Zusammenbruch vor drei Jahren, dass die Fähre an einem Werktag stillstand. Ein merkwürdiger Zufall: Auch damals war es ein Donnerstag gewesen. Als der Rettungswagen ihn ins Krankenhaus brachte, hatte Edith nicht geahnt, dass sie einige Tage später eine lebensbedrohliche Diagnose bekommen würden. Dass er nicht wieder auf das Schiff zurückkehren würde.

Die Luft war abgekühlt, roch sauber und frisch. Wolkenberge türmten sich über dem Fluss, zogen mit der Strömung. Flogen dahin.

Alles veränderte sich. Viel zu schnell.

Schon von Weitem hörte sie die eingesperrte Hündin jaulen. Arme Joschi! Edith beeilte sich, den Führerstand aufzuschließen. Die Hündin bellte, schlug hart mit dem Schwanz gegen die Wand in dem engen Raum, schmiegte sich an Ediths Beine. Auf dem Boden stand eine Pfütze.

»Na komm. Ist gut. Ist schon gut.«

Edith schob die Hündin nach draußen, wo sie stehen blieb, offenbar verwundert, was sie mit der plötzlichen Freiheit anfangen sollte.

»Lauf. Los, Joschi, beweg dich.«

Edith nahm eine Pütz und einen alten Lappen. Sie musste die Lache aufwischen, bevor der Ersatzfährmann eintraf. Am Telefon hatte er abweisend geklungen, sie wusste, er würde sich kein Bein ausreißen, um schnell bei ihr zu sein. Als Ulrich die Fähre steuerte, hatte Hubert seine festen Stunden gehabt. Edith fuhr lieber selbst, um seinen Lohn zu sparen. Er war nur noch für Notfälle da.

Dies war ein Notfall.

Sie schloss die Tür ab und folgte der Hündin ans Ufer. Zu Hause wartete Mara auf sie, doch zuvor musste sie mit Inga sprechen. Die Ereignisse jagten sich wie die Wolken über dem Fluss.

Es war Ulrichs Schuld, dass sie in dieser Situation war. Alles war seine Schuld.

Er hatte seine eigene Welt gehabt, an der sie nicht teilhatte. In den ersten Jahren hatte er hart gearbeitet. Wenn er aus der Schlosserei kam, wollte er einen harmonischen, ruhigen Feierabend haben. Bloß keine Probleme, keine Diskussionen. An den Wochenenden verschwand er zu seinen Hamburger Hausbesetzerfreunden. Ulrich nahm diese Menschen, die anderer Leute Eigentum für sich beanspruchten, in Schutz.

Die Stadt lässt die Häuser leer stehen und verkommen. Es ist unser Recht, sie zu besetzen.

Edith hatte keine Lust gehabt, mit ihm über Politik zu streiten. Sie ließ ihn reden, ließ ihn hinfahren. Als er sie einmal mitnehmen wollte, lehnte sie ab.

Sie hatte sich von ihm zurückgezogen. Und so war eine Fremdheit zwischen ihnen gewachsen.

Es musste eine Affäre gewesen sein. In einer dieser Wohngemeinschaften, wo die Leute hineinflatterten und wieder verschwanden wie die Eintagsfliegen. Ein paar Wochenenden, an denen Ulrich am Samstagmorgen sehr früh losfuhr und am Sonntagabend sehr spät wiederkam.

Angeblich drohte seinen Freunden eine Räumung durch die Polizei, er half, den Widerstand zu organisieren. *Angeblich.*

Hatte sie da schon einen Verdacht gehabt? Edith konnte es nicht mehr sagen. Es hatte andere Dinge gegeben, die ihr wichtiger und bedrohlicher erschienen. Ulrichs Kredit zum Beispiel, mit dem er die eigene Schlosserei aufgebaut hatte. Würden sie ihn jemals zurückzahlen können? Edith arbeitete Vollzeit als Kassiererin im Supermarkt. Zusätzlich als Putzhilfe in einer Arztpraxis. Sie wollte Ulrich heiraten. Sie wollte Kinder mit ihm haben. Sie hatte nicht geahnt, dass sie noch eine ganze Weile darauf warten würde.

Eine Fahrradklingel riss sie aus ihren Erinnerungen. Ein älteres Paar radelte auf sie zu, sie grüßten höflich, Edith nickte stumm. Gleich würden sie fragen.

»Wissen Sie vielleicht, ob die Fähre in Betrieb ist?«

Sie hob die Schultern. »Da kommt sicher bald jemand. Warten Sie ein paar Minuten.«

Sie wandte sich ab und beobachtete Joschi, die über die Wiese schlich, die Nase im Gras. Die Zeit lief Edith davon. Doch sie stand immer noch hier am Ufer herum. Etwas hielt sie zurück. Die Ahnung, dass sie jetzt keinen falschen Schritt machen durfte. Sie musste gut überlegen. Stattdessen drifteten ihre Gedanken ständig in die Vergangenheit ab.

Die alten Zeiten waren nicht nur schlecht gewesen. Ulrich hatte plötzlich aufgehört, nach Hamburg zu fahren. Sein Betrieb lief immer besser, der Schuldenberg schmolz. Und dann, endlich, machte er ihr den Antrag. So richtig romantisch, auf den Knien, mit dem silbernen Verlobungsring, den sie immer noch trug. Sie heirateten, ein goldener Ehering kam dazu, sie zogen in Ediths Elternhaus, steckten jede freie Minute in die Renovierung, weil das Geld für Handwerker fehlte. Edith wurde schwanger, Inga wurde geboren. Sie war ein Papakind gewesen, wie so viele Mädchen. Ulrich hatte sich wohlgefühlt in der Rolle des nachgiebigen Spaßmachers. Er hatte Inga verwöhnt. Bei ihm durfte sie alles, während Edith für die Erziehung zuständig war, die Strenge sein musste. Es war egal. Hauptsache, sie hatten einander. Edith war glücklich gewesen.

Dabei hatte sie nur an ein Trugbild geglaubt. Ulrich hatte die ganze Zeit über eine andere geliebt. Ab dem Moment, wo er in Hamburg diese Johanna getroffen hatte, war sie selbst nur noch zweite Wahl gewesen.

Und wenn Ulrich wieder davon anfing? Von Johanna? Von Mara? Jetzt, wo er seine zweite Tochter wiedergesehen hatte? Falls er laut um das Leben trauerte, das er hatte aufgeben müssen? Und *ihr* die Schuld dafür gab?

Schon die Vorstellung riss die Wunde tief in ihr auf.

Wenn er das machte, würde sie ihn verlassen. *Dann musste er gehen.* Sie sah es vor sich: Wie sie ein Kissen nahm und es auf sein Gesicht drückte. Wie er die Arme hochriss, der Schlauch von seinem Handrücken abriss, der Tropf umstürzte. Er war geschwächt, er konnte nichts ausrichten gegen ihre Wut.

Sie schloss die Augen, versuchte, sich zu beruhigen.

Egal, was kam, sie würde es aushalten. Aber sie hatte nicht vor, ihm ein normales Eheleben vorzugaukeln. Sie steuerte die Fähre. Besuchte ihn weiter im Heim. Und selbst, wenn er wieder gesund würde und nach Hause zurückkäme: Sie würde nicht mit ihm über Johanna und Mara sprechen. Es ihn nur spüren lassen. Jeden einzelnen Tag.

Nur: Was würde sie Inga sagen? Inga würde Fragen stellen. Wenn Mara hierblieb, würde sie Inga die Geschichte von der Hütte erzählen. Und dann rechnete Inga nach, *wann* das geschehen war.

Inga würde sich auf die Seite von ihrem Papa schlagen, wie immer. Ob Edith nun die Ahnungslose spielte oder zugab, dass sie Johannas Briefe gelesen hatte, auf jeden Fall würde Inga ihr Vorwürfe machen: Wie hatte Edith es so weit kommen lassen können? Vielleicht würde Inga sie für ihre Schwäche verachten.

Die Vergangenheit durfte nicht ans Licht gezerrt werden. Niemand hatte die Kraft, sich ihr zu stellen. Es gab hier keinen Platz für Mara.

Aber wenn Mara jetzt nicht mehr gehen wollte? Wenn Jella ihr von den Briefen erzählt hatte und Mara darauf bestand, sie zu lesen? Oder Inga?

Edith blickte den Weg entlang. Hubert war noch nicht zu sehen. Aber ihr blieb nicht viel Zeit.

Sie lief zurück auf die Fähre, hob die Bodenklappe an und kletterte in den dunklen, feuchten Bauch des Schiffes. Sie stellte sich vor, wie geschmeidig Jella sich hier unten bewegt haben musste. Sie selbst konnte nur langsam auf allen vieren kriechen. Sie wusste nicht genau, in welcher Kiste sich Ulrichs Dose befand, denn Jella war es gewesen, die sie zuletzt in der Hand gehabt und wieder verstaut hatte.

An dem Abend vor dreizehn Monaten.

Edith hatte ihre Erregung über die Briefe kaum vor Jella verbergen können. Warum hatte sie dem Mädchen das Armband nicht einfach geschenkt, statt so ein Drama darum zu machen? Sie war nach Hause gefahren, hatte es jedoch nicht ausgehalten, allein mit den Zeilen von dieser Johanna an Ulrich, die sie nicht aus dem Kopf bekam.

Hör damit auf, mir zu schreiben. Ich will nicht mit dir in Deutschland leben. Nicht einmal in Hamburg. Du sagst, wir müssten nicht heiraten, aber steh doch dazu, genau das stellst du dir vor. Ich bin nicht der Typ für so eine Ehe, für ein Eigenheim mit Vorgarten und Kinderschaukel. Du wolltest Fotos von meiner Tochter, von Mara, ich habe dir welche beigelegt, wie versprochen. Sie weiß nicht, wer ihr Vater ist. Richie, lass uns, es ist gut so, wie es ist. Christiania ist etwas Neues, eine Vision. Eine freiere Form des Zusammenlebens. Du würdest hier nicht hineinpassen.

Der Brief war auf den 2. März 1974 datiert gewesen. Eine Woche später hatte Ulrich, den Johanna *Richie* nannte, Edith den Heiratsantrag gemacht.

Edith war zurückgefahren zur Fähre, um die Dose zu holen und sie ihm vor die Füße zu schleudern. Doch es war anders gekommen. Weil sie die Kinderstimmen am Ufer gehört hatte. Weil sie gesehen hatte, was dann passierte.

Edith wühlte in dem Ölzeug, fand die Metalldose, holte die Briefe heraus und stopfte sie in ihre Jackentasche. Es war egal, dass sie zerknickten, niemand würde sie jemals wieder lesen. Und die Fotos? Es war sicherer, wenn auch sie verschwanden. Am besten nahm sie alles mit.

Edith klappte die Schachtel zu und kroch damit durch die Luke zurück an Deck. Sie blickte sich um. Das Touristenpaar saß auf der Bank und beobachtete sie. Hubert war noch immer nicht in Sicht, musste aber jeden Moment auftauchen.

»Joschi! Hierher!«

Edith klemmte die Dose unter den Arm, schob die andere Hand in die Tasche, fühlte die Briefe darin. Spürte den Drang, sie zu vernichten, so schnell wie möglich. Doch hier auf der Fähre konnte sie nichts ausrichten.

▲▼▲

Zehn Minuten später erreichte Edith ihr Haus. Sie ließ die Hündin im Auto, schlich durch die Hinterpforte auf die Terrasse zu. Zum ersten Mal war sie froh über den verwilderten Zustand des Gartens, denn die wuchernden Hecken und Büsche boten ihr Sichtschutz. Das Gebäude wirkte verlassen, den Rollladen im Wohnzimmer hatte sie am Morgen nicht hochgezogen. Edith stellte sich vor, wie Mara in der Küche saß und auf sie wartete. Sie würde ihr wehtun müssen.

Zuerst die Briefe. Einen Schritt nach dem anderen.

Sie stand vor Ulrichs selbst gemauertem Grillkamin, tastete in dem unteren Loch herum, bis sie die Streichholzschachtel fand. Die Pappe war feucht geworden, und erst das vierte Hölzchen zündete. Sie entflammte alle Papierbögen und warf sie auf den steinernen Ofen. Sah zu, bis das Papier restlos verglüht war.

Sie öffnete die Blechdose und kippte die Fotos auf die Asche. Riss ein neues Streichholz an.

Johanna. Blaue Augen, blonde Mähne, ein Stirnband mit Perlen. Und Mara mit dem dunklen Schopf. Sie hatte schon damals Ähnlichkeit mit Ulrich besessen, aber jetzt als Erwachsene noch viel mehr. Die hohen Wangenknochen, das schmale Kinn.

Auf dem Foto hatte Mara die runden Babyärmchen um den Hals ihrer Mutter gelegt. Die beiden sahen Edith an. Anklagend.

Sie ließ das Hölzchen auf den Boden fallen. Entzündete ein neues. Warf auch dieses weg.

Johanna war tot. Ob Mara Fotos von ihrer Mutter besaß? Aus ihrer Kindheit?

Edith klaubte die Bilder auf, pustete die Asche weg und legte sie zurück in die Dose. Mara sollte sie haben. Wenigstens das konnte sie für sie tun.

Sie lief zur Vorderseite des Gebäudes, schloss die Tür auf und trat in den dunklen Flur.

»Mara?«

Das Haus war leer, Edith spürte es sofort: Diese Stille war endgültig.

SOPHIE

Sie hatte sich im Wohnzimmer verschanzt, konnte an nichts anderes denken als an Thies' Vertrauensbruch. Denn so fühlte es sich für sie an, dass er ihr Maras Armbänder verschwiegen hatte. Irgendwann hörte sie, wie die Haustür zufiel. Thies ging irgendwohin. Sollte er doch, es war ihr gleichgültig.

Sophie trat zur Kommode und tastete nach dem Umschlag. Einen Moment lang schloss sie die Augen, beruhigte ihren Atem, dann nahm sie das Armband heraus. Die ersten Sekunden starrte sie es nur an, ohne es wirklich zu sehen. Bis das Leuchten des Schmucksteins sie berührte. Wie schön der Lapislazuli war. So ein intensives Blau. Und wie viele verschiedene Farben sich in der Tiefe des Steins verbargen. Goldene Tupfen wie von Sonnenlicht. Bräunliche Sprenkel, als sei Erde in ihm eingeschlossen. Transparente Flecken, hellgrau wie das Wasser der Elbe. Weiße Linien, die sich kreuzten wie Kondensstreifen im Himmel.

Aarons Tod aufzuklären, das war das gemeinsame Ziel von Thies und ihr gewesen. Jetzt hatten sie durch Jella eine Vorstellung von seinen letzten Minuten bekommen. Wie hatte es mit ihm so weit kommen können? Was hatte ihn angetrieben, Jella wehtun zu wollen? Was hatte ihn überhaupt angetrieben?

Durch Jella waren nur noch mehr Rätsel dazugekommen. Warum war Aaron an dem Abend so verändert gewesen? Warum hatte er geweint? Sophie hatte ihn nie verzweifelt gesehen.

Eine plötzliche Sehnsucht nach ihrem Sohn ergriff sie, als könne sie ihn jetzt noch in den Arm nehmen und trösten. Gleichzeitig wusste sie, dass er das nicht zugelassen hätte. Er hatte ihr seine Gefühle nie gezeigt. Was auch immer ihn so traurig gemacht hatte, er wollte es mit sich allein ausmachen. Jella war die Einzige, die einen Blick auf seine Verletzlichkeit erhascht hatte.

Es fühlte sich an, als sei das einzige noch existierende Band zwischen Thies und ihr gekappt worden. Beerdigt mit der Hoffnung, dass sie Aarons Tod begreifen und damit abschließen konnten.

Sophie legte das Armband auf den Tisch, holte ihre Jacke und verließ das Haus. Sie suchte die Stelle am Ufer, die Jella beschrieben hatte. Stellte sich in den Schutz der Büsche und sah aufs Wasser, das vom Wind aufgeraut wurde. Die Strömung nahm ihre Gedanken mit sich fort.

Sophie konzentrierte sich auf die Farben der Wellen, grau und blau, mit einem warmen Goldschimmer, da, wo noch Sonne durch die Wolken drang. Sie wollte an nichts denken, nur schauen. Langsam wurde ihr Kopf klarer. Vielleicht ging es Thies auch so, wenn er auf seinem Stein saß.

Thies hatte sich an Mara festgehalten. Sie so sehr gebraucht, dass er die Entdeckung der Armbänder verschweigen *musste*.

Sophies Wut löste sich auf in den Wasserstrudeln vor ihr.

Mara hatte ihre Gründe gehabt, in Harlingerwedel aufzutauchen, und ihre Motive hatten nichts mit Sophie oder Thies zu tun gehabt. Doch durch Mara hatten sie beide gespürt, was in ihrem Leben fehlte. Mara würde die Leere nicht füllen. Das mussten sie selbst tun.

Jemand näherte sich, oben auf dem Deich. Es war Thies. Er lief gebeugt gegen den Wind, blickte geradeaus, nicht zum Fluss, entdeckte sie nicht hinter den Büschen.

Wie schnell er war. Sophie verließ ihren Posten, erklomm den Deichweg und folgte ihm. Sie passte ihr Tempo an, hielt den Abstand. Nicht, um ihn zu verfolgen. Es interessierte sie nicht, wohin er wollte. Sie spürte nur, dass sie ihn jetzt nicht gehen lassen durfte. Weil sie ihn vielleicht nie wieder einholen würde.

Sie fror. Der Wind kam ihr nun kälter vor und der Deich unendlich.

Sie erschrak, als Thies plötzlich stehen blieb. Er wandte sich um und sah ihr entgegen, bis sie ihn erreicht hatte.

»Kannst du mir verzeihen?«, fragte er.

Eine Böe wehte Haarsträhnen in ihre Augen, sie strich sie weg. »Ja, das kann ich«, sagte sie.

»Ich möchte etwas machen. Mit dem Zimmer.«

»Und was?«

Er wich ihrem Blick aus. »Ich weiß nicht. Aber irgendwas müssen wir tun.«

Sie nickte, auch wenn seine Worte Angst in ihr auslösten.

INGA

Sie fuhr erst los, als sie sicher war, dass Jella fest schlief. Ihre Verwunderung über das merkwürdige Verhalten ihrer Mutter hatte sich in Ärger verwandelt. Was dachte Edith sich? Warum rief sie nicht zurück, kam nicht vorbei? Es wirkte, als wolle sie sich vor ihrer Familie verstecken.

Inga parkte vor ihrem Elternhaus und stieg aus. Die Fenster waren dunkel, nicht mal die kleine Lampe am Eingang brannte. Sie schellte, benutzte aber sofort den Schlüssel, ohne abzuwarten.

»Mama?« Sie schaltete das Licht im Flur ein. »Mara?«

Die Küche war leer. Geradeaus lag das Wohnzimmer, die Tür stand offen. Inga lief darauf zu, konnte sehen, dass der Rollladen zur Terrasse heruntergelassen war. Vor dem Fenster verbreitete eine Stehlampe einen trüben Schein. Ihre Mutter saß in dem Fernsehsessel aus braunem, abgewetztem Leder.

»Mama!« Inga blieb in der Tür stehen. »Was ist los?«

Edith antwortete nicht.

»Bist du allein? Wo ist Mara?«

Ihre Mutter richtete sich auf. Inga trat zu ihr und setzte sich auf die Sofakante.

»Mama, ich suche dich seit heute Mittag. Das Altenheim hat mich verständigt. Du warst nicht mehr bei Papa. Nicht auf der Fähre. Hast du nicht gesehen, dass ich dich immer wieder angerufen habe?«

»Mein Handy war aus.« Edith sprach leiser als sonst, sie wirkte erschöpft.

»Wo warst du die ganze Zeit?«

»Ich habe mit Mara gesprochen.« Edith legte den Kopf gegen die Lehne und schloss die Augen.

»Das ist ja schön. Kannst du dir vielleicht vorstellen, dass ich auch Redebedarf habe?«

»Können wir morgen über alles sprechen? Ich bin sehr müde.«

»Ich weiß längst Bescheid. Mara ist Papas uneheliche Tochter. Sie war bei ihm im Heim, und danach ist er kollabiert. Und als Nächstes finde ich sie hier im Haus. Auf deine Einladung.«

Edith öffnete die Augen, sagte aber nichts.

»Wusstest du von ihr?«

Edith nickte.

»Woher? Seit wann?«

Edith setzte umständlich die Füße auf den Boden und hievte sich hoch. Sie ging in die Küche. Inga folgte ihr nicht. Sie hatte keine Kraft mehr, gegen das Schweigen ihrer Mutter anzukämpfen.

Aber weggehen konnte sie auch nicht. Nicht so.

Unvermittelt sprang das Deckenlicht im Flur an, und Edith erschien im Türrahmen. »Ich weiß es wegen dieser Frau. Maras Mutter. Ulrich hatte zwei Briefe von ihr auf der Fähre versteckt.«

Auf einmal begriff Inga. Es ging um die Blechdose, von der Jella Bodo und den anderen erzählt hatte. »Was genau stand da drin, in diesen Briefen?«

»Ich habe nicht verstanden, warum er sie aufgehoben hat. Sie waren armselig.«

»Wie meinst du das?« Inga konnte Ediths Gesicht im Gegenlicht nicht erkennen.

»Sie hat darum gebettelt, ihn wiedersehen zu dürfen. Sie wollte mit ihm zusammenleben. Offenbar hatte er das mehrfach abgelehnt. Und sie forderte Geld. Sie hat mit Selbstmord gedroht.«

Etwas in Ediths Stimme machte Inga misstrauisch. Dieser plötzliche Eifer.

»In dem späteren Brief hat sie versucht, ihn zu erpressen. Diesmal mit neuer Munition: Sie habe ein Kind von ihm bekommen. Wenn er nicht zu ihr käme, würde sie mitsamt ihrer Tochter bei ihm auftauchen. *Dann wird deine Freundin alles erfahren*. So hat sie ihm gedroht.«

Inga schüttelte den Kopf. »Wann war das denn? Wart ihr schon zusammen?«

»Allerdings. Damals hatte ich natürlich keine Ahnung, was da ablief. Er muss die Frau in Hamburg kennengelernt haben. Bei diesen Hausbesetzern, mit denen er sich herumgetrieben hat.«

Sie kam zurück ins Zimmer und setzte sich zu Inga aufs Sofa. »Ich nehme an, er hat nicht auf die Briefe reagiert. Weitere Schreiben habe ich nicht gefunden. Es gab nur ein paar Fotos. Von Mara. Sie war da noch ein Kleinkind. Und von der Mutter.«

»Ich würde gern lesen, was sie geschrieben hat.«

Edith lächelte.

»Wo hast du die Briefe?«

»Sie waren einfach nur peinlich.«

»Wo sind sie?«

»Ich habe sie weggeworfen. Schon vor längerer Zeit.« Edith atmete erschöpft aus und ließ sich nach hinten in die Kissen sinken. »Und nun ist es genug davon. Das ist Schnee von gestern.«

Eine absurde Bemerkung, wie Inga fand. Gerade erst war Mara aufgetaucht und hatte den *Schnee von gestern* gehörig aufgewirbelt.

»Was sagt Papa dazu?«

Edith hob die Schultern. »Du kannst ihn ja gern mal fragen. Wenn du riskieren willst, dass er wieder kollabiert.«

Inga war sich nicht klar darüber gewesen, in welchem Zustand sich die Ehe ihrer Eltern befand. Schon so lange hatte es nur ein Thema gegeben: Ulrichs lebensbedrohliche Krankheit. Das hatte alles überlagert.

Edith hatte also von Ulrichs heimlichem Verhältnis gewusst und einfach geschwiegen.

»Eines verstehe ich nicht«, Inga rückte wieder vor an die Sofakante, um Ediths Gesicht besser sehen zu können, »warum hast du Mara hierhergebracht? Du musst doch wütend sein wegen der ganzen Geschichte. Verletzt.«

»Das bin ich. Aber Mara kann nichts dafür. Sie hat es schwer genug gehabt, mit einer drogensüchtigen Mutter in diesem Hippiedrecksloch. Diese Johanna ist an allem schuld.« Sie sah Inga an. »Mara hat mir leidgetan. Ich dachte zuerst, sie will Geld von uns. Aber sie wollte nur herausfinden, woher sie stammt. Ihre Mutter ist tot. Und ihren Vater hatte sie nie gesehen.«

»Wo ist sie jetzt?«

Edith hob die Schultern. »Verschwunden. Mit ihren Sachen. Sie hat sich nicht von mir verabschiedet.«

Inga sank ins Sofa zurück. »Sie ist meine Halbschwester.«

»Zumindest sagt sie das. Einen Beweis dafür haben wir nicht.«

Eine heftige Wut erfasste Inga. Wie praktisch, wie bequem! Mara war weg, man musste sich mit dem Thema nicht weiter beschäftigen!

Sie versuchte, sich zu beruhigen. Sobald es ihrem Vater besser ging, sobald sich sein Zustand stabilisiert hatte, würde sie ihn fragen. Er würde ihr sagen, ob Mara ihre Schwester war.

Jetzt musste sie sich auf ihre eigene Familie konzentrieren, für Jella da sein. Edith hatte von Jellas Problemen offenbar nichts mitbekommen. Früher war sie oft zum Abendessen gekommen, aber neuerdings schien sie die Besuche zu vermeiden. Und wenn sie doch mal da war, tat sie so, als sei das Mädchen Luft für sie.

Neuerdings? Es war ja schon lange so. Und inzwischen war Inga sicher, dass ihr gestörtes Verhältnis etwas mit Aarons Tod zu tun hatte.

»An dem Abend, als Aaron verschwunden ist, hat Jella ein Licht auf der Fähre gesehen«, begann Inga. »Kann es sein, dass du dort warst? Dass du etwas beobachtet hast?«

»Nun fängst du auch noch damit an. Sophie hat mir schon solche Fragen gestellt.«

»Sophie?«

»Sie war bei mir.«

»Bist du zu dem Zeitpunkt auf der Fähre gewesen oder nicht?«

»Ist das hier ein Verhör? Zuerst redest du über Mara, jetzt plötzlich über Aaron. Was hat das eine mit dem anderen zu tun?«

»Ich glaube, eine ganze Menge. Bist du an Bord gewesen?«

Ediths Blick hatte sich verändert. Sie wirkte auf einmal sehr wachsam. Doch sie schwieg.

»Es geht nicht um dich, Mama. Sondern um Jella. Du könntest ihr helfen. Sie hat schreckliche Schuldgefühle. Sie glaubt, dass sie schuld an Aarons Tod ist. Sie steigert sich in Ängste hinein. Dass er zurückkommt und sich an ihr rächt.«

Ediths Gesicht blieb starr. Da war nicht die winzigste Regung, nicht das kleinste Gefühl.

»Ist dir deine Enkelin egal? Wir alle?«

Als nichts von Edith kam, stand Inga auf und ging zur Tür. »Wie du meinst. Aber eines muss dir klar sein. Es reicht mir mit diesem ewigen Schweigen. Wenn du mich jetzt so gehen lässt, komme ich nicht zurück.«

Ihre Mutter stand ebenfalls auf. »Inga, nein. Das darfst du nicht.«

»Dann hör auf, mich zu belügen.«

Edith blickte zu Boden. Sie zögerte. Dann plötzlich drängten die Worte nur so aus ihr heraus. »Ja! Ich bin auf die Fähre zurückgegangen. Ich war wütend. Ich wollte die Briefe holen und Ulrich zur Rede stellen. Das Armband war weg. Es war klar, dass Jella es mitgenommen hatte.«

»Dafür muss sie sich auf jeden Fall entschuldigen.«

»Das Armband ist mir vollkommen egal.«

»Was war dann? Du hast die Briefe geholt und ...«

Edith verschränkte die Arme. »Nein, dazu kam ich nicht. Ich hab laute Stimmen gehört und bin aus der Luke geklettert. Aaron und Jella waren am Ufer. Ich habe das

Licht im Führerhaus ausgemacht. Sie haben mich nicht bemerkt, sie waren mit ihrem Streit beschäftigt.«

»Jella sagt, Aaron hat ihr das Armband weggenommen. Er sei damit in den Fluss gelaufen.«

»Sie hat ein paarmal gerufen: ›Gib es mir wieder!‹ Er hat sie verhöhnt. Und plötzlich stand er im Wasser. Mit Hose und T-Shirt. Jella ist ihm gefolgt.«

»Ins Wasser?«

Edith nickte. »Sie hat ihn angegriffen. Es gab einen richtigen Kampf. Jella hat geschrien. Ich wollte gerade eingreifen, als ich gesehen habe, dass sie ans Ufer zurückkam. Aaron blieb stehen, knietief im Fluss. Ich habe mehr auf Jella geachtet, sie kauerte am Boden, während er herumtanzte und sie verhöhnte. Dann tauchte er plötzlich unter. Ich sah, wie das Wasser hochspritzte. Jella hat sich hochgerappelt und ist weggerannt.«

»Und Aaron?«

»Keine Ahnung. Ehrlich gesagt war mir Aaron ziemlich egal. Jella war nicht verletzt, und sie lief offensichtlich nach Hause.«

»Ist er wieder aufgetaucht?«

»Was weiß ich. Er hat ein Riesentheater veranstaltet. Er war ein schrecklicher Junge. Vielleicht habe ich gedacht, dass es ihm ganz recht geschieht, ein bisschen kaltes Wasser zu schlucken.« Ihr Blick irrte durch den Raum. »Herrgott! Ich bin davon ausgegangen, dass er da herumspritzt, um Jella zu provozieren. Der kommt schon zurück ans Ufer, wenn er merkt, dass sie weg ist. Das habe ich gedacht. Ich habe gar nicht mehr hingesehen.«

Inga hielt sich mit einer Hand am Türrahmen fest. Ein Geräusch durchbrach die Stille: Ein Holzbalken knarrte im Fachwerk des alten Hauses. Sie fror. Kalte, abgestandene Luft nahm Besitz von ihrem Körper.

»Du hast ihn ertrinken lassen«, sagte sie.

Edith sank auf das Sofa zurück. Sie schüttelte den Kopf. »Ich bin mitgegangen, als ihn alle gesucht haben. Der versteckt sich irgendwo, damit seine Eltern sich Sorgen machen. Ich habe ihm nur Schlimmes zugetraut. Erst als sie ihn gefunden haben, habe ich es begriffen.«

Sie schwieg lange, sah Inga nicht mehr an.

»Ich erlebe den Moment wieder und wieder. Jenen Tag auf der Fähre. Ich träume nachts davon. Ich rufe um Hilfe, aber niemand hört mich. Ich renne zu ihm und wate ins Wasser. Doch ich kann ihn nirgendwo sehen. Er ist nicht da.«

SOPHIE

Am nächsten Tag machte Sophie Überstunden. Ein erhöhter Gehalt von Ammonium in der neuesten Wasserprobe hatte sie auf eine Spur gebracht. Wenn ein Siel übergelaufen war, war so ein plötzlicher Anstieg von Nährstoffwerten möglich. Nachdem sie Daten aus der Eigenüberwachung einer Kläranlage im Landkreis angefordert und verglichen hatte, konnte sie ihren Verdacht bestätigen. Hochzufrieden und auch ein bisschen stolz nahm sie den späten Zug nach Hause: Sie hatte eine größere Umweltverschmutzung abwenden können.

Sie schloss die Tür auf. Thies' Handy lag auf der Kommode im Flur, seine Windjacke fehlte. Sie stellte ihre Einkäufe in der Küche ab und sah ins Wohnzimmer. Das Armband lag noch da, wo sie es zurückgelassen hatte: auf dem Tisch vor dem Sofa.

Sie nahm die Treppe nach oben und blieb stehen. Die Tür zu Aarons Zimmer stand weit offen.

»Thies?«

Es war, als hielte das Haus den Atem an.

Sophie betrat den Raum. War er darin gewesen? Hatte er etwas verändert? Etwas weggenommen?

Alles sah noch genauso aus wie an dem Tag, als sie mit Mara hier gewesen war. Sie ging zum Regal und zog ein altes Bilderbuch heraus, das sie immer sehr gemocht hatte. Es handelte von einem Maulwurf und anderen Tieren, und war voller wunderschöner Illustrationen. Sie setzte sich aufs Bett und blätterte es durch.

Sie hatte Aaron jeden Abend vorgelesen. Bücher, die Inga speziell für ihn aus der Bibliothek mitbrachte. Bücher, die Lasse angeblich begeistert hatten. Aaron lag immer still da, den Blick auf einen Punkt an der Zimmerdecke fixiert. Sie gab sich Mühe beim Lesen, und es schien ihr, als ob er zuhörte. Wenn sie aufhörte und das Buch zuklappte, drehte er sich zur Wand und vergrub den Kopf im Kissen. Nie bat er darum, dass sie weiterlas. Selbst wenn sie bewusst an einer besonders spannenden Stelle endete.

Auch als er älter war, behielt sie das Vorlesen bei. Es waren die einzigen Zeiten, die sie ohne Streit mit ihm verbringen konnte. Friedliche Minuten, in denen er nicht rebellierte und sich nicht zurückzog.

Sie hatte ihn nie selbst lesen sehen. ›Das ist normal‹, hatte Inga ihr versichert, ›so sind Jungs heutzutage‹. Außer Lasse, der sei halt eine Ausnahme. Eine Leseratte.

Unten fiel die Haustür ins Schloss. Sophie hörte Thies' Schritte auf der Treppe. Er erschien in der Tür. Kam zu ihr in den Raum, ohne etwas zu sagen. Aber sie sah den Ansatz eines Lächelns, als er das Kinderbuch auf ihrem Schoß entdeckte.

»Sag mir einfach, was du vorhast.« Ihre Stimme klang härter, als sie beabsichtigt hatte.

Er nahm ein Spielzeugtier aus Kunststoff vom Regal, ein Krokodil, naturgetreu nachgebildet im Miniaturformat, und betrachtete es. »Ich möchte, dass das Zimmer leer ist.«

Er sah sie an. Sie konnte nicht gleich reagieren. Dann warf sie das Buch aufs Bett.

»Du wirst seine Sachen nicht wegschmeißen«, sagte sie und ging hinaus.

Sie goss sich ein Glas Wein ein und setzte sich auf die Terrasse. Es war ein milder Abend, der Wind hatte sich gelegt, kein Hauch bewegte die Blätter der Pappeln. Hinter den dünnen, schnurgeraden Stämmen glühte dunkel die Sonne.

Thies kam mit einem Buch und setzte sich in den Liegestuhl neben ihr. Auch Sophie nahm ihren Roman vom Beistelltisch. Sie blätterten beide nicht um.

Die Stimmen der Vögel wurden leiser. Langsam kroch die Nacht in den Garten.

SOPHIE

Die erste Tasse Kaffee auf ihrem morgendlichen Beobachtungsposten am Küchenfenster: Bodo kam aus dem Haus und setzte sich ins Auto. Er schien in Gedanken versunken, blickte nicht in Sophies Richtung. Die Kinder folgten, Lasse beim Gehen auf dem Handy herumtippend, Jella gebeugt, ohne jede Körperspannung.

Als sie Inga sah, erschrak Sophie. Selbst auf die Entfernung konnte sie die geschwollenen Augen der Freundin sehen. Die blassen, aufgesprungenen Lippen. Ihre frische Sonnenbräune war verschwunden, als habe sich eine Schicht aus grauem Staub darübergelegt. Sie reichte Jella die Papiertüte mit dem Proviant, die Autotür fiel zu, und Bodo startete den Wagen.

Sophie lief zur Haustür. Inga war schon auf dem Weg ins Haus. »Inga! Warte!«

Inga drehte sich nicht um.

Sophie war sicher, dass sie sie gehört hatte. Sie wartete am Küchentisch, ob Inga zur Arbeit losfuhr, doch sie kam nicht mehr heraus.

Nach einigen Minuten ging Sophie hinüber und klopfte. Von drinnen war kein Geräusch zu hören. Sie klopfte lauter. Keine Reaktion.

Sophie holte ihre Tasche, es wurde höchste Zeit, wenn sie ihren Zug erreichen wollte. Thies musste später nach Inga schauen. Jetzt schlief er noch.

Während sie ihr Rad aufschloss, blickte sie immer wieder zu Ingas Küchenfenster. Der Vorhang war zugezogen und bewegte sich nicht.

Auf dem Waldweg zum Bahnhof kam Sophie an Maras Hütte vorbei, die nun leer stand und weiter verfiel. Wenn Mara noch da wäre … Ihr hätte Inga sicher anvertraut, warum es ihr so schlecht ging. Aufs Sophies Hilfe legte sie offenbar keinen Wert.

Den ganzen Weg versuchte Sophie, an die Arbeit zu denken. Heute Mittag bekam sie eine neue Wasserprobe von der Messstelle in Schnackenburg. Der Fahrer befand sich schon auf seiner Tour. Bis dahin musste sie ihre Diagramme auf Vordermann bringen. Im Büro fuhr sie den Computer hoch und vertiefte sich in die Balken und Zahlen.

In der Mittagspause rief sie Thies an und bat ihn, nach Inga zu sehen. Doch Inga war nicht da. Niemand öffnete Thies die Tür.

Die Unruhe ließ Sophie nicht mehr los, sie nahm den frühen Zug nach Hause. Thies war in der Küche, er hatte einen aufwendigen Salat für sie zubereitet, mit grünem Spargel, den sie so liebte. Ein Friedensangebot? Sie aßen schweigend.

»Hör auf, ständig über den Hof zu starren«, sagte er irgendwann.

»Du hättest Inga heute Morgen sehen sollen. Irgendwas ist passiert.«

»Hast du noch mal versucht, sie anzurufen?«

»Immer nur die Mailbox. Sind die Kinder schon da?«

»Ja, die sind vorhin gekommen.«

»Und Bodo?«

Thies brauchte ihr die Antwort nicht zu geben, denn in diesem Moment fuhr Bodos Auto auf den Hof.

»Was da auch los ist, sie ist ja nicht allein«, meinte Thies.

Sie hatten gerade den Tisch abgeräumt, und er ließ Spülwasser ins Becken laufen, als jemand über den Hof gelaufen kam. Bodo. Sie gingen ihm entgegen.

»Ich glaube, Inga hatte einen Nervenzusammenbruch. Aber sie will nicht, dass ich sie zum Arzt bringe. Und jetzt will sie mit uns reden. Mit uns allen zusammen.«

Inga sah nicht auf, als sie hereinkamen. Ihre Finger krampften sich um ein Kissen in ihrem Schoß.

»Inga.« Sophie ging vor dem Sessel in die Hocke. Etwas hielt sie davon ab, die Freundin zu berühren, sie schien unter Hochspannung zu stehen.

»Meine Mutter …«, begann Inga, ohne jemanden anzusehen. »Ich weiß nicht, wie ich es euch sagen soll.«

Sophie nahm ihre Hand. »Sag es einfach.«

»Sie war auf der Fähre, als es passiert ist. Als Aaron ertrunken ist. Sie sagt, sie hat die Situation falsch eingeschätzt. Sie hat gedacht, er spielt Theater.«

Sophie brachte kein Wort heraus. Sie suchte Thies' Blick, doch er sah zu Boden.

»Glaubst du deiner Mutter?«, fragte sie.

Inga nickte.

Edith war verantwortlich. Edith war schuld.

Sophie spürte keine Wut. Auch keine Erleichterung darüber, endlich alles zu wissen. Nur den immer gleichen Schmerz.

ZWEI WOCHEN SPÄTER

SOPHIE

Sie hatten ihr Ritual wiederaufgenommen, am Morgen einen Kaffee zusammen zu trinken, bevor jede zur Arbeit aufbrach. Inga und sie. Wie früher.

»Für dich.« Inga stellte ein Einmachglas auf den Tisch, dessen Deckel mit einem rot-weiß-karierten Stoff und einer roten Schleife verziert war. »Rharbarberkompott mit Vanille.«

»Danke! Du kennst meine innersten Begierden.«

Inga lachte auf, doch der kurze Anflug von Fröhlichkeit verschwand gleich wieder aus ihrem Gesicht. Mit einem Seufzen ließ sie sich auf einen Stuhl fallen.

»Was ist los?«

»Es ist zum Verzweifeln. Auf einen Therapieplatz müssen wir ein halbes Jahr warten. Mindestens.«

»Ich weiß, das ist ganz normal. Und hier auf dem Land sowieso.« Sophie goss ihr Kaffee ein. »Wie geht es Jella denn heute?«

Inga hob die Schultern. »Schwer zu sagen. Beim Frühstück kam sie mir etwas lebhafter vor als in den letzten Tagen. Sie schien sich sogar auf die Schule zu freuen. Ihre Noten sind auch gut. Aber sie zieht sich nach wie vor zurück. Vor uns. Vor ihren Freundinnen.«

»Hat sie Mara noch mal erwähnt?«

»Nein.« Inga trank einen Schluck. »Sie hat wieder von dem Gesangsunterricht in Lüneburg angefangen. Das ist ein gutes Zeichen, meinst du nicht? Ich denke, wir melden sie da an. Sie kann mit dem Zug fahren. Und wenn es zeitlich passt, nimmt Bodo sie auf dem Rückweg mit.«

»Das klingt prima. Es wird ihr bestimmt Spaß machen.«

»Ich hoffe es. Und dass sie es nicht nur aus Ehrgeiz will, weil ihre Musiklehrerin sie für ein Ausnahmetalent hält.«

»Manchen Menschen macht es eben Spaß, ein Ausnahmetalent zu sein.«

Inga lächelte. Sophie hatte die Bemerkung als liebevollen Scherz gemeint, und genau so war sie bei Inga angekommen. Sie empfand keine Bitterkeit mehr Inga gegenüber. Keinen Neid. Sie hatte aufgehört, Vergleiche anzustellen. Sie hatte kein Kind mehr. Keine Familie.

Nur Thies.

Sie fingen gerade neu an. Ob gemeinsam oder getrennt, die Richtung konnte ein Lufthauch entscheiden. Sie wusste nicht, was sie sich wünschen sollte. Und sie wollte nicht darüber sprechen.

»Ich war gestern bei Edith«, sagte Inga. »Sie hat angerufen, ob ich für sie einkaufen könnte. Darf ich dir davon erzählen?«

»Natürlich.« Sophie wappnete sich innerlich. Schon Ediths Namen zu hören, deprimierte sie.

Inga seufzte. »Sie lässt furchtbar nach im Moment. Aus meiner Sicht dürfte sie die Arbeit auf der Fähre gar nicht machen, sie hat keine Kraft mehr. Aber sie ist so stur, es kommt mir vor, als ob sie sich quälen *will*. Als ob sie …« Inga zögerte. »Als ob sie damit etwas abbüßt.«

»Sagt sie das so?«

»Nein, sie sagt gar nichts. Es ist nur ein Gefühl.«

Sie schwiegen beide.

»Ich komme nicht darüber weg, was passiert ist«, sagte Inga.

»Ich auch nicht.«

»Sie muss damit leben. Mit ihren Schuldgefühlen. Mit dem Wissen, einen schrecklichen Fehler gemacht zu haben.«

»Und dein Vater?« Sophie wechselte bewusst das Thema. Sofort verspürte sie Erleichterung.

»Es geht ihm ganz gut. Ich glaube, er könnte sogar nach Hause.«

»Wirklich? Aber das ist doch toll.«

»Ja, aber er will nicht. Seine Pflegerin hat so was angedeutet. Mama und er ... ich vermute, sie haben Angst, wieder aufeinander zu hocken. Sie ersticken an all dem Ungesagten.« Inga stellte die Tasse ab. »Und ich auch. Es macht mich wahnsinnig, wie in meiner Familie alles totgeschwiegen wird.«

Inga tauchte eine Weile in ihre Gedankenwelt ab, und Sophie ließ sie in Ruhe.

»Ich muss oft an Mara denken«, sagte Inga unvermittelt. »Sollte ich sie suchen? Im Moment kann ich es mir nicht vorstellen. Aber wenn es Jella irgendwann besser geht? Vielleicht könnte ich hinfahren. Nach Kopenhagen. Sie zurückholen.«

»Ich denke nicht, dass Mara hier sein will. Edith hat sie doch zu sich eingeladen. Sie ist trotzdem gegangen.«

»Ich glaube, das ist meine Schuld«, brach es aus Inga heraus. »Vielleicht hat sie darauf gewartet, dass *ich* es sage. Dass sie bleiben soll. Ich wünschte, ich könnte die Zeit zurückdrehen.«

Sophie beugte sich über den Tisch und nahm sie in den Arm. Inga lehnte ihren Kopf an Sophies Schulter. »Ich bin einfach nur froh, dass wir beide uns wiedergefunden haben«, murmelte sie.

»Das bin ich auch.«

Inga sah sie an, mit diesem neuen Blick, den Sophie früher nie an ihr gesehen hatte, als Inga noch die ewig Besonnene, Selbstsichere gewesen war: Zweifel und Schmerz lagen jetzt darin.

»Wir haben nur über mich geredet, über meine Familie«, sagte Inga. »Wie fühlst *du* dich heute? Wie geht es mit Thies?«

Sophie hob die Schultern. »Er will Aarons Zimmer leer räumen.«

»Ehrlich, Sophie. Ich verstehe ihn. Ihr könnt nicht ewig so weitermachen.«

Sophie dachte an Thies' Worte auf dem Deich. *Irgendwas müssen wir tun.*

»Kannst du vielleicht etwas für die Bibliothek gebrauchen? Ich meine, von Aarons Sachen?«

Inga sah sie überrascht an. »Bestimmt.«

»Die ganzen Bücher. Er hat auch Spiele. Und so einen Verkehrsteppich.« Sophie brach ab und schluckte. Nun hatte sie etwas in Gang gesetzt und wusste gar nicht, ob sie es ertragen konnte.

»Oh Mist, ich muss los.« Inga stand auf. »Wenn du willst, sehen wir uns das gemeinsam an. Gleich heute Abend?«

»In Ordnung.«

Sophie sah ihr hinterher, wie sie über den Hof lief, ins Auto stieg und wegfuhr.

Sie setzte sich. Sah nicht auf die Uhr. Dann nahm sie eben einen Zug später. Thies war noch im Bett, seine Schlafstörungen hatten nachgelassen, und sie weckte ihn morgens nicht auf.

Sie zog die Schleife und das karierte Tuch vom Deckel der Marmelade. Stellte sich vor, die Fingerkuppe hineinzutauchen und sie dann abzulecken, schon bei der Vorstellung des süßen, fruchtigen Geschmacks lief ihr das Wasser im Mund zusammen. Das strenge Gesicht ihrer Mutter tauchte vor ihrem inneren Auge auf. Mit dem Finger? Undenkbar. Nicht mal mit dem Frühstücksmesser. Es gab spezielle Löffel mit einem langen schlanken Stiel, die Mama in jedes einzelne Marmeladenglas auf dem Frühstückstisch steckte.

Sophie umfasste den Verschluss und drehte, doch er ließ sich keinen Millimeter bewegen. Sie stand auf, öffnete die Besteckschublade und kramte in dem Fach mit dem Sammelsurium an Teelöffeln. Sie suchte nach einem Exemplar mit einem flachen und dennoch massiven Stielende, das sie unter den Deckelrand schieben konnte, um den Unterdruck im Inneren entweichen zu lassen. Ein Löffel kam zum Vorschein, den sie sehr lange nicht gesehen hatte. Von dem sie nicht gewusst hatte, dass er noch existierte.

Aarons Löffel.

Sie nahm ihn heraus. Er war asymmetrisch geformt, der Löffel selbst bog sich zur Seite wie ein zerlaufenes Spiegelei, und auch der breite robuste Griff verlief in einem Bogen. Ein Teddybär war dort eingraviert. Ein Messer und eine Gabel hatten auch zu dem Besteck gehört. *Das Richtige für eine ungeübte Kleinkindhand*, hatte die Verkäuferin ihr und Thies damals erklärt, *ergonomisch das einzig Vertretbare.* Thies und sie hatten sich über ihren heiligen Ernst lustig gemacht, kaum dass sie den Laden verlassen hatten. Mit dem Besteck in der Tasche.

Aaron hatte nie damit gegessen, mit diesem ergonomischen Löffel mit dem niedlichen Bärchen darauf. Das Ding flog unter den Tisch, und er streckte sein Ärmchen nach Sophies großem Löffel aus. Seinen Brei aß er fortan mit Erwachsenenbesteck. Während Jella und vor allem Lasse Meister darin gewesen waren, den Essplatz um sich herum zu verwüsten, aß Aaron ohne zu kleckern, ohne zu schmieren oder etwas auf den Boden fallen zu lassen. Inga war voller Bewunderung gewesen und hatte Sophie gefragt, wie sie ihn dazu gebracht hatte, so manierlich zu sein. Und Sophie hatte stolz erklärt, dass er das von ganz allein konnte. Inga hatte sie so ungläubig angestarrt, dass sie verpasste, wie Lasse eine mit Nutella beschmierte Brötchenhälfte an die Kaffeekanne klebte.

Es war eine Freude für sie und Thies gewesen, Aaron am Tisch zu beobachten. Gab es eine seiner Lieblingsspeisen, schien er nichts anderes wahrzunehmen. Sophie liebte diesen kostbaren Moment der Erinnerung. Wie Aaron sich auf das Schmecken konzentriert hatte, mit halb geschlossenen Augen. Wie sehr er es genoss.

Sie legte den Kinderlöffel auf den Tisch. Hatte Thies ihn bewusst aufgehoben? Der Edelstahl sah blank aus, als habe ihn jemand poliert, die runden Linien des Bärchens schimmerten. Wo war der Rest des Bestecks geblieben? Sie konnte sich nicht erinnern.

Es war auch nicht von Bedeutung.

Sie nahm Aarons Löffel, schob den Stiel unter den Marmeladendeckel und hörte mit einem sanften Ploppen den

Unterdruck entweichen. Jetzt ließ sich das Glas ohne Kraftanstrengung öffnen. Sie ließ den Bärchenlöffel wieder in der Schublade verschwinden, unter den anderen Teelöffeln.

Das Kompott schimmerte hellrot, mit saftigen Rhabarberstücken darin. Sophie tauchte den Finger hinein und leckte ihn ab.

Sie musste niemandem mehr gehorchen. Und für niemanden mehr ein Vorbild sein.

Aus der oberen Etage drangen Geräusche zu ihr, Schritte auf den Holzdielen, die Schranktür knarrte. Thies war wach.

Sie ging nach oben, an der Tür zu Aarons Zimmer vorbei, die nach wie vor offen stand. Thies wandte sich um, als sie ins Schlafzimmer trat. »Du bist noch da?«

»Ich wollte dir sagen, dass ...«

Er schloss den Schrank.

»Ich weiß, wir können das schaffen. Zusammen.«

Er setzte sich aufs Bett, sah sie nicht an. »Wieso weißt du das? Und ich nicht?«, fragte er schließlich.

Sophie hätte ihn gern berührt. Aber das ging nicht.

»Wir sehen uns heute Abend«, sagte sie und verließ das Zimmer.

▲▼▲

Als sie aus dem Labor zurückkam, war Thies nicht da. Aber Inga tauchte sofort auf, als hätte sie gewartet.

Gemeinsam betraten sie Aarons Zimmer. Inga nahm nacheinander ein paar Bücher aus dem Regal. »Die sind ja in perfektem Zustand.«

Sophie bemerkte ihre Seitenblicke: Inga versuchte,

sehr vorsichtig zu sein, sie wollte Sophie auf keinen Fall überrumpeln.

»Sophie? Wir müssen es nicht jetzt …«

»Nein, schon okay«, unterbrach Sophie sie. »Ich will das erledigen, bevor Thies nach Hause kommt. Ich hole nur schnell was zum Verpacken aus dem Keller.«

Schon bald luden sie erste Kartons in Ingas Auto, das mit geöffnetem Kofferraum vor Sophies Haustür stand.

Jella bog von der Straße um die Ecke.

»Hallo mein Schatz«, rief Inga. »Wie war es beim Chor?«

»Schön.« Sie blieb stehen. »Was macht ihr da?«

»Wir sortieren Aarons Sachen, ich nehme sie mit in die Bücherei.«

»Darf ich helfen?«

Inga zögerte. »Was ist mit Hausaufgaben?«

»Hab ich fertig.«

Inga und Sophie wechselten einen Blick.

»Lieb von dir«, sagte Sophie.

Jella ging ins Haus.

»Das ist wohl eher keine gute Idee.« Inga schaute ihr nach. »Ich hatte gerade das Gefühl, dass sie nicht mehr so viel an ihn denkt.«

Sophie folgte Jella die Treppe hoch. Das Mädchen stand mit dem Rücken zu ihr mitten in Aarons Zimmer. »Die Steine. Nimmt Mama die auch mit?«

»Nein. Damit kann sie nichts anfangen.«

Jella drehte sich zu ihr um. »Wir müssen sie zurückbringen. Sie gehören zum Fluss.«

THIES

Sein Findling verschwand unter den Flechten und dem Moos, es gab kaum noch eine freie Stelle. Er hatte sich angewöhnt, mit den Fingerspitzen über die pelzigen Schichten zu streichen. Krümelig trocken die Flechten, weich das Moos, vollgesogen mit Feuchtigkeit.

Auf dem Zufahrtsweg zur Fähre war einiges los. Touristen und Anwohner kamen an, fuhren ab. Pausenlos kreuzte das Boot zwischen den Ufern. Im Führerhaus stand Edith.

Thies wusste das, obwohl er nicht hinsah. Der milde Wind trug Gesprächsfetzen zu ihm hinüber. Ediths Stimme war manchmal dabei.

Sein Kopf fühlte sich ausnahmsweise klar an. Aufgeräumt. Sein Verstand hatte das, was sie über Ediths Rolle bei Aarons Tod erfahren hatten, verarbeitet und akzeptiert. Als eine Verkettung unvorhersehbarer, unglücklicher Ereignisse.

Seine Gefühle hingegen waren nicht so leicht zu bändigen. Sie kamen, wann sie wollten, wild und heftig überfielen sie ihn aus dem Nichts. Er stand unter der Dusche und verspürte plötzlich einen solchen Hass auf Edith, dass es ihm die Luft abschnürte. Genauso unvermittelt konnte ihn Mitleid mit ihr ergreifen. Er hätte nicht mit ihr tauschen wollen. Von dieser Sache würde sie sich nie wieder befreien können.

Er hörte Stimmen, doch diesmal aus der anderen Richtung, von dem Fußpfad, der zu seinem Hof führte. Er drehte sich um. Sophie und Jella näherten sich, zu zweit trugen sie einen schweren Korb. Thies erkannte ihn, er wusste, was sich darin befand.

Sie stellten ihre Last in der Nähe der Wasserlinie ab. Er ging auf die beiden zu. »Was habt ihr vor?«

»Das Zimmer ist leer. Wie wir es gewollt haben.«

Thies registrierte die Formulierung. *Wir*, nicht *du*.

»Hallo Jella, wie schön, dich zu sehen«, sagte er.

Das Mädchen lächelte.

»Jella meint, die Steine sollen dahin zurück, wo die Kinder sie mitgenommen haben.« Sie vermied es, Aarons Namen zu nennen, ob aus Rücksicht auf Jella oder aus einem anderen Grund, konnte Thies nicht sagen.

»Gute Idee.« Er stieß versehentlich mit dem Fuß an den Korb, die Steine klackten gegeneinander.

Das Geräusch löste einen jähen Schmerz in ihm aus. Er hatte es oft gehört, wenn er sein Ohr an Aarons Tür gelegt, sich gefragt hatte, was sein Sohn dahinter tat. Er las nicht, er spielte nicht mit den Legosteinen, die noch originalverpackt im Regal lagen. Diese Steine waren ihm das Liebste gewesen.

Jella stand reglos da. Sophie nahm einen der Kiesel aus dem Korb. Ihre Schultern sanken herab, sie blieb mit dem Rücken zu ihnen stehen und blickte auf die Elbe.

»Sophie. Lass Jella und mich das machen«, sagte Thies.

»Okay.« Sophie wandte sich ab und ging. Er hatte gesehen, dass sie weinte.

Jella nahm einen Stein. Warf ihn ins Wasser. Nahm den nächsten. Und noch einen.

Thies schloss die Augen und konzentrierte sich auf das Geräusch, auf den Moment, wenn ein Stein die Wasseroberfläche zerschlug und vom Fluss verschluckt wurde. Jedes Mal ein Platschen und ein dumpfer Widerhall.

Irgendwann hörte es auf. Nur der Motor der Fähre brummte aus der Ferne.

Thies blickte auf. Der Korb war fast leer. Jella hatte sich auf den Boden gehockt und hielt ihre Knie mit den Armen umschlungen. Als er einen Schritt auf sie zu machte, stand sie auf und bückte sich nach dem nächsten Stein.

»Lass nur. Lauf nach Hause.« Thies berührte ihre Schulter. »Den Rest mache ich.«

Er nahm ihr den Stein aus der Hand. Er hatte die gleiche Größe und Farbe wie der, den Aaron ihm einmal geschenkt hatte. Ob es dieser hier war? Oder ob der sich noch in seinem Arbeitszimmer befand? Vielleicht versank er auch längst im Schlamm der Elbe.

Er wartete, bis Jella um die Wegbiegung verschwunden war. Wenige Steine waren übrig. Er zählte sieben, mit dem, den er in der Hand wog. Er holte aus, um ihn zu werfen. Sein Arm sank herab.

Sophie und er begannen ein neues Leben ohne Aaron. Sie brauchten den leeren Raum, Luft zum Atmen. Aber diese paar Steine sollten sichtbar bleiben.

Thies lief am Ufer entlang und ließ die Steine nach und nach in den Sand fallen. Schon nach wenigen Augenblicken konnte er sie nicht mehr von ihren Artgenossen unterscheiden.

▲▼▲

Der Motor der Fähre war irgendwann verstummt, ohne dass Thies es bemerkt hatte. Edith verließ gerade das Boot, sie ging gebeugt. Sie gab kaum eine bessere Figur ab als der alte Hund hinter ihr. Sie sah nicht zu Thies hinüber.

Er kehrte zurück zu seinem Findling und setzte sich. Der Fluss murmelte. *Macht dir die Stille Angst?*

Nein, dachte Thies und ließ den Blick mit der Strömung wandern. *Ich weiß genug über die Stille.*

Edith gab Joschi einen sanften Schubs, und die Hündin trottete auf die Wiese, noch langsamer als sonst.

Wenn Thies die beiden so sah, empfand er keinen Hass. Edith hatte einen fatalen Fehler begangen, aber wäre er denn jederzeit dagegen gefeit, eine Situation falsch einzuschätzen? Er war für den Bruchteil einer Sekunde am Steuer seines Autos eingeschlafen, ein paar Wochen nach Aarons Tod, als er Nacht für Nacht wach gelegen hatte. Hatte einfach unterschätzt, wie müde er gewesen war. Als ein Adrenalinstoß ihn aufschrecken ließ, hatte er sich bereits halb auf der Gegenfahrbahn der Landstraße befunden. Was, wenn er damals einen tödlichen Zusammenprall verursacht hätte?

Ediths Abneigung gegen Aaron hatte das Geschehen beeinflusst. Wäre Lasse der Junge im Fluss gewesen, wäre sie ihm in Panik zu Hilfe geeilt.

Thies glaubte Inga und Bodo, dass Edith unter Schuldgefühlen litt. Sie fühlte sich verantwortlich. Sie war zur Polizei gegangen und hatte eine Aussage gemacht. Nun lief ein Gerichtsverfahren gegen sie. Am Ende würde genau das herauskommen, was Thies' Verstand längst akzeptiert hatte. Edith war nicht schuld an Aarons Tod.

Eine Möwe schwebte über die Wiese und ließ sich von

einer warmen Brise zum Fluss tragen. Die Hündin war stehen geblieben. Ihre Hinterläufe knickten ein, und sie legte sich auf die Seite.

Thies beobachtete, wie Edith zu ihr ging. Sie blieb vor dem Tier stehen. »Auf, Joschi!«

Die Hündin hob den Kopf ein paar Zentimeter an und ließ ihn wieder ins Gras sinken.

»Steh auf!«

Joschi gehorchte nicht.

»Joschi! Hoch mit dir! Sofort!« Edith schrie jetzt fast, ihre Stimme bebte. »Steh auf! Joschi!«

Thies erhob sich. Langsam ging er auf Edith zu, die immer noch Befehle brüllte. Sie bemerkte ihn erst, als er neben ihr stand, und er sah ihr von Schmerz und ohnmächtiger Wut verzerrtes Gesicht.

»Sie will nicht hören«, brachte sie hervor.

Er beugte die Knie und streichelte über Joschis Flanken. Die Haut unter dem dünnen Fell fühlte sich heiß an. Die Hündin hielt die Augen weit offen, ihr Blick irrte umher, fokussierte sich kurz auf ihn, als er sie berührte, flackerte dann weg, in die Ferne.

Langsam richtete er sich auf. »Du musst sie einschlafen lassen.«

Er sah Edith nicht an, aber er spürte, wie sie erstarrte. Sie schien nicht mehr zu atmen. Thies blieb neben ihr stehen, bis die Augen der Hündin blind wurden.

▲▼▲

Als Inga eintraf, trug Thies die tote Hündin zu ihrem Wagen.

Er entschied sich, noch draußen zu bleiben, lief einen Bogen um den Ort, nahm die Straße zum Wald. Dort verließ er den Wanderweg, lief über das weiche Moos. Es war still, bis auf das leise Knacken von Zweigen, die unter seinen Füßen zerbrachen.

Er hörte auf seinen inneren Kompass und war dankbar, dass er ihn nach so langer Zeit wieder spürte. Er lenkte ihn zu Maras Laube.

Seit der letzten Begegnung mit ihr war er nicht dort gewesen. Nun lag die Hütte vor ihm. Nichts schien sich verändert zu haben. Die Farbe blätterte von den Wänden, der schmale Fußpfad bis zur Tür wucherte zu. Der Ort wirkte verlassener als je zuvor.

Er drückte die Türklinke herunter und trat ein. Es war dunkel und kühl im Inneren. Er durchquerte den Wohnraum und betrat Maras Schlafzimmer, das ohne sie nur eine schäbige Rumpelkammer war. Wie oft war sie weggegangen und hatte solche Räume zurückgelassen, trostlos und entzaubert?

Thies setzte sich auf den Stuhl, vor die fleckig-graue Matratze. Er hörte Maras Stimme, sie wehte von draußen herein, aus dem verwilderten Garten, in dem sie im Regen getanzt hatte. *Nichts wie weg hier, ich suche mir ein anderes Zimmer.*

Er hatte ihre Worte an ihrem ersten Abend auf dem Hof nicht vergessen, vor dem Essen mit Sophie, als er Mara durch das Haus geführt hatte.

Du veränderst etwas. Und damit verändert sich deine Sicht auf die Dinge.

Sie war nur für ein paar Wochen hier gewesen, aber sie hatte Farben in sein Leben gebracht wie der blühende Flieder. Er hatte sich lebendig gefühlt.

Veränderung. Er sehnte sich danach. Aarons Zimmer war nun leer. Er hatte Sophie mit seinem Wunsch überrumpelt, gespürt, dass sie noch nicht so weit war. Und trotzdem war sie es gewesen, die gehandelt hatte. Sie hatte auch den ersten Stein aufgehoben. In diesem Moment hatte er die alte Verbundenheit zu ihr wieder gespürt. Doch dann war sie weggegangen, und das Gefühl war verschwunden.

Er stellte sich das Zimmer vor. Was sollte damit geschehen? Womit füllten sie es? Es konnte zu einer Gefahr für sie beide werden. Wünsche und Erwartungen würden Einzug halten, Hoffnungen, die vielleicht nicht in dieselbe Richtung gingen. Und gleichzeitig lauerten die Verletzungen, die unausgesprochenen Vorwürfe in jedem Winkel des Hauses. Er hatte nicht die Kraft, sie abzuwehren. Er sah sich auf dem Findling am Ufer sitzen, während die Elbe an ihm vorbeifloss, ein niemals endender grauer Strom. Etwas regte sich in seinem Inneren, es fühlte sich an wie Wut. So würde er nicht weiterleben.

Was würde Mara an seiner Stelle tun?

Er war noch nie weggegangen, ohne zu wissen, wohin. Vielleicht ergab sich das Ziel von selbst, wenn man sich einfach auf den Weg machte. Er sehnte sich danach, mit Mara zu sprechen. Wenn es jemand wusste, dann sie.

Die Vorstellung, Sophie alleinzulassen, tat weh. Aber sie konnten sich nicht gegenseitig retten. Jeder musste für sich einen Weg finden, weiterzumachen.

Thies trat aus der Hütte und schloss die Tür. Kein

Lufthauch bewegte die Hitze, und alles Leben im Wald schien in schattigen Höhlen zu verharren, bis die Dämmerung kam.

▲▼▲

Als er den Hof erreichte, hörte er laute Stimmen. Bodo und Lasse spielten Fußball auf der Wiese, sie hatten das schiefe, verrostete Tor aus dem Schuppen geholt und notdürftig geflickt.

Bodos Gesicht war gerötet, er rang keuchend um Atem. »Thies! Komm her, lös mich ab, ich breche sonst zusammen!«

Thies winkte ihm nur zu und ging ins Haus. Sophie war noch nicht von der Arbeit zurück. Aarons Tür war wieder geschlossen. Es fühlte sich an wie eine Bestätigung.

Er holte eine Reisetasche vom Speicher und legte Hosen, T-Shirts und Unterwäsche hinein. Es war merkwürdig, zu packen, ohne den Zeitraum der Reise zu kennen. Immerhin, ein Ziel kristallisierte sich heraus.

Als er sich umwandte, sah er Sophie. Sie stand in der Tür, wie lange schon, konnte er nicht sagen. Durch das offene Fenster strömte Wärme herein, brachte den Duft von Blüten und Bodos und Lasses Stimmen mit. Er bemerkte auch das erst jetzt.

Er zog den Reißverschluss der Tasche zu, ließ sie auf dem Bett liegen. Als er sich Sophie näherte, wich sie zurück, es war nur eine winzige, fast unmerkliche Bewegung, doch sie war ihm nicht entgangen.

»Ich muss es versuchen«, sagte er.

Sie fragte nicht, was er damit meinte, und er war ihr dankbar dafür. Er hätte keine Antwort gewusst.

»Ich melde mich.«

Er zögerte, dann nahm er sie in die Arme, rechnete damit, dass sie ihn abwehrte. Doch sie ließ es zu.

»Ich melde mich, wenn ich angekommen bin.«

EINE WOCHE SPÄTER

SOPHIE

An Jellas Geburtstag hatte der Sommer endgültig Einzug gehalten. Das Fest war Ingas Idee gewesen. Sie hatte sie alle überreden müssen, war aber hartnäckig geblieben.

Jellas Freundinnen waren gekommen. Sie kühlten sich unter dem Strahl des Rasensprengers ab, den Bodo auf der Wiese aufgestellt hatte. Sophie beobachtete die Mädchen, drei sprangen kreischend durch das kalte Wasser wie Kinder, während sich Jella und ihre Freundin Isabell damenhaft neben dem Gerät platziert hatten und abwechselnd ihre nackten Arme und Beine beregnen ließen.

»Die Tafel reicht so nicht für alle«, rief Inga aus dem Küchenfenster. »Ich glaube, im Schuppen ist noch ein Biertisch. Lasse soll mal nachsehen!«

Sophie sah sich nach Lasse um, er hockte mit einem Freund auf der Bank bei der Eiche. Sie steckten die Köpfe zusammen und schauten auf ein Handydisplay, sichtlich bemüht, die Mädchen zu ignorieren und gleichzeitig möglichst cool auszusehen.

Sophie musste lächeln, ging dann selbst in den Schuppen und holte den Tisch. Ihr Blick fiel auf Thies' Gartengeräte, seinen Spaten an der Wand, an dem noch Erdklumpen hingen.

Seit er abgereist war, hatte er sich nicht mehr gemeldet, und sie versuchte es nicht auf seinem Handy. Sie wusste, es würde abgeschaltet sein.

Inga und Bodo sorgten dafür, dass sie kaum Zeit allein verbrachte. Mit Inga trank sie ihren Morgenkaffee unter der Eiche, dort saßen sie auch nach Feierabend, und Inga bestand fast jeden Abend darauf, dass Sophie mit ihnen aß. War sie nicht gerade im Labor, fand das Leben draußen statt. Über Thies sprachen sie nicht. Sie war den Freunden dankbar dafür und gab sich Mühe, sich ihre Traurigkeit nicht anmerken zu lassen.

Bodo fuhr auf den Hof, auf dem Beifahrersitz saß Edith. Es war zu spät, sich ins Haus zurückzuziehen. Sie musste sich darauf einstellen, Edith zu begegnen.

Vor einigen Tagen war Edith abends zu ihr gekommen und hatte sie um Verzeihung gebeten. Thies war schon abgereist gewesen. Das Gespräch hatte nicht lange gedauert, weil sie beide mit den Tränen kämpften, aber Sophie hatte ihre Entschuldigung angenommen.

Natürlich hatte Inga sie zu dem Fest eingeladen, es war der Geburtstag ihrer Enkelin, und das Leben musste ja weitergehen. Edith war Ingas Mutter. Sie mussten miteinander klarkommen.

Aber Inga hätte sie vorwarnen können, dass Bodo mit Edith im Anmarsch war. Was machte Inga überhaupt so lange im Haus? Auch Bodo war verschwunden.

Edith kam auf Sophie zu. Es war ein ungewohnter, irgendwie unvollständiger Anblick: Die Fährfrau ohne die alte Hündin. Sie begrüßten sich auf eine knappe und ernste Weise, dann ging Edith zu den Mädchen weiter, umarmte ihre Enkelin.

Inga kam eilig aus dem Haus. »Es hat doch geklappt! Ich habe eine Nachricht von der Psychologin, Jella kann schon ab nächster Woche zur Therapie kommen!«

»Wie toll, das freut mich.«

Inga ließ sich neben sie auf einen Stuhl fallen. »Ich bin so erleichtert. Ich glaube, Jella ist auf dem Weg der Besserung. Ich wünsche mir so sehr, dass unser Leben wieder normal wird.« Sie wandte den Kopf, Edith näherte sich. »So normal wie möglich jedenfalls«, fügte sie leiser hinzu.

Bodo kam mit Sekt und Gläsern. »Auf die Nachricht müssen wir anstoßen. Und überhaupt, auf den herrlichen Sommertag.«

»Für mich nichts«, sagte Edith.

»Dürfen wir ein bisschen zum Fluss?«, rief Isabell vom Rand der Wiese herüber.

Sophie sah den skeptischen Blick, den Inga und Bodo wechselten. Auch Jella schien nicht begeistert von dieser Idee, sie wirkte angespannt, hielt etwas Abstand zu den Mädchen.

»Oh bitte! Wir gehen nicht baden, versprochen. Nur ein bisschen mit den Füßen rein, zum Abkühlen«, sprang Emma ihrer Freundin bei.

Bodo richtete sich auf. »Na gut. Aber in einer halben Stunde seid ihr wieder da. Und ihr nehmt die Jungs mit.«

Ein lautes kollektives Stöhnen war die Antwort, doch sie zogen von dannen, Lasse und seinen Freund im Schlepptau. Es wurde viel gekichert. Jella drehte sich noch mal zu ihren Eltern um.

»Los komm, Jella!«, rief Isabell. Jella wurde in die Mitte genommen und untergehakt. Alle verschwanden gemeinsam um die Wegbiegung, ihre Stimmen wurden leiser und verklangen.

Edith stand auf. »Ich geh hinterher.«

»Danke, Mama«, sagte Inga.

Sie und Bodo sprachen über Jellas Therapie, über Organisatorisches, die Fahrten nach Lüneburg. Sophie hörte nicht wirklich zu. Sie spürte die Wirkung des Alkohols und entspannte sich. Vielleicht würde es ihr gelingen, sich ablenken zu lassen, dank ihrer Freunde, dank Jellas Feier. Sie nahm die Flasche und schenkte allen nach.

Inga sagte gerade irgendetwas, das Bodo zum Lachen brachte. Sophie tat so, als habe sie den Scherz mitbekommen, und versuchte ebenfalls ein Lächeln.

»Sophie.« Inga hatte es bemerkt. »Kann ich irgendwas für dich tun?«

»Hat er sich gemeldet?«, fragte Bodo unvermittelt.

»Nein.«

»Ich finde, das reicht langsam. Er geht zu weit.«

»Was denkst du, wo er hingefahren ist?«, fragte Inga. »Nach Christiania?«

Sophie hob nur die Schultern. »Vermutlich.«

»Meinst du, er bleibt da? Für länger?«

Sophie seufzte lautlos. Das Thema Thies war die ganze Zeit ausgeklammert worden, doch nun, wo Bodo ihn plötzlich erwähnt hatte, brachen die Dämme. Sie verstand es ja. Auch die beiden machten sich ständig Gedanken. Sorgen um Sophie. Und genauso um Thies.

»Immer noch besser, als wenn er hier wäre und wieder in diese Verzweiflung abgleitet.«

Bodo stand abrupt auf und ging ins Haus. Sie sahen ihm beide hinterher.

»Er kommt nicht damit klar«, sagte Inga. »Thies bedeutet ihm viel. Er fühlt sich so ohnmächtig.«

Sie tranken schweigend.

Sophie ließ den Blick über den Gemüsegarten schweifen. Der Eichblattsalat reckte sich ins Licht. Thies hatte auch ein Erdbeerbeet angelegt, und sie meinte, schon winzige Früchte zu erkennen.

»Ich verstehe Thies auch nicht.« Inga drehte ihr Glas in den Händen. »Du hast gemacht, was er wollte: die Sachen weggegeben. Du hast das für euch beide getan. Warum ist er trotzdem gefahren?« Sie zögerte. »Sophie. Was machst du, wenn er nicht zurückkommt?«

Sophie dachte an das Haus, in dem es so still war. An das leere Zimmer. Irgendwann würde eine neue Familie einziehen. Kinder würden dort aufwachsen. Vielleicht schon bald. Von ihr und Thies würde nichts bleiben.

»Verzeih mir, das hätte ich nicht fragen sollen.«

»Schon gut.« Sophie stand auf, etwas zu schnell, wie sie an dem leichten Schwindel im Kopf merkte. »Der Sekt macht so müde. Ich glaube, ich brauche ein halbes Stündchen für mich.«

»Leg dich ein bisschen hin«, meinte Inga liebevoll.

Sophie ging ins Haus, die Luft zwischen den alten Steinmauern fühlte sich kühl an. Sie nahm eine Wolldecke und legte sich im Wohnzimmer aufs Sofa, den Blick auf das Armband auf dem Tisch, auf den Lapislazuli-Stein gerichtet. Sein Blau schien die beherrschende Farbe im Raum zu sein.

Als sie aufwachte, hatte sich das Licht verändert. Die Sonne war untergegangen. Sie kam sich vor wie betäubt. Wie lange hatte sie geschlafen?

Vom Hof drangen Stimmen bis zu ihr. Die Kinder waren vom Fluss zurück. Lasse rief etwas. Inga lachte laut auf. Sophie ging in die Küche. Was sie aus dem Fenster sah, wirkte wie ein Standbild aus einem Film. Die Dämmerung hatte eingesetzt, und Kerzen brannten auf der jetzt festlich eingedeckten Tafel. Weiße Tischtücher, Sommersträuße aus Pfingstrosen, Ranunkeln und Rittersporn, Luftballons in knallbunten Farben an den Lehnen der Stühle. Alle aßen. Jella mit ihren Freundinnen und den Jungs an einem Ende des Tisches, die Erwachsenen am anderen. Inga strahlend in der Mitte. Sophie hatte ihre Freundin lange nicht mehr so glücklich gesehen.

Sie sah sich selbst mit an der Tafel sitzen, in das Lachen einstimmen. Eine Welle von Ingas Glück erfasste auch sie. Sie gehörte dazu. Sie wollte nirgendwo anders leben als hier.

Sophies Träumerei riss ab, als die Gespräche draußen verstummten. Zuerst war es nur Bodo, der in Richtung der Einfahrt blickte, nun wandten sich Inga und Edith dorthin um, und schließlich auch Jella. Scheinwerfer blendeten auf. Ein Taxi fuhr auf den Hof.

DIE TAGE ZUVOR

THIES

Kopenhagen war der Ort für tiefblaue Sommertage. Während sich in anderen Großstädten Hitze und Abgase zwischen den Gebäuden stauten, wehte hier ein erfrischender Wind über die weiten Plätze, und in den Kanälen und Wasserbecken wurde gebadet, mitten in der City.

Es war das erste Mal seit vielen Jahren, dass er ohne Sophie oder eine Schulklasse unterwegs war.

Zunächst hatte er ein paar Tage auf einer winzigen Insel im Norden Dänemarks verbracht, die kaum Übernachtungsmöglichkeiten bot und nur von wenigen Touristen besucht wurde. Eine lähmende Müdigkeit hatte ihn dort direkt nach seiner Ankunft überfallen, und er war zu nicht viel mehr in der Lage gewesen, als endlos zu schlafen und am Meer entlangzulaufen. Die Insel war wild und unberührt, die Strände bewachsen mit Disteln und Meersenf. Angeschwemmte Algen verwandelten sich unter der drückenden Sonne in faulige schwarze Teppiche. Auf dem grobkörnigen Sand, zwischen den Steinen, fand er das Skelett eines Schweinswals.

Er sprach mit keinem Menschen.

Sophie hatte nicht versucht, ihn anzurufen. Sie kannte ihn wie niemand sonst. Trotzdem fühlte er sich bei jedem Schritt, als könne sie ihn beobachten. Als spiele er eine Rolle in einem Film. Er war die Hauptfigur, von der eine wichtige Entscheidung erwartet wurde, die nicht nur sein Leben, sondern auch das seiner Nächsten maßgeblich bestimmen würde. Der Druck nahm zu.

Er war sich bewusst, was er riskierte. Eine Frau wie Sophie würde er nicht noch einmal finden. Sie hatte für ihn das Leben aufgegeben, in das sie hineingeboren worden war. Hatte die Erwartungen ihrer Eltern enttäuscht und ihn geheiratet. Einen unbedeutenden Lehrer aus der Provinz mit einer Vergangenheit als politischer Aktivist.

Sophie hatte immer genau gewusst, was sie wollte. Und dann waren sie ihre eigene Familie geworden.

Auf seinen einsamen Wanderungen kam die Erinnerung an Aaron zurück. Die Gedanken streiften Thies wie Nesseln von Feuerquallen, wenn er nackt im Meer schwamm. Brennend und schmerzhaft. Er wollte sich von der Vergangenheit befreien und kam nicht von der Stelle, egal, wie weit er lief.

Er ließ die Insel hinter sich. Mit dem Gefühl, zu scheitern.

Hier in Kopenhagen war er in die Menschenmengen eingetaucht. Er tat alles, um sich abzulenken. Er sprach mit Kellnern, mit Bäckerinnen, mit Passanten, dem Mitarbeiter am Hotelempfang. Ging in Museen, trieb im Strom der Touristen die Uferpromenade entlang bis zur Kleinen Meerjungfrau.

Er kam allein nicht weiter. Er brauchte Mara.

Auch Christiania betrat er umgeben von anderen Menschen, mehrere Busladungen mussten es sein. Er hatte sich für den Nachmittag entschieden, er wollte, dass es dort voll war. Nur nicht zu früh aus der Deckung kommen. Er ließ sich von der Menge in die Pusher Street schieben, die immer noch aussah wie früher: eine bunte, verrückte Einkaufsmeile. Über ihm hingen ausgeblichene tibetische Gebetsfahnen und Lampions an Wäscheleinen. Überall Fahnen, Wimpel, T-Shirts, Postkarten mit dem Wappen der Freistadt: Drei gelbe Punkte auf rotem Grund.

Die einzelnen Verkaufsstände waren im Gedränge schwer auszumachen, Reggae-Mützen in schrillem Grün, Gelb und Rot leuchteten ihm entgegen. Es gab gemusterte Tücher und indischen Schmuck, Milchshakes und Currywurst. Überall an Masten und in den Ästen der Bäume hingen Fotografieren-verboten-Schilder.

Thies war so sicher, dass Mara hier war, er hatte sich die Begegnung mit ihr so oft ausgemalt, dass er keinerlei Überraschung verspürte, als er sie entdeckte, ihr dunkles Haar, nur ein paar Meter entfernt. Sie stand mit dem Rücken zu ihm und beugte sich über einen Tisch. Er wusste, was sie dort verkaufte, er sah den Schmuck vor seinem inneren Auge. Und genauso ihr Gesicht, wenn sie sich gleich umdrehte, ihn erkannte, begriff, dass er es war, zwischen den Fremden.

Ihre Lippen formten sich zu einem erstaunten Ausruf, als er sich näherte, doch er hörte keinen Laut, sie streckte nur die Arme aus, bis er endlich bei ihr war. Sie zog ihn zu sich heran und küsste ihn, fordernd diesmal, ihr Mund öffnete sich, ihre Zunge liebkoste ihn. Durch den dünnen Stoff ihres Kleides spürte er ihre Brüste. Den Lärm, das Gedränge um ihn herum nahm er nicht mehr wahr. Ihr Atem, nah an seinem Ohr, war das einzige Geräusch, das er hörte.

»Hej! Giv agt!« Etwas Hartes rammte sich in Thies' Seite.

Er riss die Augen auf. Er stand noch an derselben Stelle wie zuvor. Allein.

»Watch out!« Zwei Männer trugen eine Leiter durch die Menschenmenge, eine Gasse bildete sich, Thies wurde weggeschoben. »Attention!«, brüllte einer.

Die Dunkelhaarige wandte sich um, und er sah ihr Gesicht. Sie war jung. Sie hätte Maras Tochter sein können. Jetzt stand er wirklich vor ihr. Er hatte sie schon viel zu lange angestarrt, senkte den Blick auf ihren Verkaufstisch. Da lag kein Schmuck. Sie bot Geldsäckchen aus Leder an, schlicht verarbeitet, offenbar mit der Hand genäht.

»Which colour do you like?« Sie lächelte, ein steriles Verkäuferinnenlächeln. »Are you German?« Er nickte. »Welche Farbe? Nur acht Euro.«

»Dieses hier.« Er nahm ein rotbraunes Exemplar und kramte seine Geldbörse hervor. »Sie sprechen Deutsch? Ich suche eine Frau, die hier lebt, sie heißt Mara.«

»Nein, kenne ich nicht.«

»Sie verkauft Kleider und Schmuck. Armbänder mit blauen Steinen.«

Sie schüttelte den Kopf. »Tut mir leid.«

Thies holte sein Handy hervor. Er musste es einschalten. Keine Hinweise auf Anrufe oder Nachrichten poppten auf. Er scrollte sich durch den Fotoordner, fand, was er suchte, und hielt der Verkäuferin das Display hin. Inga hatte ein Foto von Jella und Mara gemacht und ihnen allen geschickt, an dem sonnigen Feiertag im Hof, als die beiden Tischtennis gespielt hatten. Sie hielten die Schläger in der Hand, Mara hatte einen Arm um Jellas Schultern gelegt, das Mädchen wandte ihr den Kopf zu und strahlte sie an. Mara lachte direkt in die Kamera. Es war ein Bild, das von einer Aura aus Glück erhellt war.

Die Verkäuferin schüttelte den Kopf.

»Danke trotzdem.«

Thies ging weiter, bis die bunten Klamottenverkaufsstände endeten und die anderen Shops ins Bild rückten, für die Christiania berühmt war, dicht nebeneinander, Gras und Hasch zu ausgeschilderten Fixpreisen. Der süßliche Geruch von Joints hing in der Luft. Cannabishändler hinter ihren Tischen, beäugt von neugierigen Touristen, aber auch von schlurfenden Teenagern mit roten Augen auf Schnäppchenjagd. Ringsum lungerten Elende und Obdachlose, die vielleicht hofften, dass ein Bröckchen für sie abfiel.

Erst auf den schmalen, sandigen Fußwegen, die durch Gebüsch bis zum Wehrgraben führten, sah er kaum noch Menschen. Und am Ufer des seebreiten Gewässers angekommen, war er allein.

Und wenn Mara nicht nach Christiania zurückgekehrt war? Wenn sie inzwischen woanders lebte? Gar nicht in Dänemark? Wie naiv er gewesen war. Er hatte keine Chance, sie zu finden. Er wusste nicht einmal ihren echten Nachnamen.

Sollte er trotzdem weiter nach ihr suchen? Die Freistadt teilte sich in mehr als zehn Viertel auf, sie hatten klangvolle Namen wie Friedensarche oder Löwenzahn, Milchstraße oder Prärie, wie er gelesen hatte. Dazwischen gab es ausgedehnte Grünflächen. Sein Mund war so trocken, dass ihm das Schlucken schwerfiel. Er musste etwas trinken. Er lief zurück in den Greenlight District und setzte sich mit einer Cola vor ein Café.

»Hey!«

Thies brauchte einen Moment, bis er verstand, dass er gemeint war. Vor ihm stand die junge Verkäuferin. »Hey.

Ich habe Lykke gefragt. Er kennt sie. Diese Mara.« Sie hob einen Arm und winkte. »Lykke!«

Ein älterer, dürrer Mann mit nacktem Oberkörper in einer Pluderhose tauchte auf.

Die Dunkelhaarige sagte etwas auf Dänisch zu ihm, woraufhin Lykke eine unvollständige Reihe bräunlicher Zähne entblößte, was entfernt an ein Lächeln denken ließ. Er nickte und zeigte in die nördliche Richtung. »This way.«

Thies dankte der Dunkelhaarigen, sie verschwand in der Menge. Er folgte dem Dürren, versuchte, sich den Weg anhand der Graffiti an den Wänden und den rostroten Wegweisern zu merken. Sie durchquerten ein Fantasieland aus verwilderten Gärten mit Baumhäusern, Wohnwagen, Jurten und spitzgiebeligen Häusern, die wie Ferienhütten aussahen. Und erreichten schließlich einen anderen Abschnitt des Wehrgrabens. Lykke wies auf ein kleines rotes Holzhaus mit weiß lackierten Bogenfenstern. Thies drückte ihm einen Zehn-Euro-Schein in die Hand und bekam zum Abschied noch einmal die Zahnlücken zu sehen.

Das rote Haus stand nur wenige Meter vom Wasser entfernt, dicke Steine säumten hier das Ufer. Er ging zum Eingang und klopfte, ein Namensschild oder eine Klingel gab es nicht. Im Inneren begann ein Baby zu schreien. Er beschloss, zunächst abzuwarten, doch dann wurde die Tür aufgerissen, und eine junge blonde Frau starrte ihn an. »Ikke offentlig. No tourists. Private!«

»Oh no, sorry«, versuchte Thies, das Geschrei zu übertönen. »I'm looking for Mara? Does she live here?«

Ohne ihm eine Antwort zu geben, drehte sich die Blonde um und verschwand im Haus. Thies zögerte. Sie hatte die Tür offen gelassen. Also durfte er wohl eintreten.

Im Inneren sah es aus, als habe ihn eine Zeitreise an die Anfänge des letzten Jahrhunderts befördert. Er stand in einem düsteren, engen Flur, der sich in eine Wohnküche öffnete. Über dem vorsintflutlichen Herd hingen Töpfe und Pfannen. In der Mitte ein Holztisch mit bunt zusammengewürfelten Stühlen.

Die Blonde war mit dem Kind in einem Zimmer verschwunden, ohne sich weiter um ihn zu kümmern.

Thies sah eine weitere Tür von dem Flur abgehen, sie war verschlossen. Er klopfte, konnte aber wegen des Babygebrülls nicht hören, ob er Antwort bekam.

»Mara?« Er öffnete die Tür einen Spalt und sah hinein. Der Raum war winzig. Eine Matratze auf Paletten, ein kleiner Tisch, ein Stuhl. Ein improvisiertes Bücherregal aus Mauersteinen und losen Brettern. In der Ecke eine Shisha. Auf dem Bett lag sie, nicht zugedeckt bei der Sommerhitze und fast nackt, sie trug nur einen Slip. Das dunkle Haar war zerwühlt, ihr Kopf im Kissen vergraben.

Er kniete sich vor sie auf den Boden, das Bettlaken verströmte einen unangenehmen Geruch nach altem Schweiß. »Mara!«

Er berührte ihre Schulter, und sie schreckte hoch. Sie sah ihn an wie einen Geist, brauchte einige Sekunden, bis ihr Blick klarer wurde. Sie nahm Stöpsel aus ihren Ohren. »Was machst du hier?«

»Ich wollte dich sehen. Wie geht es dir?«

Sie sank ins Kissen zurück, ohne eine Antwort.

»Du hast es also wahr gemacht«, sagte er.

»Was?«

»Das Haus am Fluss.«

Ihr Mund verzog sich zu einem spöttischen Lächeln. »Ich bin nur für ein paar Wochen hier. Bis Claude, dem das Zimmer gehört, von einer Reise zurückkommt.«

»Und dann? Musst du wieder umziehen?«

»Ist ja kein großer Akt. Was ich besitze, passt in den Rucksack.« Endlich sah sie ihn an, auf dieselbe intensive Weise wie bei der allersten Begegnung. »Habt ihr euch getrennt?«

Thies hätte die Frage gern bejaht, es hätte so viel möglich gemacht. Aber er entschied sich für die Wahrheit. »Nein. Ich weiß nur nicht, wie es weitergehen soll.«

»Und Sophie? Was will sie?«

»Schwer zu sagen.« Er sah Sophie vor sich, in ihrem gemeinsamen Schlafzimmer. *Wir können das schaffen. Zusammen.*

»Sie kämpft. Um mich. Um einen Neuanfang. Aber es wirkt kraftlos. Nicht so, als würde sie wirklich daran glauben.«

»Und deshalb bist du gegangen?«

Thies fühlte sich wie ein Stück Treibholz in der Strömung, Mara ausgeliefert, und seiner eigenen Ziellosigkeit. Das Baby verstummte, und in der plötzlichen Stille senkte Thies seine Stimme. »Ich laufe schon ein paar Tage durch die Stadt. Ich warte auf ein Gefühl. Was will ich? Was brauche ich? Ich komme nicht dahinter. Nichts fühlt sich real an.«

»Du sehnst dich nach einem Anstoß von außen.«

»Vermutlich. Ja.«

»Die Wahrheit ist: Du musst selbst herausfinden, was du willst.« Sie nahm ein gefaltetes Blatt Papier in die Hand, das neben dem Bett gelegen hatte, und betrachtete es. »Ich habe einen Brief an Inga und Jella angefangen. Es tut mir jetzt leid, dass ich so überstürzt abgehauen bin. In dem Moment konnte ich nicht anders. Aber ich will den Kontakt zu ihnen nicht verlieren. Ich möchte auch Edith schreiben. Und meinem Vater.«

Er sah sie an. »Vielleicht kommst du irgendwann zurück.«

»Vielleicht.« Sie legte den Brief weg.

Das Geschrei draußen hob von Neuem an, sogar noch lauter jetzt, als würde die Blonde mit dem Baby direkt vor der Zimmertür stehen.

»Sie macht mich wahnsinnig«, sagte Mara. »Vielleicht zieh ich schon früher aus.«

Sie holte ein durchsichtiges Tütchen aus ihrem Rucksack, setzte sich aufs Bett und begann, einen Joint zu bauen. »Komm her.«

Er setzte sich neben sie, sie nahm den ersten Zug, reichte ihm die Tüte, doch er lehnte mit einer Handbewegung ab. Es war verlockend, den Kopf einfach auszuschalten, die Kontrolle abzugeben, zu schauen, was passieren würde, aber etwas hielt ihn ab.

Er sah zu, wie sie rauchte, elegant den Arm auf und ab bewegte, ihr schmales Handgelenk. Sie sprachen nicht. Das Sonnenlicht erreichte das kleine Fenster, warf ein gleißendes Viereck auf das Bett, und der Raum verlor seine düstere Schäbigkeit. Maras Haar schimmerte, die geheimnisvollen Rottöne blitzten darin auf.

»Thies. Kannst du mich festhalten?«

Sie legten sich aufs Bett, Mara in seinem Arm, den Kopf an seiner Brust. Er roch ihre Haut, ihr Haar, ein Hauch von Zimt, nicht mehr das muffige Laken.

Er sah den Weg vor sich, den er gesucht hatte, als er zu Hause aufgebrochen war. Den Weg ohne Ziel, ohne Plan. Er verlief ein Stück durch ein reifes Kornfeld, schnurgerade zwischen honigfarbenen Ähren, die sich im Sommerwind wiegten, doch schon nach kurzer Strecke schlug er Kurven, und Thies vermochte seinen Verlauf nicht mehr zu erkennen. Er würde sein Leben aufgeben, seine Ehe, seinen Beruf. Wollte er das?

»Ich finde ein Zimmer für uns«, murmelte Mara. »Der Sommer hier ist wunderschön, du wirst sehen.«

Sie setzte sich auf. Sie bewegte sich wie in Zeitlupe und gleichzeitig zielstrebig, sah ihn die ganze Zeit dabei an.

»Komm.«

Sie streifte ihm sein Hemd über den Kopf, er ließ es geschehen, auch, dass sie sich in seine Arme schmiegte, Haut an Haut. Er spürte ihren Atem in seiner Halsbeuge, schneller, erregter. Mara war frei, sie hatte nichts zu verlieren. Er war auch frei. Das hatte er doch gewollt. Nach diesem Gefühl hatte er sich gesehnt. Aber er war nicht wie sie. Er hatte etwas zu verlieren. Er wusste nur nicht, was es war.

Er konnte in Christiania neu anfangen. Ein Handwerk lernen, Metall schweißen, Fahrräder bauen oder Brot backen. Mit Leuten aus der ganzen Welt zusammen sein, statt mit Sophie, Inga und Bodo aufeinander zu hocken. In der Enge des Hofes. Wo aus jeder Ritze die Erinnerung an Aaron hervorkroch. Thies versuchte, eine Vision im Kopf entstehen zu lassen, von einem Zimmer hinter bunten Graffitiwänden, aber ein anderes Bild schob sich davor. Ein weißer, absolut leerer Raum.

Es wäre kein Neuanfang. Sondern eine Flucht.

Ihre Lippen suchten seinen Mund, sie küsste ihn. Sie legte ihr Bein über seine Hüfte, schmiegte sich an ihn. Er spürte seine Erektion wachsen, egal, was sein Kopf ihm signalisierte.

Sein Blick wanderte über ihren Hals über die Schlüsselbeine, über ihre Brüste, an den Rippen herab, über ihren Bauch hinunter zu ihrem Venushügel. Er hatte sich so sehr nach ihr gesehnt. Alles war in Erfüllung gegangen. Aber es fühlte sich falsch an. Sie war ihm fremder als jemals zuvor.

Er rückte etwas von ihr weg, sodass sie ihre Umarmung lockern musste. Sie öffnete die Augen, sah ihn an, als würde sie ihn nicht kennen. Sie war gar nicht da. Nicht bei ihm. Genauso war es bei ihrem Abschied in der Waldhütte gewesen.

Mara hatte nichts zu verlieren, weil sie nichts besaß. Ihre Freiheit war in Wirklichkeit Feigheit.

Sie zog ihn an sich, hielt ihn fest. »Geh nicht weg.« Sie nahm ihm fast den Atem.

»Mara.«

Er löste sich aus ihrer Umarmung, langsam und behutsam. Sie sank mit einem enttäuschten Ausatmen auf das Kopfkissen zurück, blieb bewegungslos liegen, ihr Haar verdeckte ihr Gesicht.

Thies strich die Strähnen aus ihrer Stirn. Sie sahen sich an.

Draußen schellte ein Fahrrad. Jemand fuhr am Haus vorbei, laut singend. *In a vessel, in the storm, and you're the kind host in the port … my lighthouse.*

Die Stimme verklang in der Ferne.

SOPHIE

Die Scheinwerfer des Taxis erleuchteten grell die Wand des Schuppens. Jemand stieg aus, nahm eine Reisetasche von der Rückbank, warf sie über die Schulter.

Thies.

Sophie sah zu, wie er zu den anderen ging, zu der gedeckten Tafel. Wie Inga aufstand und ihn umarmte. Nun auch Bodo. Thies trat zu Jella und legte etwas vor sie auf den Tisch. Ein rotbraunes Ledersäckchen. Sie sah ihn fragend an, öffnete es dann. Ein Armband fiel heraus. Mit einem blauen Stein. Lapislazuli. Jella lächelte.

Thies wandte sich zum Haus um, zu Sophie. Sie machte einen Schritt näher ans Fenster. Er zog sein Telefon hervor, tippte, und ihr eigenes klingelte. Sie nahm es vom Küchentisch. Hinter Thies verbreiteten die vielen Kerzen ein warmes, sanftes Licht, doch sein Gesicht lag im Schatten.

»Ich wollte mich melden«, sagte er. »Ich bin gerade angekommen.«

»Ich weiß«, sagte Sophie.

Er schob das Handy in die Hosentasche und kam ins Haus.

DANK

Mein Dank gilt Marvin Entholt, Isabell Serauky, Tanja Steinlechner, Katrin Deibert, Daniela Müller, Lennart Holldorf, Judith Merchant, Henri Jaß und Dr. Michaela Stiepel für ihre Inspiration.

Danke an Wolfgang Ehmke, Bernd Bienek und Stefanie Thörmer, die mir als Ortskundige wertvollen Input zum Leben im Wendland gegeben haben. Ebenso dankbar bin ich dem Gorleben-Archiv – eine unschätzbare Quelle über die Geschichte des Widerstands gegen den Atomstandort.

Mein Dank gilt Dr. Anne-Kathrin Siemers, die meine Fragen zum Gewässer-Monitoring und zur Auswertung von Messdaten aus der Elbe beantwortet hat, dem Fährmann Dirk John sowie Johanna Hurdalek und Patrick Jüttemann für ihre fachkundigen Hinweise.

Nicht zuletzt danke ich Elisabeth Herrmann für den Anstoß zu mutiger Veränderung in meinem Leben.

Großer Dank gilt auch meinem Verlagsteam und meiner Literaturagentur für die verlässliche Zusammenarbeit – und das Vertrauen, das sie in mich setzen.